Hédi Fried

Nachschlag für eine Gestorbene

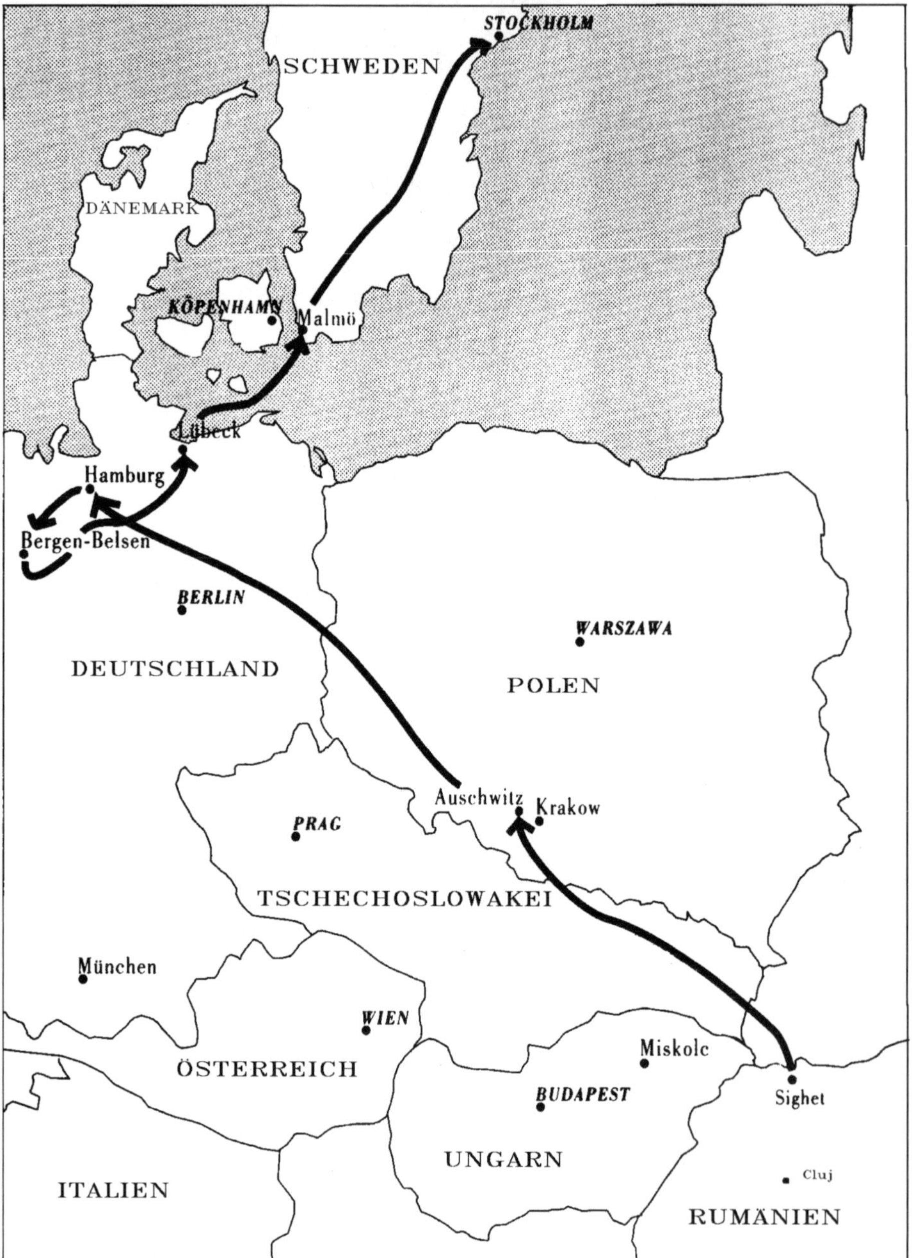
STOCKHOLM
SCHWEDEN
DÄNEMARK
KÖPENHAMN
Malmö
Lübeck
Hamburg
Bergen-Belsen
BERLIN
WARSZAWA
DEUTSCHLAND
POLEN
Auschwitz
Krakow
PRAG
TSCHECHOSLOWAKEI
München
WIEN
Miskolc
ÖSTERREICH
BUDAPEST
Sighet
UNGARN
Cluj
ITALIEN
RUMÄNIEN
JUGOSLAWIEN

Hédi Fried

Nachschlag für eine Gestorbene

Ein Leben bis Auschwitz
+
Ein Leben danach

Aus dem Englischen
von Ina Brümann

KRÄMER

Die Deutsche Bibliothek - CIP-Einheitsaufnahme
Fried, Hédi
Nachschlag für eine Gestorbene: ein Leben bis Auschwitz und
ein Leben danach / Hédi Fried -
1. Aufl. - Hamburg : Krämer, 1995
ISBN 3-89622-000-4

Titel der englischen Ausgabe: Fragments of a Life

Printed in Germany
ISBN 3-89622-000-4

Inhalt

Zur Erinnerung an meine Eltern,
Frida Szmuk-Klein und Ignatz Szmuk

Sighet

Die Sonne versinkt hinter den grünen Hügeln. Die Prozession müder Männer, Frauen und Kinder folgt dem langsam fließenden Fluß. Kein Laut - nur schlurfende Füße und das Scharren von Stöcken gegen die Steine. Wie viele sind es? Menschen in Lumpen gekleidet, mit Bündeln über den Schultern und Gehstöcken in den Händen. Frauen tragen ihre Säuglinge, ältere Kinder ihre kleineren Geschwister, die Männer helfen den Alten. Niemand spricht. Alles, was gesagt werden mußte, ist gesagt worden.

Wohin gehen sie? Werden sie ein Zuhause finden? Werden sie bleiben dürfen? Sie glauben es. Ich sehe dieses Bild wieder und immer wieder, Juden mit Bündeln und Stöcken. Ich bin eine von ihnen, und stehe doch außerhalb und beobachte alles.

Ich weiß nicht mehr, ob es meine Mutter war, die diesen Traum träumte oder ich. Oder eine Ahnengestalt im Nebel der Zeit. Warum sehe ich ihn jetzt, wenn ich von meiner Kindheit in der gottverlassenen Stadt in einer entlegenen Ecke der Karpaten erzählen will?

Ich lebte in Sighet. Die kleine transsylvanische Stadt lag am Fuß eines Berges, umgeben von Wasserläufen. Der Fluß Iza entleerte seine schlammigen Wasser in die frühlingsklare Tisza, die in zwei Armen die Stadt wie eine Insel umfloß. Die Luft war dünn und durchsichtig und ließ alles nah erscheinen. Das tiefe Grün der Wälder auf den Berghängen wurde von Feldern unterbrochen, auf denen Vieh graste. Die Schafhirten in ihrer bäuerlichen Kleidung schienen zum Greifen nah. Eine kleine Stadt, umringt von Obstgärten, deren Bäume im Herbst schwer von reifen Äpfeln und Walnüssen waren. Das Herz der Stadt war der Park mit schönen Blumenbeeten im Sommer und einer weichen weißen Schneedecke im Winter. Rund um den Park bewegte sich das schläfrige Kleinstadtleben. Menschen auf dem Weg zur Kirche, ins Kino, zur Apotheke, zur Bank, zur Schule, zum Schlachter, ins Café.

Alles konzentrierte sich um den Park herum, niemand war in Eile. Auf seinen kiesbestreuten Wegen zog am Palmsonntag die katholische Prozession entlang: die Jungfrau Maria auf einem Thron unter dem roten Baldachin, vor dem Priester in seinem lila Gewand die kleinen Jungen in weißen Chorhemden, Weihrauchfässer schwenkend, die dahinter schreitenden Menschen, singend und mit Palmzweigen wedelnd. Am Dreikönigsabend zelebrierte hier die griechisch-orthodoxe Gemeinde vor einem riesigen Kreuz aus Eis. Und am Sabbat und an den jüdischen Feiertagen spazierten die Juden in ihren bis zu den Schuhspitzen reichenden Kaftanen, mit weißen Strümpfen und pelzverbrämten Hüten. Die meisten Fensterläden der umliegenden Geschäfte waren dann heruntergezogen. Von den 30.000 Einwohnern der Stadt waren fast die Hälfte Juden, viele davon Kaufleute.

Nachmittags spielte die Militärkapelle in dem kleinen Pavillon. Auf den weißen Bänken saßen ältere Paare und lauschten. Kindermädchen schoben Kinderwagen, warfen ein Auge auf ihre älteren Schützlinge, während sie mit den Soldaten plauderten. Kleine Jungen in Matrosenanzügen jagten nach Ringen, und kleine Mädchen in weißen Söckchen und Lackschuhen wiegten ihre Puppen in den Schlaf.

Spät am Nachmittag verließ ein Bettler den Park, gerade wenn die Kapelle zum letzten Marsch aufspielte. Das war das Signal für die Ladenbesitzer in der Hauptstraße, daß sieben Uhr näherrückte und sie für den Tag schließen konnten. Einige hatten bereits begonnen, die schweren Läden vor ihren Schaufenstern herunterzuziehen und warteten nun auf das Schlagen der Kirchenuhr.

Mutter und ich saßen dann in Onkel Samuels Textilgeschäft und warteten auf Vater, der uns nach der Arbeit abholte. Es war eine Tradition, den Nachmittag mit einem Besuch bei Vaters ältestem Bruder abzurunden. Ich war immer ganz aufgeregt, wenn ich zwischen all den knalligen und geblümten, weichen und seidigen Stoffen herumspazieren durfte. Ich wußte, ich würde einige Muster bekommen, aus denen Mutter Kleider für meine Puppe nähen würde.

Die Uhr vom Kirchturm begann zu schlagen. Das Geräusch von Fensterläden, von Droschken auf dem Kopfsteinpflaster, von Menschen auf ihrem Weg nach Hause umgab uns auf dem Heimweg. Wir verließen das zweistöckige Haus in der Hauptstraße und wandten uns nach Osten zur Professorstraße. Jetzt wurde es ruhiger, nur das Schlagen der Uhr begleitete unsere Schritte. Wir passierten die Schule und die hübschen Villen mit ihren kleinen Vorgärten und kamen schließlich an die Kreuzung, wo die Stadt endete. Die gepflasterte Straße bog nach rechts und führte wieder zurück in die Stadt. Vor uns lagen große Gärten und weite Felder und links der Gebäudekomplex des Hospitals. Diese nach dem Hospital genannte Straße führte zur Landstraße hinauf und weiter durch viele kleine Dörfer.

Wir wohnten in der Hospitalstr. Nr. 33, gegenüber dem Anstaltspark. Auf unserer Straßenseite gab es keinen Bürgersteig. Wir folgten dem engen, ausgetretenen Pfad zwischen dem grauen Zaun und der schlammigen Straße bis zu dem roten Tor, dem Eingang zum Haus meiner Kindheit, zu meinen Erinnerungen.

Erinnerungen. Eher eine Erinnerung an etwas, das mir jemand erzählt hat. Das Ereignis selbst ist verblaßt. Ich sehe mich schreiend und wütend im Zimmer meiner Eltern. Es ist das Jahr 1926, und ich bin kaum zwei Jahre alt. Es ist früh am Morgen, die Betten sind noch nicht gemacht. Vater will, daß ich mir die Zähne putze. Ich will nicht. Er steht mit der Zahnbürste in der Hand vor mir. Zwei Willen, die aufeinanderprallen. Ich weiß es noch nicht, aber der Ausgang ist sicher. Er ist stärker. Er schlägt mir auf den Po, ich weine, aber ich will immer noch nicht. Vater steigert sich hinein, wird wütender und wütender, ich bockiger und bockiger. Er haut und haut, bis Mutter kommt und mich rettet. Putzte ich mir dann die Zähne oder nicht? Ich erinnere mich nicht mehr. Aber ich erinnere mich, daß ich um Verzeihung bitten und versprechen mußte, nie wieder so starrsinnig zu sein.

Meine früheste Erinnerung. Ich war drei Jahre alt und fing an, in die Vorschule zu gehen. Ich war glücklich darüber, denn bis jetzt hatte ich keine Geschwister, mit denen ich spielen konnte. Mutter brachte mich hin und holte mich wieder ab, wogegen ich heftig protestierte. Die meisten Kinder waren älter als ich und gingen allein zum Kindergarten. Es war wichtig, daß ich genauso klug wie sie erschien. Ich bettelte und weinte, und schließlich triumphierte ich. Mutter begleitete mich zur Schule, aber ich durfte allein nach Hause gehen.

Als die Uhr zwölf schlug und der Lehrer uns entließ, ging ich selig mit einer Gruppe von Kindern hinaus, ohne zu überlegen, in welche Richtung mein Zuhause lag. Eifrig schwatzend, bemerkte ich kaum, daß mich einer nach dem anderen verließ, als wir ihre Wohnungen erreichten. Plötzlich stand ich ganz allein. Ich schaute in die Runde: eine schlammige Straße wie die unsrige, der gleiche graue Zaun, aber kein rotes Tor. Die Häuser waren fremd, und plötzlich begriff ich, daß ich mich verirrt hatte. Ich begann zu weinen.

Eine Frau hielt an und fragte: "Warum weinst du, kleines Mädchen?"

"Ich kann mein Zuhause nicht finden."

"Wo wohnst du?"

"Hinter einem roten Tor."

"Wie heißt du?"

"Hédike."

"Wessen Kind bist du?"

"Vatis."

"Weine nicht, Hédike. Ich bringe dich nach Hause."

Ich hörte auf zu weinen und nahm ihre Hand, als sie sich in die entgegengesetzte Richtung drehte, in die ich gegangen war. Nach ein paar Minuten fing ich an, die Umgebung zu erkennen, und bald waren wir in der Hospitalstraße, wo meine Mutter unruhig am Fenster wartete. Es stellte sich heraus, daß die Frau eine Ähnlichkeit zwischen mir und meinem Vater bemerkt hatte, und die Stadt war klein genug, um zu wissen, wo wir wohnten.

Eine Idylle? An der Oberfläche schien es so. Und bis jetzt hatte ich an der Oberfläche nicht gekratzt.

Es hieß, ich sei ein ernstes Kind. Das klang schmeichelhaft, also war ich entschlossen, danach zu leben. Ich dachte, es bedeute, man dürfe niemals lachen. Also wagte ich nicht zu lachen. Später, als meine kleine Schwester geboren wurde (1929) und sich alles um sie drehte, dachte ich mir aus, wie ich durch meinen Ernst beeindrucken könnte. Meine Schwester war das fröhliche, hübsche Kind und ich das traurige, häßliche Entlein.

Wir hatten eine behütete Kindheit. Unsere Eltern waren liebevoll. Kinderpsychologie aber war damals eine unbekannte Wissenschaft, und niemand verstand meine Eifersucht. Ich zog mich in mich selbst zurück und lebte in meinen Phantasien. Jedes Wort des Lobes für meine kleine Schwester erschien mir wie eine Verurteilung meiner Person.

Das Leben in Sighet ging seinen geruhsamen Gang, heute wie gestern, gestern wie morgen. Morgens gingen wir zur Schule, Mutter ging zum Markt einkaufen, und Vater ging zur Fabrik, deren Teilhaber er war und in der man Kartons herstellte. Das Geschäft florierte anfangs. Uns ging es gut. Vater konnte uns geben, was wir brauchten. Wir konnten uns zwar keinen großen Luxus leisten, aber Bücher und Malsachen, wenn auch keine kostspieligen, mußten einfach sein.

Es passierte nicht viel in meiner kleinen Welt. Die Schule war das Wichtigste. Und, allmählich, als die dreißiger Jahre kamen, die Jungen, die wir auf dem Weg zur Schule trafen. Manchmal, wenn das Radio eingeschaltet war, konnte ich eigenartig gebrüllte Reden hören, gefolgt von beängstigenden Beifallsstürmen. Meine Eltern wurden nachdenklich, und ich fühlte ihre Sorge. Auf meine Fragen antworteten sie besänftigend: "Das ist nur ein Verrückter in Deutschland" oder "Hunde, die bellen, beißen nicht." Das klang nicht völlig überzeugend, aber wir lebten ja in Rumänien, und Deutschland war so weit weg.

Meine kleine Welt war das gelbe Haus in der Hospitalstraße. Ein grauer Zaun schützte uns vor neugierigen Blicken und unwillkommenen Besuchern. Das rote Tor war immer verschlossen. Die Besucher mußten an der Glockenschnur ziehen, um hereingelassen zu werden. Unsere Promenadenmischung Bodri, in seiner Hütte angekettet, kläffte wild, sobald sich jemand näherte. Hinter dem Tor befand sich ein gepflasterter Hof, der zum Haus führte, eine Außenküche, ein Keller, in dem unsere Eßvorräte lagerten, und der Garten.

Der Garten war mein Lieblingsplatz, im Sommer wie im Winter. Den Zaun entlang standen Pflaumenbäume, deren Früchte im Herbst gepflückt wurden. In der Mitte des Gartens befand sich eine Schaukel. Meine Schwester und ich stritten gewöhnlich miteinander, wer sie benutzen durfte. Die Gemüsebeete lagen rechts, die Blumen links. Große Rosenbüsche, der Stolz meiner Mutter, entfalteten ihre weiße, rote, rosa und gelbe Blütenpracht. Mit den Jahreszeiten wechselten auch die Düfte - Rosen, Geißblatt, Jasmin, Astern. Mutter mochte Blumen sehr und hegte sie liebevoll.

Unser Haus bestand aus vier Zimmern, von denen eines von meinen Großeltern bewohnt wurde. Mutter war ihr jüngstes Kind gewesen, und Großvater kaufte das Haus für uns, so daß sie etwas hatten, wo sie den Herbst ihrer Jahre verbringen konnten. Großvater saß für gewöhnlich da, blätterte in seinen vergilbten alten Büchern und kaute an seiner langstieligen Pfeife. Es machte Spaß, auf seine Knie zu klettern und mit seinem langen weißen Bart zu spielen. Er hatte witzige Kosenamen für uns Kinder und konnte seltsame Geschichten über die komischsten Dinge erzählen. Großmutter war rauher. Sie führte den Haushalt, ging trotz ihres Alters zum Markt und kehrte schwerbeladen zurück.

Wir hatten sie nicht lange bei uns. Großvater starb, als ich fünf Jahre alt war. Sein Tod erschütterte mich, die erste Wolke an meinem Himmel. Es war schwer zu begreifen, daß er tot war, daß er nie mehr Geschichten erzählen oder uns auf seinen Knien schaukeln würde. Ich war sehr traurig und versteckte mich. Niemand sollte mich weinen sehen. Ich war die große Schwester, und große, tapfere Mädchen weinten nie.

"Mutter, warum ist Großvater tot?"

"Er war alt. Sein Herz hatte nicht mehr die Kraft weiterzuschlagen. Es ist stehengeblieben."

"Wird mein Herz auch stehenbleiben?"

"Denk nicht daran. Du bist erst ein Kind."

Aber ich fuhr fort, mir Sorgen zu machen. Ich dachte weiter über Großvater nach, über seinen Tod und das Herz, das aufhören kann zu schlagen. Nachts lag ich im Bett und lauschte meinem Herzen. Schlug es? Ich blieb wach vor Angst, es könnte im Schlaf stillstehen.

Kaum war ich über Großvaters Tod hinweg, starb auch meine Großmutter. Aber das Leben ging weiter. Ihr Zimmer wurde eine Küche, so daß wir nicht länger die Küche in einem separaten Gebäude im Hof benutzen mußten. Unser Hausmädchen schlief nun dort, und wir gewöhnten uns bald an den neuen Lauf der Dinge. Meine Angst vor dem Tod kehrte wieder, und ich durfte auf dem Sofa im Zimmer meiner Eltern schlafen. Normalerweise schliefen Livi und ich im Kinderzimmer.

Wir Kinder betraten selten den vierten Raum. Es war das Eßzimmer, verbotenes Territorium für uns. Wir durften nur hinein, um Besucher zu begrüßen. Ich träumte davon, in das Eßzimmer zu gehen, wenn niemand da war, auf den weichen Teppichen zu liegen und mit der zarten Ballerina aus Porzellan zu spielen. Ich träumte davon, eine eigene Ballerina zu haben, aber das würde warten müssen, bis ich groß war. Mir war nicht bewußt, daß man für etwas sparen konnte. Ich bekam kein Taschengeld. Wenn ich Eis oder Bonbons kaufen wollte, mußte ich um Geld bitten.

Gleichzeitig wurde mir eingeprägt, niemals Geld von Fremden anzunehmen. Die Stadt war voller Landstreicher, und wir fürchteten uns vor diesen häßlichen, alten Männern. So war ich unsicher, was ich tun sollte, als ich eines Tages vom Richter unserer

Stadt, dem ich vorher noch nie begegnet war, eine Münze geschenkt bekam. Ich spielte mit einer Nachbarstochter, die in meinen Alter war und Baba hieß, als eine andere Nachbarin, Tante Kostencki (es war rumänischer Brauch ältere Leute "Tante" oder "Onkel" zu nennen), uns bat, hinüber ins Rathaus zu laufen mit einem Brief für den Richter, ihren Mann. Wir taten es, und als Belohnung wurde uns beiden je eine schimmernde 20 Lei Münze überreicht. Baba bedankte sich mit einem glücklichen Lächeln, aber ich riß mich zusammen und lehnte ab. Vaters Warnung wisperte in meinem Ohr: "Nie Geld nehmen von alten Männern, die du nicht kennst." Der Richter drängte mich, Baba redete mir gut zu, ich schüttelte den Kopf, schließlich aber gab ich nach und nahm die Münze.

Als ich draußen auf der Straße stand, sah ich auf meinen neugewonnenen Reichtum und überlegte, was ich damit tun könnte. Aus Angst, bestraft zu werden, wagte ich nicht, jemandem zu Hause davon zu erzählen.

Ich ging zu unserem Kaufmann und fragte, ob ich für den ganzen Betrag Schokolade kaufen könne. Er lächelte und nickte, aber ich traute ihm nicht und nahm an, er wolle mich hereinlegen, denn ich konnte mir keine Tafel Schokolade vorstellen, die so groß war, daß sie 20 Lei kostete. Das sicherste ist, dachte ich, ich kaufe irgendwelche anderen Süßigkeiten und bat um saure Drops. Der Kaufmann guckte mich erstaunt an und wog dann eine große Tüte aus. Ich hatte noch nie so viele Bonbons gesehen, in meinem Mund lief das Wasser zusammen. Rasch stopfte ich einen in den Mund und begann zu lutschen. Er schmeckte wunderbar. Der angenehme, leicht säuerliche, fruchtige Geschmack streichelte meinen Gaumen und rann hinunter in meinen Magen. Ich nahm den Bonbon einen Moment heraus, um zu sehen, was für eine Farbe er hatte. Er war rot. Ich lutschte ihn auf und nahm dann einen grünen. Er schmeckte nach Wald und Sommer. Der nächste war gelb und schmeckte nach Orange. Der vierte schien weniger gut, und mit dem fünften hatte ich Schwierigkeiten.

Nun wurde mir klar, daß ich nicht in der Lage sein würde, mehr zu essen. Den Rest mußte ich verstecken. Es müßte zu Hause sein, an einem sicherem Ort, wo niemand ihn finden konnte. Ich machte mich auf den Heimweg, in der Hoffnung, daß mich niemand sehen würde, bevor ich die Tüte versteckt hatte. "Bitte, lieber Gott laß das Tor offen sein", so betete ich die ganze Zeit. Gott war gütig zu mir. Das Tor war offen, und ich konnte auf Zehenspitzen unbemerkt ins Eßzimmer schleichen, wo ich die Tüte auf den Boden des Porzellanschrankes versteckte. Und alles vergaß.

Einige Wochen später besuchte uns Onkel Fischmann, Babas Vater. Er fragte mich: "Nun, was hast du mit dem Geld gemacht?"

Da erinnerte ich mich an die Bonbons, die ich im Porzellanschrank versteckt hatte. Ich wurde rot und wollte hinauslaufen, aber Mutter schnappte mich und fragte: "Was für Geld?".

"Die 20 Lei, die sie von Richter Kostencki bekommen hat, als Baba und sie ihm den Brief brachten", antwortete Onkel Fischmann.

Mutter schaute mich zweifelnd an: "Du hast Geld von Richter Kostencki bekommen?"

"Hast du es denn deiner Mutter nicht erzählt?" fragte Onkel Fischmann.

"Also, was hast du uns nicht erzählt?" Mutter wurde ungeduldig und warf mir einen strengen Blick zu.

Ich geriet in Panik, begriff aber, daß es keinen Ausweg gab. Ich mußte alles erzählen. Also gestand ich, daß ich 20 Lei angenommen hatte, und zu meiner großen Überraschung brach kein Donnerwetter über mich herein. Mutter war nicht böse. Sie wollte nur wissen, wohin ich das Geld gesteckt hatte. Als ich ihr die ganze Geschichte erzählte, geriet sie außer Fassung, weil ich mein Geld für Süßigkeiten verschwendet hatte. Sie wollte die Tüte sehen. Wir gingen im Gänsemarsch ins Eßzimmer, ich zuerst, dann Mutter, und Onkel Fischmann bildete das Schlußlicht. Als ich die Tür des Porzellanschrankes öffnete, wollte ich meinen Augen nicht trauen. Dort lag eine klebrige Tüte, bedeckt von Millionen krabbelnder Ameisen. Mutter sah sie an und sagte nichts mehr.

Sie dachte wohl, ich sei ausreichend gestraft, daß ich die Bonbons wegwerfen mußte.

Unser Haus war spärlich möbliert, und wir hatten kein Badezimmer. Es vergingen mehrere Jahre, bis Vater es sich leisten konnte, ein modernes Haus mit Badezimmer und Parkettfußböden zu kaufen. Bis dahin mußten wir in einer hölzernen Wanne baden, die jeden Donnerstagabend in der Küche auf zwei abgestützte Stühle gestellt wurde. Das Wasser wurde auf dem Herd erhitzt. Dichter Dampf stand um uns herum. Der Geruch brauner Bohnen, vom Abendessen, lag noch in der Luft, vermischt mit dem gärendem Teig, der in zwei weich geflochtenen Körben beim Ofen stand. Das ganze Brot, das wir für eine Woche brauchten, wurde am Freitag morgen gebacken. Livi und ich stritten uns darum, wer auf der bequemeren Seite der Wanne sitzen durfte, dann wurden wir gewaschen, abgetrocknet und in nach Seife duftenden Nachthemden ins Bett gesteckt.

Wenn ich wach lag und auf den Schlaf wartete, krochen Ängste in mir hoch. Sie nahmen die Gestalt von Bauern aus den Dörfern an, Bauern in ihrem Sonntagsstaat mit mehreren Hüten auf dem Kopf. Warum fürchtete ich mich so vor ihnen? Ich war daran gewöhnt, Bauern in ihren farbenprächtigen Trachten zu sehen, denn sie kamen täglich in die Stadt, um ihre Waren auf dem Markt zu verkaufen. Freitags, wenn sie ihre Geschäfte abgeschlossen hatten, gingen sie in die Läden, um für sich selbst einzukaufen, Kleider und andere Notwendigkeiten, die sie zum Leben brauchten. Sie zogen diese neuen Kleider gleich über, das war bequemer, als sie zu transportieren. Dann gingen sie ins Wirtshaus, und wenn ich ihnen begegnete, waren sie für gewöhnlich betrunken. Waren es nicht die betrunkenen Bauern, über die die Erwachsenen sprachen, wenn sie glaubten, wir Kinder seien außer Hörweite? Ihr Reden über Juden, denen man die Bärte ausgerissen hatte, über Kinder, die nicht in Frieden zur Chederschule gehen konnten, um das hebräische Alphabet zu lernen, über Bauern, die Steine auf die Synagogen warfen und Grabsteine auf dem jüdischen Friedhof umstürzten?

Der Winter war meist hart. Ich kann noch die Kälte in meinen Wangen spüren, wenn ich abends im Dunkeln von meiner Klavierstunde nach Hause ging. Die Sterne funkelten, der Mond warf lange Schatten, und während der Schnee unter meinen Stiefeln knirschte, wärmte ich meine Hände an den heißen Kastanien, die in meinen Manteltaschen steckten. An der Straßenecke stand ein alter Mann, der in einer rostigen roten Schüssel Kastanien röstete, und ich konnte nie an ihm vorbeigehen, so sehr ich auch in Eile war. Die glühenden Kohlen hypnotisierten mich und ließen mich anhalten, ungeachtet der Kälte. Hatte ich eine Münze, kaufte ich ein Päckchen, wenn nicht, stand ich einfach da und atmete den Duft.

Auf dem Platz vor dem Theater befand sich eine Schlittschuhbahn, und ich war glücklich, als mir Vater ein paar Schlittschuhe schenkte, so daß ich mitmachen konnte. Onkel Laci hielt die Eisbahn in Betrieb und sorgte dafür, daß ein Feuer in einer kleinen Hütte brannte, wo wir unsere Schlittschuhe anziehen und zwischendurch ausruhen konnten. Er half uns immer gern, unsere Schlittschuhe festzuschrauben, und kurbelte sein wackeliges Grammophon an, nach dessen Klängen die Eisprinzessinnen dahinschwebten. "Der Schlittschuhwalzer", "Die blaue Donau" oder andere sehnsuchtsvolle Melodien verliehen den kleinen Mädchen Flügel, die in kurzen pelzgesäumten Röcken über das Eis tanzten. Ich brauchte Zeit, um zu lernen, und beneidete die anderen Mädchen, die Pirouetten drehten und Figuren zogen, wenn die Dunkelheit hereinbrach und die Lampen angezündet wurden. Ich spielte meistens Fangen mit den Jungen und lief oft zu Onkel Laci, um mich aufzuwärmen und seinen Geschichten zuzuhören. Er verkaufte Tee und heißen Glühwein und erzählte gern von seinen Heldentaten im Ersten Weltkrieg.

Aber der Winter war kurz. Bald flammten die Kerzen der Roßkastanien vor unseren Fenstern. Die Tage wurden länger, und es war noch hell, wenn ich von meinen Klavierstunden zurückkehrte. Maikäfer schwärmten zwischen den Baumwipfeln, ihre bernsteinfarbenen Flügel schimmernten in der untergehenden

Sonne. Sie raschelten und brummten, und kleine Kinder kamen und spießten die armseligen Kreaturen auf Stöcke, um Flugzeug damit zu spielen. Ich feilschte um das Leben der sterbenden Insekten, opferte meine kostbarsten Schätze, meine schönsten Steine, aber mit geringem Erfolg, denn die Kinder fingen neue Opfer, steckten sie in eine Streichholzschachtel und rannen davon, um ihre Spiele anderswo fortzusetzen.

Die Kirschbäume blühten und die Bienen summten im Anstaltsgarten. Gestalten in grauer Krankenhauskleidung zogen vorüber, ihre träumenden Gesichter zu den Bäumen erhoben. Ich erinnere mich besonders an einen Mann mit schütterem, grauen Haar, den ich oft sah, sein Körper gebeugt, mit schweren Schritten gehend, ein qualvoller Ausdruck und abwesendes Starren. Ständig drehte er sich um, als verfolge ihn jemand. Er ging langsam, gestikulierend und mit sich selbst redend. Plötzlich schienen seine Augen von etwas gefangen genommen, und sein abwesender Blick fixierte eine Baumkrone. Sein Ausdruck erstarrte, und er mochte dort stehen, mit weit geöffneten Augen, halboffenem Mund und gekrümmten Schultern, bewegungslos für Stunden. Was sah er? Verzauberte ihn die Schönheit des Baumes oder erblickte er flüchtig etwas Schreckliches hinter dem Blätterwerk? Eine Zukunft, vor der er floh, die aber vielleicht schon dabei war, ihre Klauen in ihn zu versenken?

Die Blumen welkten, das Wetter wurde wärmer, und rote Kirschen erschienen an den Bäumen. Eines Samstags wurde ich von der kitzelnden Sonne auf meinem Gesicht geweckt und sah durch das Fenster den Hausmeister des Hospitals gegenüber die reifen Früchte pflücken. Wird er mir wohl ein paar abgeben, überlegte ich, und sprang aus dem Bett. Ich zog meine besten Sachen an, mein neues weißes, mit Kätzchen besticktes Wollkleid und meine schwarzen Lackschuhe. Ich bat darum, kurze Söckchen tragen zu dürfen, aber Mutter hielt es nicht für warm genug. Sie entschied auch, daß ich meinen neuen rot, weiß und grau karierten Mantel tragen mußte. Ich fühlte mich todschick und knotete noch ein rotes Tuch um meinen Hals, das zur blauen

Rosette in meinem Haar paßte. Draußen auf der Straße, glücklich über mein Aussehen, hoffte ich, die Aufmerksamkeit des Hausmeisters auf mich zu ziehen. Mit flehenden Augen stand ich am Zaun, meine Hände am Stacheldraht.

Nach einer Weile drehte er sich zu mir um und fragte:

"Möchtest du ein paar Kirschen?"

"Ja, bitte..."

"Hol einen Korb und du bekommst welche."

In rannte zu Mutter hinein, glücklich rufend: "Einen Korb, einen Korb, ich bekomme ein paar Kirschen!"

Ich lief mit dem Korb zurück, und Onkel Jancsi, der Hausmeister des Hospitals, hielt einen Stock über den Zaun und hob ihn hinüber. Er füllte den Korb mit Kirschen und gab ihn mir zurück. Ich dankte ihm und begann nach "Ohrringen" zu suchen, Kirschen, die zusammenhingen. Als ich zwei gefunden hatte, hängte ich sie über meine Ohren und rannte nach Hause zurück, um zwei andere meiner kleinen Schwester zu geben. Den Korb übergab ich meiner Mutter, ohne auch nur eine einzige Kirsche gekostet zu haben.

Ungeduldig wartete ich, daß Vater von der Synagoge zum Mittagessen heimkam, so daß wir endlich die Kirschen essen konnten. Ich lief an die Straßenecke und wieder zurück, in der Hoffnung, er käme schneller, wenn ich ihn abholen ginge. Endlich sah ich ihn in unsere Straße biegen, groß und blond, mit lächelnden blauen Augen. Er streckte seine Arme aus, als er mich sah und hob mich auf. Es kitzelte im Bauch, als er mich herumwirbelte und in die Luft warf.

"Mehr! Mehr!" schrie ich in einer Mischung aus Angst und Entzücken.

Nach einer Weile setze er mich zurück auf den Boden, und wir gingen nach Hause, meine kleine Hand in seiner großen Faust. Ich sah zu ihm auf und dachte stolz, keiner hat so einen wundervollen Vater wie ich. Er war schön, er war klug, er war stark, er war sanft. Ich liebte meinen Vater mehr als irgend etwas auf der Welt.

Als ich älter war, dachte ich oft, wie ungerecht es war, Vater mehr zu lieben. Es war Mutter, die nach uns Kindern sah, die den ganzen Tag zu Hause blieb, die den Haushalt führte und dafür sorgte, daß alles in Ordnung war. Wenn Vater nach Hause kam, gab es nur Spaß, Spiele, Glücklichsein und Lachen. Er mußte nicht streng sein, denn die Probleme des Tages waren schon gelöst. Trotzdem, ich verehrte meinen Vater, während ich mir irgendwie einbildete, meine Mutter wäre meine Stiefmutter.

Nun, da mein Vater zu Hause war, lachte ich vor Freude, plapperte drauflos und erzählte so schnell ich konnte alles, was ich erlebt hatte. Bald würde meine kleine Schwester kommen und ihren Anteil von der Liebe meines Vaters fordern.

Als wir in das Eßzimmer traten, war das Sabbatmahl bereits aufgetragen. Das traditionelle *Cholent*[1] stand majestätisch auf dem weißen Damasttuch. Vater segnete uns, bevor er ein Gebet über das Brot sprach. Wir setzten uns an den Tisch und begannen mit der gehackten Leber, während Mutter fragte, wie Vaters Tag gewesen sei und wen er getroffen habe. Ich stocherte nur an meinem Essen, wollte, daß sie sich beeilten, und konnte an nichts anderes als an die Kirschen denken. Nach einer Ewigkeit kamen sie endlich auf den Tisch, und überglücklich aß ich sie.

Nach dem schweren Essen waren Vater und Mutter müde und gingen ins Schlafzimmer, um sich ein wenig hinzulegen.

"Könnt ihr leise sein, während wir schlafen?" fragte Mutter.

"Ja", antworteten wir.

"Wenn ihr wirklich brav seid, gehen wir nachher spazieren", sagte Vater.

"Nur du und ich?" fragte ich.

"Wer ist an der Reihe?"

"Ich", sagten Livi und ich gleichzeitig.

1 Ein Gericht aus Bohnen und Gerste, das wir am Freitag zum Bäcker brachten. Da am Sabbat kein Feuer angefacht werden durfte, war das die einzige Möglichkeit, eine warme Mahlzeit zu haben.

Samstags nahm Vater eine von uns auf einen kleinen Spaziergang mit. Ich wußte, das war die beste Gelegenheit, ihn für mich allein zu haben. Dann erzählte er all die aufregenden Geschichten über seine Kindheit, von seltsamen Tieren, dem Krieg und der großen Welt, die weit weg war. Diesmal akzeptierte Livi nicht, daß ich an der Reihe war, und wir begannen zu streiten. Vater sagte, er glaube, ich sei an der Reihe, und versprach Livi, daß sie statt dessen etwas anderes Aufregendes tun dürfe. Sie könnte mit Mutter in den Park gehen und mit ihrem neuen Puppenwagen herumstolzieren.

Mutter und Vater legten sich hin, und wir liefen in den Garten, um zu spielen, bis unsere Eltern aufwachten. Dann zogen wir uns zum Ausgehen an.

"Vater, wirst du sterben?"

"Jeder muß sterben."

"Ich möchte nicht, daß du stirbst."

"Niemand fragt uns. Man stirbt, wenn die Zeit kommt."

"Wann wird die Zeit kommen?"

"Man weiß es vorher nicht. Gewöhnlich, wenn man alt geworden ist. Sieh, wie herrlich jetzt alles ist. Das Gras wächst, alles blüht. Im Herbst, wenn alles alt geworden ist, verwelkt es und stirbt. Aber bald kommt der Frühling wieder, das Gras und die Blumen wachsen wieder, die Bäume bekommen neue Blätter. So ist es auch bei den Menschen. Die alten sterben, neue werden geboren. Es wäre kein Platz für die neuen Kinder, wenn die alten Leute nicht sterben würden."

"Aber ich will nicht, daß Großvater tot ist."

"Ich glaube, Großvater war glücklich zu sterben. Er war alt und müde, und ich glaube, er dachte, es wäre gut einzuschlafen und nicht wieder aufzuwachen."

"Manchmal kommt er ans Fenster und guckt herein."

"Nein, wenn jemand tot ist, kann er nicht zurückkommen."

"Aber wenn wir an ihn denken, ist er doch da."

"Ja, das ist schon wahr."

"Schau, Vater, ein Käfer."

"Ja, sieh nur, wie schön er ist."
"Was für große Fühler er hat."
"Es ist ein Hirschkäfer", erklärte Vater, und begann, mir etwas über die verschiedenen Käfer zu erzählen. Der Tod war vergessen. So viel Aufregendes ereignete sich auf unseren Spaziergängen.

Im Sommer wurde ich auf das Land zu Tante und Onkel gebracht. Sie hatten einen kleinen Bauernhof und plagten sich von morgens bis abends, mit primitiven Werkzeugen und ohne nennenswerte Hilfe. Wie schafften sie das? Und trotzdem fanden sie noch irgendwie Platz und Zeit für all ihre Neffen und Nichten.

Sowohl Mutter als auch Vater kamen aus großen Familien. Abgesehen von den Kindern, die im Säuglingsalter gestorben waren, hatte jeder sechs lebende Brüder und Schwestern, von denen jeder wieder zwischen zwei und fünf Kinder besaß. Die Familienbande waren eng geknüpft, und wir trafen uns alle häufig. Vaters Brüder und Schwestern lebten in Sighet, aber Mutters waren über verschiedene Städte in Transsylvanien verstreut. Nur Tante Regina lebte auf einem Bauernhof, und man betrachtete eine Erholung auf dem Lande als eine gute Sache für Stadtkinder. Tante Regina wurde also unsere Sommermutter und nahm uns mit großer Geduld und Liebe an.

Lapusel, wo sie lebten, war ein kleines Bauerndorf, das ungefähr dreißig Familien umfaßte. Viele von ihnen waren Juden, die friedlich mit ihren rumänischen Nachbarn lebten. Bis zur Einführung der Schulpflicht gab es in Lapusel eine jüdische Chederschule, und mehrere der aufgeklärten Nichtjuden des Ortes schickten ihre Kinder dorthin.

Bevor die Diskriminierungen begannen, besaß Tante Reginas Mann einen kleinen Dorfladen und eine Weinstube. Ich erinnere mich noch, wie er die glänzenden Bonbons in Spiralen aus braunem Packpapier abfüllte, unter hängenden Paraffinlampen, umgeben vom Duft der Gewürze. Im Nebenraum, der Weinstube mit ihrem Holzboden und blauen Wänden, saßen die Dorfleute auf hölzernen Bänken mit Schnapsflaschen vor sich. Der Dunst des Alkohols vermischte sich mit dem Geruch von Schweiß und

Kuhstall, und der Geräuschpegel schwoll immer höher. Das Grummeln der Unterhaltung schlug in laute Debatten um, und jemand begann zu singen. Melancholische Liebeslieder wechselten mit rhythmischen Militärmärschen, und wenn jemand seine Fidel packte, sprangen alle auf, um sich bei einem fröhlichen Tanz zusammenzufinden. Es gab dort keine Frauen, und Kinder hatten keinen Zutritt. Wenn ich meine Bonbontüte bekommen hatte und versuchte, in die Weinstube zu schlüpfen, wurde ich auf der Stelle gestoppt. Juden gingen nie in die Weinstube, und jüdische Kinder schon gar nicht.

Jedes Jahr sehnte ich mich nach dem Lande und war glücklich, wenn ich endlich die blauen Häuser mit ihren Strohdächern, die Scheune mit ihren geschnitzten Toren und den schlammigen Hof mit seinem charakteristischen Brunnen wiedersah. Es passierte nicht viel auf dem Lande. Jetzt, da ich zurückschaue, war es ein langer Sommertag, sonnig und heiß, mit gelegentlichen Regenschauern, der nach altem Holz und Sonnenblumenkernen roch. Ich spielte mit den Ziegenbabys, trank warme Kuhmilch und badete in dem schlammigen Fluß zwischen schwarzen Wasserbüffeln. Groß war meine Freude, wenn ich Freunde wiedersah, die ich im letzten Jahr kennengelernt hatte, und wenn wir von all dem erzählen konnten, was sich seit unserem Abschied ereignet hatte. Wir führten Theaterstücke in der Scheune auf, spielten auf Schaukeln, liehen uns gegenseitig Bücher und gingen auf Erkundungsreisen, den Fluß entlang. Ich hatte kein Heimweh, dennoch war es aufregend, jeden Tag zur Poststation zu gehen, um zu sehen, ob ein Brief angekommen war.

Wenn es regnete, versteckte ich mich mit all den alten Büchern auf dem Dachboden. Der größte Spaß war, durch die alten Magazine mit Bildern aus dem vorigen Jahrhundert zu blättern. Aber ich las alles, was mir in die Hände fiel, ob ich es verstand oder nicht: Balzac, *Die Odysee*, Kindergeschichten, alles in herrlichem Durcheinander. Beruhigend pladderten die Tropfen auf das Dach. Sowie aber ein Donner in der Ferne zu grollen begann, packte mich die Angst. Ich wagte nicht zu warten, bis es blitzte, sondern rannte hinunter in die Küche, wo meine Tante alle Fenster schloß. Dann saßen wir auf dem Bett, in der dunkelsten Ecke des Raumes, und in banger Erwartung bat ich sie, mir doch wieder die Geschichte vom Feuerball, der durch das Fenster kam, zu erzählen.

Sie hatte sich während des Ersten Weltkrieges zugetragen. Mein Onkel diente in der österreichisch-ungarischen Armee, die in Bosnien kämpfte. Er befand sich in einer Baracke inmitten eines Waldes und bediente gerade den Morsetelegraphen, als ein großer Feuerball im offenen Fenster erschien, langsam vorwärts floß, ins Telefon gesogen wurde und verschwand. Mein Onkel war gelähmt vor Entsetzen. Er war sicher, daß es sich um eine Erscheinung des Teufels handelte. Diese Angst begleitete ihn von Stund an sein Leben lang, und er gab sie an seine nahen und sogar entfernteren Verwandten weiter.

Zum Schutz vor dem Feuerball lehrte mich mein Onkel, ein Gebet zu sprechen, wenn der Donner grollte, und ein anderes, wenn der Blitz zuckte. Ich fürchtete mich sehr, versteckte mich unter den Kissen und wiederholte diese Gebete mechanisch wieder und immer wieder.

Solche Gewitter verwandelten den Staub des Hofes in ein Schlammbad. Wenn wir hinausgingen, sanken wir mit unseren Schuhen tief ein. Die reingewaschene Luft aber verleitete uns zu einem Spaziergang, und es machte mir nichts aus, daß ich später meine Schuhe nur mit Mühe wieder sauber bekam. Wir hielten uns auf der Landstraße und versuchten, die schlimmsten Pfützen zu vermeiden. Wir brauchten uns um den Verkehr nicht zu kümmern, denn wenige Fahrzeuge würden sich blicken lassen.

Der Sommer verging schnell. Bald wurden die Tage kürzer, das Wetter kühler, und der Schulbeginn rückte näher. Es war Zeit, nach Hause zu fahren. Ich begann zu packen, alle Schätze zusammenzutragen, die ich während des Sommers gesammelt hatte: Tannenzapfen, polierte Steine, Federn und glänzende Halsketten aus getrockneten Beeren. Gegen Abend, als die Kuhglocke zu bimmeln begann, rannte ich zur Scheune, um zum letzten Mal in diesem Sommer die schäumende Milch zu trinken. Nach dem

Melken spann mein Onkel Schneeweißchen und Rosenrot vor den Karren und brachte uns in die nahegelegene Stadt, von wo aus ich den Bus nach Sighet nehmen würde. Die Ochsen bewegten sich gemächlich, und so war es schon spät am Abend, als wir bei meinem Vetter ankamen.

Mein Vetter wohnte in einem kleinen gemieteten Zimmer gegenüber der Kirche auf dem oberen Flur eines zweistöckigen Hauses. Die Kirchenuhr leistete mir Gesellschaft und war das erste, was ich sah, wenn mich mein Vetter im Morgengrauen weckte. Ich hörte die Tauben gurren, wenn sie sich auf dem Fenstersims niederließen, um mich zu begrüßen. Wir hatten keine Tauben in Sighet, und ich konnte nicht verstehen, daß mein Vetter sie wegscheuchte. Ich zog mich rasch an, und wir gingen in das Café am Platz, wo ich heiße Schokolade und frische Hörnchen bekam, während wir auf den Bus warteten. Als der Bus vorfuhr, wurde ich dem Fahrer übergeben und ermahnt, mich nicht von meinem Sitz zu rühren, bis wir Sighet erreicht hatten.

Draußen auf der Landstraße nahm der Bus all seine Kraft zusammen, um den Berg Gutin zu erklimmen. Keuchend und schnaubend kroch er die enge, sich windende Straße hinauf, die mit Laubbäumen gesäumt war, die allmählich in Nadelbäume übergingen. Der Bus hatte keine Sprungfedern, und ich wurde auf und ab geschüttelt wie eine Medizinflasche. Häufig wurde jemandem übel, und der Bus mußte eine Weile anhalten und warten, während der oder diejenige sich erleichterte. Der Landschaft weitete sich, je höher wir kletterten. Die Häuser wurden kleiner und kleiner und waren bald ganz unsichtbar, als wir uns dem Paß näherten. Die Windungen der Straße unter uns sahen wie Schlangen aus, die im grünen Blätterwald dahinkrochen. Hatten wir endlich den Paß erreicht, stoppte der Bus, und wir konnten uns die Beine vertreten und von dem Quellwasser trinken. Neben der Quelle befand sich ein geschnitztes Kruzifix. Viele Fahrgäste knieten nieder, dankten, daß der Bus uns sicher bis zur Spitze gebracht hatte, und beteten für einen sicheren Abstieg. Die Wolken umhüllten halb die geisterhaften Gestalten, die am Straßenrand standen, und es schien, als sei jeder Laut in Watte gepackt.

Nicht viele Leute sprachen. Die Höhe und die feuchte Luft ließen uns wünschen, bloß schnell hinunterzukommen, und bald war jeder zurück auf seinem Platz.

Der Bus startete wieder, und sein Schnaufen und Stottern verwandelte sich in ein zufriedenes Brummen, als er begann, den Paß abwärtszufahren. Je tiefer wir in das Tal hinunterstiegen, desto lebendiger wurden die Fahrgäste. Vorsichtig wurden ein paar Worte gewechselt, aber schon bald herrschte ein angeregtes Stimmengewirr. Leute, die vorher schweigsam gewesen waren, plauderten nun fröhlich und boten sich gegenseitig Äpfel und belegte Brote an. Die Wolken lichteten sich und die Sonne erschien. Die Tannen verschwanden und die Niederungen der Laubbäume begrüßten den heimwärts ziehenden Bus. Nun fuhren wir hinter dem Wachhäuschen im Tal vorbei, und schon begegneten wir Bauern in ihrer dörflichen Tracht, die ihr Vieh zur Weide trieben.

Als die ersten geschnitzten hölzernen Gartentore auftauchten, die so typisch für die Maramures-Region waren, wußte ich, daß ich bald in Sighet sein würde. Ich erkannte die vertrauten Dörfer, den Glockenturm, den Wasserfall, dessen Gurgeln uns begleitete, Onkel Michaels Obstgarten mit seinen Walnuß- und Apfelbäumen. Ich freute mich darauf, die reifen Früchte zu pflücken und die weichen geschälten Walnußkerne zu kosten. Am besten war es, sie zu pflücken, bevor die grüne Rinde abgefallen war. Ich wünschte mir so sehr, der Fahrer würde anhalten. Ich mußte mich noch gedulden. Bald würden wir da sein.

Nun erreichten wir die Ränder der Stadt. Die Geschäfte waren geöffnet. Es war Markttag, und Bauern aus den Dörfern drängten sich durch die Straßen mit Säcken auf den Rücken. Sie würden Gemüse, Eier, Hühner, Käse und Milch verkaufen und dafür feine Tuche und andere Luxuswaren einkaufen. Frauen in gestreiften Schürzen und bunten Halstüchern standen zwischen den weißgekleideten Männern. Ein Bauer saß auf einem Pferdekarren und schwang seine Peitsche. Der Bus fuhr vorbei und hüllte alles in eine Staubwolke. Wir passierten das Restaurant meines Onkels Pinchas, Onkel Samuels Textilladen, und nun sah ich Mutter und Livi dem heranrollenden Bus entgegenwinken. Er hielt auf dem Platz, die Tür öffnete sich und wir fielen uns in die Arme. Ich war begierig, alles zu erzählen, was ich getan hatte, und Livi wollte mir von ihrem Sommer erzählen. Mutter hatte Mühe, ein Wort dazwischen zu bekommen und mußte sich mit dem Zuhören begnügen, während wir uns in eine Droschke setzten und zur Hospitalstraße fuhren.

Ich erinnere mich besonders an einen Herbst, als ich mit zwei großen Neuigkeiten begrüßt wurde. Onkel Michael war zum Kandidaten der Liberalen für das Parlament nominiert worden, und wir würden in ein neues Haus ziehen.

Es war 1938. Das Land wurde von der Bauernpartei regiert, die antisemitisch eingestellt war, so daß das Leben der Juden in den Dörfern und Städten weit davon entfernt war, ruhig zu sein. Ungerechtigkeiten, Quälereien, Steinewerfen und Kämpfe wurden alltäglich. Die Liberalen, die die Stimmen der Juden suchten, versprachen, gegen den Antisemitismus zu kämpfen, und als Beweis ihres guten Willens nahmen sie diesen Juden, Onkel Michael, in ihre Nominierungsliste auf. Die Wahl sollte in ein paar Monaten stattfinden, und alle Juden hofften auf den Sieg der Liberalen. Ich war stolz auf meinen Onkel.

Aber die andere Neuigkeit war noch interessanter: Wir würden umziehen. Vater hatte endlich das Haus gekauft, das wir uns so lange wünschten: das Haus in der Bahnhofstraße, das mit seinem flachen Dach wie eine Streichholzschachtel aussah. Wir hatten nie zu hoffen gewagt, es uns leisten zu können.

In den folgenden Tagen redeten wir nur von dem Haus und dem bevorstehenden Umzug. Das Haus hatte fünf Räume und einen Dachboden, den Livi und ich sofort für uns reklamierten. Er war abseits vom Rest des Hauses, da er über eine Wendeltreppe direkt von der Vordertür her erreichbar war. Ich stellte mit Vergnügen fest, daß wir nicht durch das Zimmer unser Eltern gehen mußten.

Das Zimmer zum Hof war ihr Schlafzimmer, der mittlere Raum das Eßzimmer und das zur Straße liegende Zimmer das Wohnzimmer. Neue Möbel mußten gekauft werden, und in unserer Phantasie möblierten wir das Haus immer und immer wieder neu. Endlich sollte Platz für ein Klavier sein. "Vater, versprichst du, ein Klavier zu kaufen? Versprichst du es wirklich?" Wir würden ein feines Sofa haben und einen Schrank für Bücher und Gläser, den der Tischler versprochen hatte, genau nach einer Abbildung zu arbeiten, die ich in einem Möbelmagazin gesehen hatte. Es würde alles großartig sein.

Livi und ich gingen mindestens einmal am Tag zum Haus, sprangen darin herum und behinderten die Arbeiter, die dabei waren, die Renovierung zu beenden. In einer Woche sollte es fertig sein. Ich bewunderte vor allem das Badezimmer: die weißglänzende, im Boden eingelassenen Wanne, das Waschbecken mit den mit "Heiß" und "Kalt" markierten Wasserhähnen und den dicken braunen Boiler in der Ecke, der alles überwachte. Stell dir vor, morgens aufwachen und ein heißes Bad nehmen! Nur den Wasserhahn aufdrehen! Ganz so einfach war es freilich nicht. Zuerst mußte man in der Küche stehen und eine halbe Stunde Wasser pumpen, danach das Holz unter den Heizkessel legen und das Feuer anzünden, warten, bis das Wasser heiß war, und erst jetzt war das Bad fertig. Aber dann - was für ein Luxus, sich in dem wundervoll heißen Wasser auszustrecken!

In den verschiedenen Räumen standen Porzellanöfen. Der im Eßzimmer hatte eine Vertiefung für eine Blumenvase; der im Wohnzimmer war lindgrün und der im Schlafzimmer blaßrosa. Auf dem Dachboden gab es keine Kachelöfen, nur einen kleinen aus Eisen, der den Raum irgendwie einladender machte. Wir wählten helle Farben und kleine Muster für die Wände. Ich war der dunklen Farben und großen Mustern auf den Wänden in der Hospitalstraße überdrüssig. Mein Geschmack hatte sich geändert. Ich wollte helle Farben und gerade Linien. Der Funktionalismus war nach Sighet gekommen. Wie? Woher? Ich weiß es nicht.

Magazine mußten mich beeinflußt haben, aber ich bildete mir ein, ich hätte ihn selbst entdeckt.

Mutter plante den Garten mit Hilfe eines Gärtners. Hinter dem Haus wollte sie ihren Küchengarten und einige Obstbäume haben. Vorne, gegenüber der Straße, sollte es einen Rasen, Blumenbeete und japanische Kirschbäume geben. Der Zaun war aus offenen Quadraten, so daß wir mit der Straße in Kontakt standen, und uns nicht, wie vorher, hinter einer hohen Mauer versteckten. Vielleicht, weil das Haus zentraler gelegen war, mit weniger Gefahren durch Einbrecher, vielleicht auch, weil wir unser hübsches Haus mit dem schönen Garten herzeigen wollten. Die Bahnhofstraße gehörte den Wohlhabenden. Die Häuser waren groß und kostspielig, und die Eigentümer wetteiferten miteinander zu zeigen, wer die feinsten Blumen hatte. Sie brauchten die Gartenarbeit nicht selber zu verrichten. Arbeit war sehr billig.

Annas Eltern hatten den schönsten Garten in unserer Straße. Anna war eine Kusine, die meine beste Freundin wurde, als wir einmal dorthin gezogen waren. Sie war dunkel, mit rabenschwarzen Zöpfen, die sich wie Schlangen ihren Rücken hinunterwanden, aristokratischer Blick, wundervoll geschwungene Lippen. Ihre Nase war gerade und gaben ihr ein leicht spitzes Aussehen. Große, unschuldige blaue Augen schauten einen hinter dichten dunklen Augenwimpern an und wurden verführerisch, wenn sie lächelte. Als sie älter wurde, drehten sich alle Jungen nach ihr um, und ich hoffte, etwas von ihrem Zauberglanz abzubekommen. Ich suchte mir meine Freundinnen immer unter den hübschesten Mädchen aus.

1938 war ich vierzehn, Anna sechzehn. Sie war gierig darauf, auf der Hauptstraße frische Luft tanken zu gehen, aber ich sah nicht recht, was daran so lustig sein sollte. Die Schulregeln waren sehr streng, und all die gewöhnlichen Kleinstadtfreuden, wie ins Kino gehen oder mit Jungen herumspazieren, waren für uns Schülerinnen verboten. So mußten wir dem einzigen Vergnügen frönen, das uns übrigblieb. Mädchen gingen mit Mädchen und liebäugelten mit den Jungen. Das war etwas Neues für mich, aber ich wollte meine Unerfahrenheit nicht zugeben und versprach Anna, mit ihr spazierenzugehen, sobald ich meine Schulaufgaben gemacht hätte. Ich blickte auf meine Bücher und entschied, daß heute nachmittag nicht allzu viel zu tun sei. Geschichte war einfach, Französisch konnte ich, nur das Rechnen würde dauern. Aber bald hatte ich auch das erledigt, und als Anna anrief, schnappte ich meine Schulmütze und rannte los.

Sobald die Geschäfte geschlossen waren, verwandelte sich die Hauptstraße zwischen Kirche und Kino in eine Promenade. Die Mädchen in ihrer Schuluniform spazierten Arm in Arm, das Kirchenportal gerade in dem Moment verlassend, wenn die Jungen das Kino erreichten, so daß man sich auf halbem Wege traf. Die Mädchen trugen schwarze Kleider mit weißen Kragen, schwarze Strümpfe, schwarze Schuhe und dunkelblaue Baskenmützen, die Jungen armeegrüne Anzüge und grüne spitze Kappen mit dem Schulabzeichen. Wir warfen uns gegenseitig verstohlene Blicke zu, die Mutigeren unter uns flüsterten ein oder zwei Worte, als die zwei Gruppen einander passierten. Für gewöhnlich waren es die Jungen, die etwas sagten; wir Mädchen taten so, als nähmen wir keine Notiz von ihnen. Aber alles wurde sorgfältig registriert, jeder flüchtige Blick, jede Geste; nichts entging uns. Und hinterher erinnerten wir uns stundenlang und diskutierten, jeden Blick, jede Geste, jedes Wort.

Unsere Spaziergänge wurden lockerer. Und eines Tages, als ich hinter einem Schuljungen herging, stach etwas in meiner Brust. Er hatte ein schönes, sanft lächelndes Gesicht, und als ich ihn ansah, fühlte ich etwas Ungewöhnliches. Ein eigenartiges, angenehmes, beruhigendes und doch verwirrendes Gefühl. Wer mochte er sein? Ich hatte mich in jemanden verliebt, dessen Namen ich noch nicht einmal wußte.

Nun wurden die Spaziergänge auch für mich wichtig. Ich ging die Hauptstraße auf und ab, um ihn zu sehen, in der Hoffnung, auch er würde mich bemerken. Ich spürte seine Adresse auf, seine Schule, seine Gewohnheiten, und meine ganze Energie richtete sich darauf, herauszufinden, wo und wann ich ihn treffen konnte.

Es machte nichts, daß wir einander nicht kannten. Ich ging auf einer Wolke, sobald ich ihn erblickte, und fiel fast in Ohnmacht, als er mich das erste Mal ansah. Zuhause saß ich stundenlang vor ungeöffneten Büchern und spann Träume von Liebe und ewigem Glück.

Träume. Schon seit ich klein war, hatte ich mir selbst Geschichten erzählt. Jeden Abend, bevor ich einschlief, dachte ich mir Geschichten aus über lebende Puppen, die ich umsorgen konnte. Später, als ich größer wurde, träumte ich von Reisen in verschiedene Länder, von Entdeckungen und Errungenschaften.

Ich würde Ärztin werden und um die Welt reisen. Ich wollte ferne Länder sehen, Berge erklimmen, im Meer baden, Eingeborene in Afrika besuchen und Menschen überall helfen. Aber Reisen ist gefährlich, angenommen, ich müßte den Tod riskieren? Würde ich es wagen, mich dem auszusetzen? Ja, ich liebte das Abenteuer und wollte einen Pakt mit Gott schließen: "Ich akzeptiere alle Prüfungen, die Du mir schickst, solange ich leben darf." Abend für Abend dachte ich an diese zukünftigen Mühsale und begann, mich darauf vorzubereiten. Ich wollte mich abhärten, um mit extremen Klimabedingungen fertig zu werden. Im Winter schlief ich bei offenem Fenster, nur mit einer einzigen dünnen Decke, im Sommer bei geschlossenem Fenster und einer dicken Daunendecke. Ich versuchte, mich daran zu gewöhnen, ohne Nahrung auszukommen und vermied zu essen, so daß meine Mutter sich nach einiger Zeit Sorgen zu machen begann. War etwas in mir, das fühlte, was vor mir lag? Die politische Situation war chaotisch, die Vorstellung von Krieg entsetzte mich so tief, daß ich noch nicht einmal daran zu denken wagte. Ein Instinkt von Selbsterhaltung schirmte mich vor der Realität ab.

Anna war morgens immer schon munter und besuchte mich, bevor ich aufstand. Sonntags liebte ich es, mit einem Buch lange im Bett zu liegen. Hätte Mutter mich gelassen, würde ich den ganzen Tag lesend im Bett verbracht haben.

Eines Morgens, als Anna mich abholen wollte, um mit ihr zum Zahnarzt zu gehen, war ich so in Dumas' Roman *Der Graf von*

Monte Christo vertieft, daß ich es ablehnte, sie zu begleiten. Statt dessen verabredeten wir uns um 11 Uhr in der Stadt. Sie ging, und ich litt weiter mit dem Grafen auf seiner Insel. Ich nahm Stift und Papier und übte, mit meiner linken Hand zu schreiben, für den Fall, daß ich einmal in eine ähnlich mißliche Lage geraten sollte. Die Zeit verstrich, und als es fast 11 Uhr war, sprang ich aus dem Bett und zog mich hastig an. Als ich das Gartentor erreichte, sah ich Anna auf mich zukommen. Ich war überrascht, daß sie nicht auf mich in der Stadt gewartet hatte, und ging ihr entgegen, eine Entschuldigung auf den Lippen. Noch bevor ich etwas sagen konnte, schrie sie:

"Es ist Krieg!"

"Das ist nicht wahr."

"Doch, ich war gerade beim Zahnarzt. Sie haben ein Radio und hörten es in den Nachrichten."

"Das glaube ich nicht. Du lügst!"

"Nein, ehrlich."

"Oh Gott, wie schrecklich!"

"Was geschieht mit uns?"

"Unsere Väter werden eingezogen."

"In den Straßen hier wird man schießen."

"Vielleicht sterben wir alle."

"Nein, nicht jeder stirbt im Krieg. Mit uns wird's schon in Ordnung gehen."

"Ich habe Angst."

"Ich auch."

"Laß uns das Datum von heute in das Gartentor schnitzen und versprechen, daß wir uns, was immer auch geschieht, hier wiedertreffen werden, wenn der Krieg vorbei ist. Und dann schnitzen wir auch das Datum ein."

"Ja, laß uns das tun!"

Ich rannte ins Haus, fand ein Taschenmesser und schnitzte in das Holz: 1. September 1939.

Als der Krieg zu Ende war, waren weder Anna noch ich in Sighet. Noch war da ein Tor geblieben, in das man hätte schnitzen können. Später hörte ich, es sei verbrannt worden. Holz war knapp gewesen.

Im August 1940, ich war immer noch erst sechzehn, rückte die große Welt näher zu uns. Vor 1918 war Transsylvanien Teil des österreichisch-ungarischen Kaiserreiches gewesen. In dem Vertrag von Versailles wurde es in jenem Jahr Rumänien zugeteilt; nun sollte es Ungarn zurückgegeben werden. Es herrschte große Freude unter der ungarischen Minderheit in Rumänien sowie unter den älteren Juden, die sich selbst als Ungarn betrachteten. Unsere Eltern hatten die Rumänen nie akzeptiert. In jedem jüdischen Haus wurde Ungarisch gesprochen, und Juden verinnerlichten ganz selbstverständlich die ungarische Kultur.

In der Schule hatte es nach dem Anschluß an Rumänien Probleme gegeben. Es waren nur wenige rumänische Schüler da, aber keiner von uns durfte Ungarisch sprechen. Für jedes ungarische Wort wurden wir streng bestraft. All das hatte Zeit gebraucht, aber nach einer Weile war es den Lehrern gelungen, uns jüdische Kinder zu rumänischen Patrioten zu machen, die auf ihre "ungarischen" Eltern herabsahen. Während sich daher unsere Eltern nun freuten, waren wir Kinder traurig und hofften, daß die ungarische Herrschaft nur vorübergehend sein würde.

Dinge begannen sich in Sighet zu ereignen. Die führenden Rumänen der Stadt wollten gehen, und bisher verachtete Ungarn spürten, daß ihre Zeit wieder gekommen war. Den Geschäften gingen die roten, weißen und grünen Stoffe aus, da sich jeder auf den großen Tag vorbereiten und Fahnen nähen wollte. Ein Feiertag wurde ausgerufen. Alle Geschäfte mußten geschlossen bleiben, jeder sollte einen freien Tag haben. Die Schule hatte noch nicht wieder angefangen, obwohl es bereits September war. Ich sollte in der sechsten Klasse mit neuen, ungarischen Lehrern beginnen. Meine alten rumänischen Lehrer und Klassenkameraden, die nun die Stadt verließen, würden mir fehlen.

Ich wurde von jemandem geweckt, der die Stufen zum Dachboden emporkletterte, öffnete meine Augen und sah, daß Livi noch schlief. Die Septembersonne, die einen tapferen Versuch unternahm, die kühle Morgenluft zu erwärmen, lugte durch das offene Fenster. Ich stand auf, zog meinen Morgenmantel über und öffnete die Tür. Zsuzsa, unser ungarisches Hausmädchen, hatte gerade die Bodentür geschlossen und war auf dem Weg nach unten.

"Guten Morgen Zsuzsa. Was tust du hier so früh?"

"Ich habe gerade die Fahne aus dem Fenster gehängt, die Straße ist voller Fahnen; sie flattern so schön. Komm, beeil dich und zieh dich an. Wir müssen auf die Straße gehen und die ungarischen Soldaten begrüßen. Ich habe für euch auch ein paar Fähnchen gemacht. Wir müssen ihnen damit zuwinken."

"Ich glaube nicht, daß ich das tun werde."

Zsuzsa war enttäuscht über meine Gleichgültigkeit. Sie hatte bereits ihre besten Kleider angezogen und strahlte. Ihr Tag war gekommen. Nun würden alle Schwierigkeiten verschwinden, und sie würde glücklicher leben. Es kam ihr nicht in den Sinn, daß sie ein armes Dienstmädchen bleiben würde, ob ihre Herren nun Rumänen oder Ungarn waren.

Ich ging in die Küche, wo meine Eltern am Frühstückstisch saßen. Sie teilten Zsuzsas Freude und versuchten, mich von den Vorteilen eines ungarischen Regimes zu überzeugen. Die Ungarn würden die Juden schützen; sie wußten, daß die Juden immer tapfer für sie gekämpft hatten, und würden nun die Loyalität der Juden belohnen. Ich trank schweigend meinen Kaffee, und es fiel mir schwer, ihre Begeisterung zu verstehen.

Zsuzsa wußte nicht, wie sie die Zeit herumbringen sollte. Sie rannte hin und her, machte hier ein Bett, staubte dort einen Schrank ab und fragte schließlich, ob sie im Garten Blumen pflücken dürfe. Sie sammelte einen dicken Eimer voll Astern und Dahlien, die sie den Soldaten zuwerfen wollte. Immer wieder drängte sie mich, mit ihr zu kommen. Ich lehnte ab.

Nachdem alle gegangen waren, blieb ich allein im Haus zurück. Am Ende aber siegte die Neugier, und ich entschloß mich, auf die Straße zu gehen und ein bißchen zu gucken. Ich zog mich an und ging Anna abholen. Wir schlenderten bis zur Ecke der Hospitalstraße, um dort auf die Ungarn zu warten, die die Hauptstraße entlang kommen sollten. Zehn Uhr rückte näher, und die Bürgersteige waren überfüllt mit aufgeregten Menschen, die Fahnen und Blumen schwenkten. Die ungarische Flagge flatterte aus jedem Fenster, und ein Gefühl glücklicher Vorfreude lag in der Luft. Sie jubelten und sangen patriotische Lieder, während sie auf ihre Befreier warteten.

In der Ferne kündigte eine Staubwolke das Nahen der Soldaten an. Bald konnte ich die Spitzenkolonne mit ihren erhobenen Bannern erkennen. Jubel brach aus, als die Soldaten, den Rákoczy-Marsch singend, herankamen. Erwachsene und Kinder, Ungarn und Juden winkten, schrien und sangen, warfen Blumen und Kußhände. Mädchen schlangen ihre Arme um den Hals der Soldaten, küßten und umarmten sie. Alle begleiteten sie zum Stadtpark, wo das offizielle Empfangskomitee schon wartete. Die ungarischen Elite der Stadt saß auf einer Tribüne, die eigens zu diesem Anlaß errichtet worden war, und Biró Antal, der selbsternannte Bürgermeister, wanderte nervös auf und ab mit einem Stück Papier in der Hand. Schweißperlen sammelten sich auf seiner Stirn, als er seine Rede einstudierte. Der Schulmeister ermahnte seine Schüler, ihr Bestes zu geben und drohte mit Vergeltung, falls sie ihm keine Ehre machten. Er hatte große Mühe, sie unter Kontrolle zu halten. Alle fühlten sich erleichtert, als endlich der Rákoczy-Marsch zu hören war. Der Schulmeister stimmte ein ungarisches Volkslied an, und sobald die Soldaten in Sicht kamen, fingen die Kinder an zu singen. Die Truppen formierten sich vor der Tribüne, und der Bürgermeister begann mit seiner Begrüßungsansprache. Anna und ich verließen den Platz, um einen Spaziergang im Mühlenpark zu machen.

Diese Euphorie dauerte mehrere Tage, bald jedoch stellte sich die alte Routine wieder ein. Die Schule begann, und ich fing an, mich dem ungarischen Lehrplan, den neuen Lehrern und Klassenkameraden anzupassen. Inzwischen wurde der Irre im Rundfunk (wir hatten ein neues Gerät gekauft) immer schriller. Österreich, die Tschechoslowakei und Polen waren besetzt worden, und es gab Gerüchte über Greueltaten gegen Dissidenten und Juden. Wußten wir von den Konzentrationslagern? Ich erinnere mich nicht.

Ich erinnere mich nur an einen jüdischen Flüchtling aus Polen, der in unsere kleine Stadt kam und von Tante Lotti versteckt wurde, lange bevor die Ungarn kamen. Er saß in einem verdunkelten Raum, aufspringend, wann immer jemand an die Tür klopfte. Wir Kinder durften ihm zu essen bringen, und ich war entsetzt über seinen abwesenden, starren Blick, der Terror, Angst und Schmerz widerspiegelte. Es gab so vieles, was ich ihn gern gefragt, ihm gesagt hätte. Ich wollte ihn trösten, aber ich konnte seine Sprache nicht sprechen. Meine Eltern beantworteten meine Fragen ausweichend, flüsterten miteinander über grauenhafte Dinge, denen er entkommen war. Aber ich denke nicht, daß irgend jemand glaubte, solche Dinge könnten auch uns treffen. Was geschehen war, war in Deutschland, Österreich, in der Tschechoslowakei, in Polen geschehen - nicht in Ungarn. Wir waren ungarische Bürger; unsere Väter hatten in der ungarischen Armee im Ersten Weltkrieg gekämpft. Als Kind spielte ich mit Vaters Tapferkeitsmedaillen. Nichts konnte uns geschehen.

Ich lebte wie zuvor, machte meine Schularbeiten, schrieb mein Tagebuch, traf mich mit Freunden und träumte von der Liebe. Träumte von Ihm mit einem großen I, dem ich jeden Tag auf meinem Weg zur Schule begegnete. Träumte und hoffte, daß auch er mich eines Tages bemerken, daß er meine Gefühle erwidern würde. Er war groß und schlank, und jeden Morgen betete ich, daß seine blauen Augen doch die meinen träfen. Ich hielt den Atem an, wenn ich an ihm vorüberging, aber immer war er im Gespräch mit einem seiner Freunde vertieft. Als ich eines Tages von der Schule kam, geschah es. Für einmal war er allein. Ich sah ihn und verlangsamte meinen Schritt. Mein Herz raste, meine Knie wurden schwach. Jetzt, jetzt wird er mich sehen, vielleicht wird er mich grüßen, vielleicht sogar ein paar Meter mit mir gehen. Er näherte sich pfeifend, seine Augen trafen meine, und als wir auf gleicher Höhe waren, spuckte er. Nicht verstohlen, wenn jemand eine Erkältung hat, nicht in den Rinnstein, nicht zufällig. Absichtlich, mit einem Ausdruck des Fluches, in mein Gesicht.

Eine Welt stürzte ein. Ich war Abschaum, eine dreckige Jüdin. Was ich gehört hatte, das anderen Menschen in anderen Ländern geschehen war, war nun mir geschehen.

Ich lief weinend nach Hause. Mutter war erschrocken.

"Was ist passiert? Bist du im Rechnen durchgefallen?"

"Er hat mich angespuckt."

"Wer?"

"Der hübsche Junge, dem ich immer auf meinem Schulweg begegne."

"Deswegen brauchst du nicht zu heulen", sagte Mutter wenig einfühlsam.

"Mutter, verstehst du denn nicht?"

"Ich verstehe, aber es gibt Schlimmeres."

"Nein, Mutter, nichts kann schlimmer sein."

"Du weißt doch, sie mögen uns nicht. Solche Dinge passieren eben. Du mußt das nicht so schwer nehmen."

"Ist dir das jemals passiert?"

"Nicht genau das, aber ähnliche Dinge. Man gewöhnt sich daran."

"Ich will mich aber nicht daran gewöhnen."

Vater, der gerade zum Mittagessen nach Hause kam, hörte mein Weinen und kam hinauf in mein Zimmer.

"Was ist geschehen?" fragte er.

"Ein verdammter antisemitischer Junge hat sie angespuckt", sagte Mutter. "Sie scheint so etwas vorher noch nicht erlebt zu haben."

"Armes Kind. Nun, sie wird akzeptieren müssen, daß wir in einer antisemitischen Welt leben."

"Nein Vater, ich will es nicht akzeptieren. Ich will nicht in einem Land leben, wo man auf Menschen spuckt. Warum tun wir nicht irgend etwas? Warum sitzen wir hier? Warum sind wir nicht längst weggezogen? Lieber Vater, bitte versprich, daß wir von hier fortgehen."

"Das ist nicht so einfach", sagte er. "Als wir gekonnt hätten, haben wir nicht den Mut gehabt, unser sicheres Einkommen, ein schönes Haus, Familie und Freunde aufzugeben. Nun sind es hunderttausende von Menschen, die dieses Land verlassen wollen. Es ist sehr schwer."

Ich war untröstlich. Ich wollte nicht wie meine Eltern sein. Ich wollte das alles nicht akzeptieren. Ich wollte etwas tun, weglaufen, das Land verlassen. Am Ende mußte ich akzeptieren, daß es keine Möglichkeit dafür gab. Man konnte nur das tun, was alle anderen taten: den Kopf in den Sand stecken und so weiter machen wie bisher. Aber das wurde nun härter und härter. Täglich wurden neue Bestimmungen erlassen, die das Leben für Juden schwerer und in manchen Fällen sogar unmöglich machten. Proklamationen wurden an den Straßenecken unter lautem Getrommel verkündet, und sowie wir die Trommeln hörten, wußten wir, daß wieder ein paar neue Lasten auf unsere schon gebeugten Schultern gelegt werden würden. Folgende Befehle wurden einer nach dem anderen erlassen:

1. Juden ist es verboten, Rundfunkgeräte zu besitzen. Sie müssen innerhalb von vierundzwanzig Stunden bei den Behörden abgegeben werden.
2. Juden müssen allen Schmuck und alle Wertgegenstände abgeben. Nichtbefolgung wird bestraft.
3. Alle Fahrzeuge, die Juden besitzen, müssen sofort bei der Armee abgegeben werden.
4. Juden ist es verboten, Restaurants, Kinos, Tennis- oder Badeplätze zu besuchen.
5. Juden ist es verboten, in öffentlichen Institutionen zu arbeiten.
6. Juden dürfen keine Nichtjuden anstellen. Christliche Mädchen, die in jüdischen Haushalten arbeiten, müssen sofort aufhören.

7. Bürger dürfen nur arische Geschäfte besuchen und sind gehalten, keinerlei Handel, welcher Art auch immer, mit Juden zu treiben.
8. Jüdische Kinder haben kein Recht auf höhere Schulbildung.
9. Alle Juden müssen den Behörden Dokumente vorlegen, die beweisen, daß sie in Ungarn geboren sind. Juden, die nicht in Ungarn geboren sind, werden in ihr Herkunftsland (dies bedeutete für gewöhnlich Polen) deportiert.

Die Arianisierung hatte begonnen.

Der 8. Befehl traf mich am härtesten. Die Schule, die ich sieben Jahre lang besucht hatte, war nun, ein Jahr vor der Reifeprüfung, für mich geschlossen. Ich war tief unglücklich und bettelte darum, in irgendeine andere Stadt, die eine jüdische Schule hatte, gehen zu dürfen.

Meine Eltern hatten Verständnis und versuchten, für mich einen Umzug nach Cluj, der Hauptstadt Transsylvaniens, zu arrangieren. Ich wußte, das bedeutete finanzielle Opfer. Die Schulgebühren, die Kosten für die Bücher, Reise und Unterkunft beliefen sich auf eine beträchtliche Summe. Ich wußte, es wurde immer schwieriger für Juden, Geld zu verdienen. Aber ich war entschlossen, eine billige Unterkunft zu finden und ihre Großzügigkeit dadurch zu belohnen, daß ich die Beste meiner Klasse würde.

Wenige Tage bevor das Schuljahr begann, fuhr ich nach Cluj, um nach einer Unterkunft zu suchen. Ich war traurig, meine Familie verlassen zu müssen, aber glücklich, meine Schulausbildung fortsetzen zu können. Es war das erste Mal, daß ich alleine wegging, um auf eigenen Füßen zu stehen. Ich sollte die ersten Nächte bei Verwandten verbringen. Sie waren nicht sehr freundlich, und obwohl sie eine große Wohnung hatten, wollten sie mich nicht für längere Zeit aufnehmen. Ich hatte Heimweh, wollte aber nicht, daß es jemand merkte. Zwar hatte ich Vater versprochen, gleich bei meiner Ankunft zu schreiben, aber ich wollte lieber warten, bis ich eine billige Unterkunft gefunden hatte.

Sighet, 2. September 1941

Lieber, kleiner Frechdachs,

kaum hast du uns verlassen, schon bist du ungehorsam. Du weißt, wie besorgt wir immer sind, wenn du bis 8 Uhr abends nicht nach Hause kommst, und kannst dir denken, wie wir jetzt fühlen. Oder hast du ein Telegramm geschickt, das uns nicht erreicht hat? Ich füge ein Papier bei, das den Wechsel deines Wohnsitzes dokumentiert; du wirst das brauchen. Wir hätten es lieber erst geschickt, nachdem wir von dir gehört hätten. Schreibe und erzähle uns über alles. Bözsi hat ihren Eltern schon geschrieben. Sie zahlt nur 20 Pengö für ihre Schulgebühren. Du darfst auch nicht mehr bezahlen.

Viele Küsse

Dein Vater

Mein liebes Kind,

wir warten so ungeduldig darauf zu erfahren, daß du sicher angekommen bist, aber haben noch nichts gehört. Wir wissen nicht, wo du wohnst, was du ißt. Wir sind sehr besorgt. Du warst traurig, uns zu verlassen, und wir waren traurig, dich zu verlieren, aber wir müssen uns daran gewöhnen, wenn es das ist, was du willst. Gott schütze dich.

Schreibe oft. Ich hoffe, morgen von dir zu hören. Viele liebe Umarmungen und Küsse von

Deiner Mutter

Am Ende fand ich Unterkunft bei Janka, einer runzeligen alten Frau, die in einem kleinen Zimmer mit einem Ofen in der Ecke hinter der Tür wohnte. Der Raum enthielt auch ein Bett, ein Sofa, einen Schrank, einen kleinen Tisch und vier Stühle. Sie hatte bereits einen Logiergast, eine Universitätsstudentin, und ich mußte auf einem Feldbett schlafen, das tagsüber zusammengefaltet unter ihrem Bett verstaut wurde. Abends wurden Tisch und Stühle übereinandergestapelt, um Platz für das Feldbett zu schaffen. Es war sehr beschränkt, aber billig, und Janka kochte sehr gut. Ich war jung, und diese bescheidene Umgebung paßte zu meinen romantischen Träumen vom Studentenleben, die auf einem Roman basierten, den ich über das Paris des *Fin de Siècle* gelesen hatte.

Eine meiner selbstauferlegten Bedingungen war erfüllt: eine billige Unterkunft. Die andere, Klassenbeste zu werden, erwies sich als schwieriger. Es war nicht leicht, sich in einer Klasse zu behaupten, in der die Mehrzahl der Schüler Genies zu sein schienen. Noch wurde ich bereitwillig von ihnen akzeptiert. Die meisten von ihnen hatten zwölf Jahre lang zusammen gearbeitet und waren kalt gegenüber einem Außenseiter.

Mein erster Tag in der Schule begann an einem schönen Septembermorgen, und ich ging mit gemischten Gefühlen von Freude und Angst. Wie würde es laufen? Würden sie mich akzeptieren? Ich fragte nach dem Weg zu meinem Klassenzimmer und ging hinein. Die Fenster waren offen, und die Mädchen standen schwatzend in Gruppen beieinander. Ich faßte meinen Mut zusammen und sagte: "Hallo, ich heiße Hédi. Ich bin aus Sighet und werde für ein Jahr bei euch sein."

"Hallo", antworteten ein paar Stimmen gleichgültig.

Ich sah mich nach einem freien Tisch um, fand einen und setzte mich.

"Da kannst du nicht sitzen. Das ist Mariannes Platz."

"Aber da sitzt keiner."

"Sie ist heute krank.'"

"Wo soll ich denn sitzen?" Ich schaute schüchtern umher.

Eine Mädchenstimme von hinten sagte: "Du kannst bei mir sitzen."

Ich ging hinüber zu ihr und reichte ihr dankbar meine Hand.

"Ich heiße Hédi. Und wie heißt du?"

"Manyi. Bist du gut in Deutsch? Das ist mein schlechtestes Fach."

"Ich kann überhaupt kein Deutsch. Aber wir können uns gegenseitig helfen."

"Wo wohnst du?"

"In der Deák-Straße. Und du?"

"Auch in der Deák-Straße."

"Was für ein Glück. Dann können wir ja zusammen unsere Hausaufgaben machen."

"Manyi!" Eine eisige Stimme unterbrach uns plötzlich.

"Vergiß nicht die Feier bei Peter am Samstag. Ich habe versprochen, daß wir kommen. Es ist eine Tanzparty."

"Kann Hédi auch kommen?"

"Nein", sagte die Stimme bestimmt. Das war Eva, wie ich später erfuhr.

Ich schluckte und entschloß, mich nicht um Eva und den Rest zu kümmern. Ich würde nur arbeiten und an nichts anderes denken. Meine Freundschaft mit Manyi half. Es tat gut, jemanden zu haben, mit dem man sprechen konnte.

Ich arbeitete hart. Es war schwer, denn die Lehrer stellten sehr hohe Ansprüche. Latein und Mathematik waren ein besonderes Problem. Aber ich war fleißig und verbissen, und ich schaffte es. Ich wurde eine der Besten in der Klasse, und die anderen Mädchen fingen an, mich zu akzeptieren. Sie luden mich sogar zu ihren Festen ein.

Nach einem strengen Winter näherte sich das Schuljahr seinem Ende. Wir waren alle sehr nervös wegen der vor uns liegenden Reifeprüfung. Wir hatten schriftliche Prüfungen in Ungarisch, Mathematik und Latein und mündliche Prüfungen in den anderen Fächern. Die letzteren fanden vor einem fünfköpfigen Gremium statt, unter dem Vorsitz des Schuldirektors. Die Chancen für eine Hochschulausbildung hingen von unseren Ergebnissen ab. Daß die Universitäten für Juden gesperrt waren, daran wagte keine von uns zu denken.

Eine große Abschiedsfeier wurde geplant. Jeder sollte als Baby verkleidet gehen. Ich konnte die allgemeine Fröhlichkeit nicht verstehen. Ich fühlte nur eine schreckliche Leere. Ich konnte keinen Grund zur Freude sehen. Der Tag des Schluß-Examens würde das Ende meiner Kindheit bedeuten, und ich hatte Schwierigkeiten, mir vorzustellen, was folgen würde. Ich konnte nur ein schwarzes gähnendes Loch sehen, ein Vakuum, das mich verschlucken würde; konnte da irgend etwas sein? So sehr ich es auch versuchte, ich konnte keine Zukunft sehen. Ich würde heim nach Sighet gehen. Aber dann? Es schien, als ob das Leben dort enden würde.

Ich wollte nicht zu der Feier gehen. Ich hielt die anderen Mädchen für kindisch und unverantwortlich und schaute auf sie herab. Heute verstehe ich mein Gefühl der Trauer, aber damals wollte oder konnte niemand es verstehen. Sie nannten mich einen Spielverderber, und auch meine Lehrer und Eltern versuchten mich zu überzeugen, daß ich unrecht hätte.

In gewisser Weise hatten sie recht. Das Leben endete nicht nach dem Examen. Ich ging zurück nach Sighet, und die Sommerferien begannen wie gewöhnlich. Aber ich wollte nicht zu Hause herumsitzen und ein langes Nichtstun genießen, das nur enden würde, wenn ich einmal heiratete. Ich bat daher meine Eltern, wieder weggehen zu dürfen, um eine Ausbildung als Grundschullehrerin zu machen. Es gab ein jüdisches Seminar in Miskolc, das einen einjährigen Kursus anbot. Nach langem Zögern stimmten sie zu. Ich konnte im Herbst am Seminar beginnen.

Aber der Sommer dauerte an, und nun, da meine Zukunft gesichert war, gönnte ich mir die Ferienfreuden, die ich verdient hatte. Ich schlief morgens lange und schwamm täglich im Fluß.

Eines Tages, als ich etwas eher als sonst aufstand, geschah es, daß ich meinen Vater bei seinen Morgengebeten in seinem Schlafzimmer erblickte. Er trug seinen Gebetsschal über den Schultern und seine Kappe. Sein Gesicht war naß vor Tränen. Ich wollte meinen Augen nicht trauen. Mein Vater weinend? Ich hatte noch nie einen Mann weinen sehen, hatte nicht gedacht, daß Männer weinen könnten. War etwas geschehen? Hatte er Vorahnungen? Teilte er mein Gefühl, daß das Leben irgendwie nach meiner Reifeprüfung enden würde? Aber das Examen war doch vorbei, das Leben hatte nicht aufgehört. Es würde auf dem Seminar weitergehen. Warum weinte denn Vater? Ich wagte nicht zu fragen. Ich wagte nicht, ihn wissen zu lassen, daß ich ihn gesehen hatte.

Der Herbst kam, und nach einem glücklichen Sommer ging ich weg nach Miskolc. Mittlerweile hatte ich mich an Trennungen gewöhnt. Trotzdem fand ich es hart zu gehen. Obwohl die politische Situation beunruhigend war, fühlten wir uns in dem kleinen Sighet relativ sicher. Die Deutschen begannen Rückschläge in der Sowjetunion zu erleiden, und wir dachten, der Krieg könnte vielleicht bald zu Ende sein. Es war ein grimmiger Winter, und viele Juden fasteten täglich, um von Gott erhört zu werden. Ich arbeitete hart in dem Seminar und sehnte mich danach, nach Hause zu gehen. Die Briefe, die mir meine Eltern schickten, erzählten mir oft von Mühsalen:

Sighet, 3. März 1943

Mein liebes Kind,

ich sollte gestern geschrieben haben, aber du wirst die Verzögerung verzeihen. Ich bin gestern den ganzen Tag in der Stadt herumgerannt, um Millionen Dinge zu erledigen. Wie du weißt, müssen wir all diese Geburtsurkunden für jedes Familienmitglied, lebend oder tot, besorgen, einschließlich Großeltern beiderseits, und wir können uns glücklich schätzen, daß jeder von uns in Ungarn geboren wurde. Onkel Jojlis, dessen Vater in Polen geboren wurde, mußte eine Menge bezahlen, um eine falsche Urkunde zu bekommen. Er hatte Glück: Seine Papiere wurden akzeptiert. Rosenbaum, ein Nachbar, hatte weniger Glück. Seine Fälschung wurde entdeckt, und er wurde mit all seinen sieben Kindern nach Polen deportiert. Wer weiß, was mit ihm geschehen wird? Man sagt, die Polen wollen sie auch nicht haben.

Alles Gute und Liebe von
Vater

Liebstes Kind,

die Ergebnisse deines Examens sind angekommen. Ich kann dir nicht sagen, wie glücklich uns das gemacht hat. Du hattest Angst, schlechte Noten zu bekommen, so waren wir ganz unvorbereitet. Sie übertreffen all unsere Erwartungen. Wir sind unheimlich stolz. Gott gebe, daß du deine gerechte Belohnung dafür bekommen wirst.

Hier geht es einigermaßen. Verwandte und Freunde, die ihren Staatsbürgerschaftsnachweis besorgen müssen, kommen in die Stadt, und natürlich müssen sie bei uns wohnen. Aber mit zwei vom Militär beschlagnahmten Zimmern haben wir nicht viel Platz. Unsere Gäste sind ziemlich anspruchsvoll, das große Haus ist schwer sauberzuhalten, und obwohl Livi hilft, ist es zu viel für mich. Aber was ist das alles verglichen mit den Problemen, die viele andere Menschen haben? Wir werden es schaffen, vorausgesetzt, wir bleiben gesund.

Viele Umarmungen und Küsse von
Deiner Mutter

Ich kehrte mit meinem Lehrerdiplom nach Sighet zurück. Nun fühlte ich mich nicht länger minderwertig. Ich hatte einen Beruf und konnte immer in einer jüdischen Schule unterrichten. Gleich nach meiner Heimkunft erfuhr ich, daß die erste jüdische Kinderkrippe in der Stadt eröffnet worden war und ich die Leitung übernehmen konnte. Die meisten jüdischen Männer waren zum Arbeitsdienst eingezogen worden, und die Frauen, allein gelassen mit ihren Kindern und ohne finanzielle Unterstützung, waren gezwungen, außerhalb ihres Hauses Arbeit zu finden. Um ihre Probleme zu erleichtern, hatte man diese Krippe eingerichtet. Hier konnten die Kinder kostenlos betreut werden.

Ich war glücklich, meine erste Arbeit zu haben und Geld zu verdienen. War auch das Leben eingeschränkt, so schien es doch möglich, an eine Zukunft zu denken. Ich konnte anfangen, Geld zu sparen für die Bücher, die ich mir kaufen wollte, und Pläne für nach dem Krieg zu machen, wenn die Universitäten wieder für uns geöffnet sein würden und ich mein Medizinstudium beginnen konnte.

Die Krippe öffnete im August 1943. Im folgenden März wurde Ungarn von den Deutschen besetzt, und wenige Tage später mußten alle Juden den gelben Stern tragen. Im April wurden wir in Ghettos gesperrt, und im Mai wurden wir abtransportiert.

Das Ghetto

April 1944

Die erste Reise. Die Reise, die nicht so lang war, aber um so länger erschien. Die Reise zu Fuß. Die Reise, die keine Reise war und doch eine Bewegung zwischen zwei Punkten, die durch Lichtjahre voneinander getrennt waren. Vom Bekannten ins Unbekannte. Von menschlicher Wärme in die Kälte, wo die Wölfe lauerten.

Vier Wochen nach der deutschen Invasion 1944 feierten wir Pesach, das Fest, das an die Befreiung der Juden aus der Sklaverei in Ägypten erinnert. Wir saßen zusammengepfercht im Schlafzimmer, denn unser Eß- und Wohnzimmer okkupierte ein deutscher Offizier. Wir waren daran gewöhnt zusammengepfercht zu sein, denn die Ungarn hatten bereits ein Jahr zuvor diese Räume beschlagnahmt. Als die Deutschen kamen, zog nur ein ungarischer Baron aus und ein deutscher Offizier ein. Er war ein großer, gutaussehender, freundlicher Mann mit feinen Manieren, der grüßte, wann immer er uns sah. Auf die ängstlichen Fragen meines Vater antwortete er: "Sie müssen verstehen, daß wir Deutschen nichts Böses mit Ihnen vorhaben. Wir sind zivilisierte Menschen." Wir wollten ihm so gern glauben, aber sie zwangen uns doch, den gelben Davidsstern zu tragen, und beunruhigende Gerüchte verbreiteten sich. Wir feierten Pesach und versuchten, an nichts anderes zu denken.

Am Sonntag, es war der 9. April, die letzte Nacht des Pesach-Festes, kam der Erlaß: "Packen Sie Ihre Sachen, so viel Sie tragen können, und halten Sie sich aufbruchbereit. Nach sieben Uhr morgens ist es niemandem mehr gestattet, auf den Straßen zu sein. Wenn die Gendarmen Sie abholen kommen, folgen Sie ihnen zu dem Raum, der Ihnen in dem neuen Ghetto zugewiesen wurde."

Das Gefühl, die Welt geht unter, das ich eine Zeit lang verdrängen konnte, erfaßte mich wieder. Aber es war keine Zeit, nachzudenken und Fragen zu stellen. Wir mußten packen. Wir würden unsere persönlichen Habseligkeiten mitnehmen, so viel wir tragen konnten; eine Matratze, Lebensmittel und Kochutensilien. Wer eine Karre hatte, konnte alles darauf laden, wenn nicht, mußte man es selbst tragen. Vater ging hinaus, um eine Karre zu suchen, Mutter begann, die Lebensmittel zusammenzustellen, ich packte meine Bücher, und Livi spielte mit der Katze.

"Wir haben kein Brot mehr", sagte Mutter.

"Dann werden wir ohne auskommen müssen", sagte Vater.

"Nein", sagte ich. "Ich werde kurz vor sieben hinauslaufen und rechtzeitig wieder zurück sein. Kira backt früh." Ich wußte, der Bäcker begann immer vor allen anderen zu arbeiten.

"Was wird aus uns werden?" fragte Mutter.

"Wir werden es irgendwie schaffen", sagte Vater. "Wir haben es immer irgendwie geschafft."

Mutter wollte sich nicht beruhigen. "Müssen wir unser Haus verlassen, alles, was wir besitzen?"

"Das macht nichts; wir werden abschließen, wenn wir gehen. Vielleicht ist es nicht für lange," sagte Vater.

"Aber, wie sollen wir in einem kleinen Raum leben?"

"Wo sollen wir kochen?"

"Wo sollen wir uns waschen?"

"Wir werden damit zurechtkommen müssen", sagte Vater.

"Hoffen wir, daß es ein großer, heller Raum ist."

"Wir werden sehen."

Wir begannen zu packen und gingen in den Zimmern umher, um Lebewohl zu sagen zu unserem Zuhause und uns zu verabschieden von den Fotografien, die an den Wänden hingen, von unseren Großvätern und Großmüttern. Mutter begann zu weinen.

"Warum weinst du?"

"Alles zu verlassen: unser Haus, unsere schönen Möbel, die Teppiche, die Bilder. Das ist schwer."

"Es sind nur Gegenstände. Wichtig ist, daß wir zusammen bleiben. Was macht es, wenn wir in einer leeren Hütte leben, solange wir alle zusammen sein können?"

"Du hast recht."

"Warum weinst du dann?"

"Alles hat seine Erinnerungen. Wie schwer, Hédi, glaubst du, mußte dein Vater arbeiten, um die Wohnzimmermöbel zu kaufen? Wir haben sie an einem unserer Hochzeitstage bekommen. An diesem Tag hat er mir das schöne Gemälde im Eßzimmer geschenkt. Wir waren so glücklich."

Ich erinnerte mich. Für diesen Hochzeitstag meiner Eltern hatte ich einen kleinen Zigeunerwandteppich als Überraschung für sie gestickt. Auch den müssen wir verlassen. Und die Zierstücke: die kleine Ballerina, die blaue, von zwei Meerjungfrauen getragene Vase, Großvaters Wanduhr. Wir waren nicht reich, aber meine Eltern liebten schöne Dinge. Das Haus, das sie sich so ersehnt hatten und für das sie so viel geopfert hatten, das erste im funktionalen Stil mit einem flachen Dach, das in Sighet zu sehen war. Und unser Badezimmer und das Wasserklosett, so ungewöhnlich wie unser fließendes Wasser. Und das Eßzimmer mit seinen vielen einfachen Erinnerungen an Familienmahlzeiten, an Hochzeits- und Geburtstagsfeiern, mit Gästen von weit her, die aufregende Geschichten aus der großen fernen Welt erzählten.

Auch ich ging im Haus herum, um mich von den vertrauten Dingen zu verabschieden. Ich schaute traurig auf den Kachelofen, der im Winter sanfte Wärme ausstrahlte, die weiche Couch, wo ich mich so gern mit einem Buch zusammenrollte, und die Vitrine, in der immer leckere Sachen zu finden waren: Nußschokolade, Toffees, kandierte Früchte. Meine Augen blieben auf dem Heuhaufen in einem Gemälde stehen, in dem ich mich immer verstecken wollte, wenn es mir schlecht ging. Ich hätte es jetzt gern getan.

Ich ging zum Klavier und schlug einige Akkorde an, zur Bücherkiste und nahm ein paar Bücher heraus. Rimbaud, Villon, Géraldy, ihr könnt nicht mitkommen. Und auch ihr nicht, Ady und Arany, meine geliebten ungarischen Dichter. In jenem Augenblick schwor ich: Ich werde mich nie an Gegenstände binden; ich werde nie um materielle Dinge weinen; ich werde nie um etwas trauern, das durch Geld ersetzt werden kann. Doch konnte ich nicht anders als um den Jasminbusch trauern, der im Garten nackt in den blauen Frühlingshimmel sproß. Bei ihm versteckte ich mich immer, wenn ich allein sein wollte; seine Blüten hatten mich getröstet, wenn ich traurig war.

Die Frühlingssonne blinzelte durch die Ritzen im Fensterladen, und ich erwachte mit einem stechenden Schmerz in der Brust. Es war Montag morgen, und ich mußte zum Bäcker laufen, um Brot zu kaufen. Bald würden die Gendarmen in ihren Hahnenfeder-Hüten kommen, um uns zu holen. Ich warf mir die Kleider über und rannte zum Bäcker, kaufte Brot und lief wieder nach Hause. Auf dem Weg traf ich andere Leute auf dem gleichen Besorgungsgang. Wir grüßten uns kaum. Wir hatten andere Dinge im Kopf.

Daheim setzten wir uns an den Frühstückstisch und versuchten, uns gegenseitig zu beruhigen. Mutter war untröstlich, Vater versuchte, praktisch zu sein, und meine Schwester, mit vierzehn, war zu jung, um alles zu verstehen. Es erschien ihr wohl wie ein aufregendes Abenteuer. Ich bemühte mich, vernünftig zu sein, aber mein Herz war schwer von Vorahnungen. War Umziehen das Schlimmste, was uns geschehen konnte, oder nur der Anfang von etwas viel Schlimmerem?

Ich versteckte meine Tagebücher unter dem Dachbalken, zusammen mit meinen Lieblingsbüchern, in der Hoffnung, sie bald holen zu können. Unsere Wertsachen hatten wir bereits unserer Nachbarin, Frau Fekete, übergeben, die sie gern aufbewahren wollte. Eines Tages im März hatte sie uns besucht und erzählt, ihr Mann, ein Offizier in der ungarischen Armee, habe gehört, wir sollten bald umziehen. Sie dachte, wir würden vielleicht Schwierigkeiten haben, unsere Wertsachen zu verstecken, die wir schon lange abgegeben hätten sollen. Wenn man eine Familie ausquartiere, durchsuche man hinterher immer das Haus, und fände man dann irgendwelche Wertsachen, würde das hart bestraft werden. Also bot sie sich an, uns zu helfen und den Schmuck und alles andere aufzubewahren, bis wir zurückkommen würden. Ich behielt nur meine dünne Halskette mit dem Herz und dem Kleeblatt und den kleinen Zinnring, den mir mein Freund Puiu geschenkt hatte.

Ich stieg nach oben in mein Zimmer und schaute umher. Dieses Zimmer, das meine Heimat ist, das meine Entwicklung vom Kind zum jungen Mädchen sah, das ich nun verlassen muß, wahrscheinlich für immer. Selbst wenn ich zurückkomme, werde ich nicht dieselbe Person sein. Wenn ich dieses Zimmer schließe, wird es für immer sein.

Es war ein kleines Dachzimmer mit zwei schmalen Fenstern. Durch ein Fenster sah ich auf den Garten hinaus, auf meine geliebten Jasminbüsche, die Aprikosen und Walnußbäume, und die Hundehütte mit unserem treuen alten Bodri. Wir konnten ihn nicht mitnehmen. Durch das andere Fenster blickte man auf unser Nachbarhaus, wo Geza, meine erste große Liebe, auch in der Bodenkammer wohnte. Wie oft hatte ich bis spät in der Nacht am Fenster gesessen und Liebesworte zu seinem Schatten geflüstert? Oder nur den Mond angeschaut und sehnsuchtsvoll geseufzt?

Das Zimmer war sparsam möbliert. Zwei schmale Betten, ein Tisch, vier Stühle und ein Bücherregal. Einige Bilder an der Wand und ein Spiegel, und in der Ecke ein gähnender, leerer Eisenofen. Für mehr war nicht Platz, aber die warmen Farben ließen den Raum freundlich erscheinen. Mein Zimmer war ein Teil von mir, doch es waren nur die Bücher, um die ich trauerte.

Die Stunden vergingen nur langsam. Das Frühstück war beendet; das Geschirr abgewaschen. Ständig lief ich zum Fenster, um zu sehen, ob sich die Hahnenfedern näherten. Die Evakuierung sollte auf dem Rathausplatz beginnen, und wir wohnten fast in der Nähe des Bahnhofs, so daß einige Stunden vergehen würden, bis wir an die Reihe kamen. Die Hälfte der 30.000 Einwohner der Stadt waren Juden. Die Evakuierung würde mehrere Tage dauern. Die letzte Zeitung kam, und die letzte Post wurde geliefert. Ich ging und streichelte Bodri ein letztes Mal. Alles, was ich tat, das wußte ich, war das letzte Mal.

Würden wir genug Zeit haben, um zu Mittag zu essen? Da die Gendarmen noch nicht zu sehen war, rief mich Mutter, den Tisch zu decken. Wir würden etwas zubereiten, das schnell ginge. Sie nahm ein paar Eier und bat mich, etwas Gänseschmalz aus der Speisekammer zu holen. Das Gänseschmalz wurde in dicken Krügen aufbewahrt; im Herbst kaufte Mutter mehrere Gänse, schmolz das Fett, so daß wir den ganzen Winter davon hatten. Sie bestand immer darauf, sparsam damit umzugehen, denn Gänseschmalz war kostbar.

Als ich mit einem kleinen Löffel voll zurückkam, sah mich Mutter an und sagte: "Geh und hol mehr. Heute brauchen wir nicht mit dem Schmalz zu sparen. Wir werden alles zurücklassen müssen."

Die Rühreier schmeckten so gut wie nie zuvor.

"Um wieviel besser sie doch sind, wenn man nicht mit Fett geizen muß."

Wir aßen die Rühreier mit dem frischen Brot und tranken Tee. Wir aßen schweigend, aber alle dachten das gleiche: unsere letzte Mahlzeit. Als die Gendarmen das Gartentor öffneten, ging ich in die Toilette, um zum letzten Mal die Wasserspülung zu ziehen. Der Ton des rauschenden Wassers verfolgte mich, als ich in die Küche trat und auf die Hahnenfedern stieß. Sie brauchten nichts zu sagen. Schweigend packten wir unsere Sachen zusammen und verließen das Haus. Es war unangenehm, durch die Stadt zu gehen mit den Gendarmen im Nacken. Neugierige Nachbarn schauten hinter ihren Vorhängen, wagten nicht, sich offen zu zeigen. Nicht eine einzige Person zeigte Mitgefühl. Und doch hatten wir all diese Jahre Seite an Seite mit ihnen gelebt, hatten unsere Freuden und Sorgen mit ihnen geteilt.

Nach einer halben Stunde erreichten wir das Ghetto. Es war das Armenviertel der Stadt. Man hatte es eingezäunt, nachdem man die christlichen Einwohner ausquartiert hatte. Uns wurde ein kleines Zimmer in einer Hütte mit zwei Räumen und einer Küche zugewiesen. Das andere Zimmer wurde von der Besitzerin, einer armen Witwe mit sieben Kindern, bewohnt.

Wir gingen in den Hof. Die Frau kam uns entgegen. Sie jammerte laut. Ich erkannte sie als Tante Marja, die uns früher bei der Hausarbeit und Wäsche geholfen hatte.

"Wer hätte sich das je vorstellen können, daß feine Leute wie Sie gezwungen sein würden, in einer armen Hütte zu leben? Ach je, ach je!" jammerte sie und rang ihre Hände. "Dieser Hitler hätte lebend verbrannt werden sollen. Was wird aus uns werden? Was wird er sich als nächstes ausdenken? Er sollte lebendig verbrannt werden."

"Beruhige dich, Marja Liebe", sagte Vater. Es wird schon gehen. Wir werden dir keinerlei Probleme machen; wir werden in unserem Zimmer bleiben. Ich freue mich, daß wir bei dir hier wohnen können."

"Sie sind kein Problem", sagte Marja. "Sie können meine Küche benutzen, und ich werde Ihnen bei allem helfen."

"Aber wir haben kein Geld, um dich zu bezahlen", sagte Mutter.

"Das macht nichts. Ich will kein Geld. Sie sind immer gut zu mir gewesen."

Während sie sprachen, schauten Livi und ich auf die schmutzigen, schniefenden Kinder, die herumrannten. Wir wußten, daß Marja viele Kinder hatte, hatten aber noch nie zuvor eins von ihnen gesehen.

"Du kannst mit meiner Puppe spielen" sagte eines der Mädchen, das etwa in Livis Alter war. Es hatte Livi eine Weile bewundernd beobachtet, bevor es sie anzureden wagte.

"Ich spiele nicht mehr mit Puppen", sagte Livi.

Das Mädchen war enttäuscht und ging ins Haus. Ich sah ein anderes Gesicht hinter dem Fenster, mißtrauisch und verächtlich.

Es war deutlich, nicht die ganze Familie war uns so wohl gesonnen wie Tante Marja.

Tante Marja führte uns herum. In der Mitte des gepflasterten Hofes befand sich der Brunnen. Das Wasser wurde in einem Eimer an einem Seil heraufgezogen. Weiter weg stand ein Verschlag; dem Gestank nach war es das Klo. Mir schauderte bei dem Gedanken, es zu benutzen. Der Hof führte direkt in die Küche, die klein, unordentlich, dunkel und verräuchert war. Von der Küche aus gingen zwei Türen in die anderen Räume, einer von ihnen mußte für uns sein. Er roch feucht, war schmutzig und dunkel. Ein enger Raum mit zwei Betten und einer Couch, einem kleinen Tisch, zwei Stühlen und einem Schrank. Das war alles, und es würde kaum Platz für mehr sein. Ein kleiner Eisenofen hockte finster in einer Ecke, und ein Spiegel grinste schief von der Wand.

"Wo soll ich schlafen?" fragte Livi.

"Du und Hédi werdet auf der Couch schlafen", sagte Mutter.

"Ich kann nicht mit ihr schlafen", schrie ich. Sie wirbelt die ganze Nacht herum, und sie schnauft so. Ich kann kein Auge zu tun."

"Das läßt sich nicht ändern. Morgen werde ich versuchen, noch ein Bett zu finden. Heute nacht mußt du damit zurechtkommen. Jetzt müssen wir aber anfangen, das Zimmer sauberzumachen so können wir nicht leben. Wir müssen den Boden und die Wände scheuern. Sicher gibt es hier Läuse."

Wir reinigten, schrubbten und wischten. Der scharfe Seifengeruch stach in unsere Lungen und ließ uns alles andere vergessen. Wir scheuerten und kratzten, schüttelten das Bettzeug, putzten die Fenster, wachsten den Ofen. Bis zum Abend waren wir so müde, daß wir kaum noch die Kraft hatten, die belegten Brote zu essen, die wir von zu Hause mitgenommen hatten. Nach dem Essen fielen wir ins Bett, glücklich über die getane Arbeit und den Duft unserer eigenen sauberen Laken genießend. Ich bemerkte nicht einmal, daß ich mit Livi in einem Bett lag und schlief, ehe ich daran denken konnte.

Am nächsten Tag erkundeten wir das Gelände. Das Ghetto bestand aus mehreren Blöcken, die von einem Zaun umgeben waren. Die Fenster zur Hauptstraße waren zugenagelt und überstrichen.

Die einzige Straße innerhalb des Ghettos war überfüllt mit Menschen, die sich mit Blicken grüßten. Sie verstanden einander ohne Worte. Ich sah meine Freundinnen Dora und Sussie mit Anna sprechen. Baba näherte sich aus der anderen Richtung. Wir waren glücklich, uns wiederzusehen und fühlten uns stark, so nah zusammenleben zu können. Wir entdeckten eine kleine Quelle hinter den Häusern, die wir sofort zu unserem Treffpunkt erkoren. Es war ein gutes Gefühl, einen Zufluchtsort für uns zu haben.

Noch bevor alle im Ghetto eingezogen waren, begann man, das Leben zu organisieren; Dinge wie eine Ghetto-Polizei, die Straßenreinigung oder die Krankenversorgung. Die Juden, die im Hospital von Sighet gelegen hatten, wurden nun ins Ghetto gebracht und mußten versorgt werden. Überall im Ghetto spürte man surrende Aktivität. Die Synagoge, das einzige leere Gebäude, wurde zum Hospital umfunktioniert. Wo wenige Tage zuvor Menschen zum allmächtigen Gott gebetet und ihm für die Befreiung unserer Vorfahren aus Ägypten gedankt hatten, lagen in den Betten und auf den Matratzen an Tuberkulose sterbende Menschen neben anderen, die sich das Bein gebrochen hatten.

Frauen wurden in die Galerie gelegt. Es gab keine Medikamente, keinen Verbandsstoff. Laken und Vorhänge mußten zerschnitten und benutzt, gewaschen und wieder benutzt werden. Das einzige Schmerzmittel war Aspirin, das sparsam verwendet werden mußte. Es waren viele Ärzte da, sehr fähige und sogar berühmte. Wir Mädchen stellten uns freiwillig als Krankenschwestern zur Verfügung. Dadurch verging die Zeit schneller.

Innerhalb weniger Tage war die gesamte jüdische Bevölkerung der Stadt im Ghetto zusammengetrieben worden. Die meisten Häuser enthielten ungefähr zehn Familien, zwei oder drei in jedem Raum. Der Eingang des Ghettos wurde verriegelt und durch die Polizei bewacht. Niemand durfte das Ghetto verlassen oder hineingehen. Nur der ungarische Lagerkommandant kam jeden Morgen, um einen Bericht des Judenältesten entgegenzunehmen, der dafür verantwortlich war, daß die Befehle ausgeführt wurden.

Die Tage vergingen langsam. Wir begannen, uns an die Enge zu gewönnen, aber das Leben war angespannt. Die Rivalität zwischen Livi und mir flammte wieder auf. Wir standen und schubsten uns gegenseitig mit den Ellenbogen vor dem kleinen Spiegel in unserem Zimmer. Jede wollte ihre Haare kämmen und jede glaubte, sie hätte das Recht auf den Spiegel. Keine würde nachgeben, und da ich die Ältere war, schlug ich sie. Sie schlug zurück, und bald waren wir in einem richtigen Kampf verwickelt. Wir kratzten und zogen uns an den Haaren. Wir haßten uns, ohne zu erkennen, daß eigentlich jemand anders das Ziel unseres Hasses hätte sein sollen.

Der Frühling lag in der Luft. Spazierten wir zur Quelle, konnten wir sehen, wie das Gras jeden Tag grüner wurde und die Knospen der Fliederbüsche anschwollen. Kleine Krokusse begannen ihren einschläfernden Duft zu verströmen. Während wir so dasaßen und auf den Frühling warteten, konnten wir beinahe vergessen, daß wir nicht freiwillig hier waren. Aber nur für einen Augenblick; dann begannen wir von den Jungen, die wir kannten, zu sprechen und erwachten in die Wirklichkeit. Dora las einen Brief von ihrem Freund vor, der wegen kommunistischer Ideen inhaftiert worden war und im Gefängnis auf einen Prozeß wartete, dessen Ausgang vorausbestimmt war. Baba erzählte von einem Brief, den ein Mädchen aus der Ukraine erhalten hatte, wo sich ihr Freund beim Arbeitsdienst befand. Dem Brief nach war das jüdische Krankenhaus dort völlig niedergebrannt, und alle Insassen waren umgekommen. Niemand wußte, ob es sich um einen Unfall oder eine vorsätzliche Tat handelte.

Die Einwohner des Ghettos waren meistens Frauen, Kinder oder alte Leute. Alle Männer im arbeitsfähigen Alter hatte man an die Front geschickt, um den ungarischen Truppen bei solchen Dingen wie der Räumung von Minen zu helfen. Sie mußten barfuß auf den Minenfeldern gehen, vor den Soldaten, und die Minen mit ihren Zehen suchen. Viele verloren dort ihr Leben. Briefe waren selten und wurden zitternd entgegengenommen. Jeder sorgte sich um jeden, und sobald ein Brief kam, versammelten sich die Leute, um Freude oder Schmerz mit dem Empfänger zu teilen.

Als Baba geendet hatte, schwiegen wir, gedankenverloren und traurig. Ich dachte an Puiu, von dem ich lange nichts gehört hatte. Konnte er in diesem Krankenhaus gewesen sein? Gleichzeitig war ich glücklich, daß Vater zu Hause war und daß ich keine Brüder hatte, um die ich mich sorgen mußte.

Was mir Sorge bereitete: unser Geld und unsere Nahrungsmittel gingen zur Neige. Was würde dann geschehen? Wir hatten Geld bei Frau Fekete, unserer früheren Nachbarin; es ging nur darum, herauszukommen und es holen. Ich sprach darüber mit meinen Freundinnen, und es stellte sich heraus, daß Dora das gleiche Problem hatte. Der einzige Weg war, sich freiwillig für Außenarbeiten zu melden. Jeden Morgen fragte der Lagerkommandant nach Freiwilligen, die dann unter Bewachung in die Stadt gebracht wurden, um bei Aufräumarbeiten zu helfen. Unsere Häuser und Wohnungen, die wir so sorgsam verschlossen hatten, als wir gingen, waren nicht lange verschlossen geblieben. Sobald wir im Ghetto waren, wurden sie enteignet und deutschen und ungarischen Offizieren übergeben. Aber bevor die neuen Bewohner einzogen, mußten sie von all dem "unnötigen Plunder" entrümpelt werden.

Dora und ich meldeten uns an jenem Nachmittag freiwillig. Wir wurden akzeptiert und sollten uns am nächsten Morgen um acht Uhr am Ghettoeingang einfinden. Ich ging nach Hause und erzählte meinen Eltern von meinem Plan. Ich beabsichtigte, mich von meiner Aufräumarbeit heimlich wegzustehlen, zu Frau Fekete zu gehen und etwas von dem Geld zu holen, das wir bei ihr gelassen hatten, als sie uns angeboten hatte, unsere Wertgegenstände aufzubewahren. Mutter wurde ungehalten und versuchte, mich davon abzubringen. Ich wußte, sie hatten gedroht, uns zu erschießen, wenn wir versuchten, jemanden außerhalb des Ghettos zu treffen, aber ich fühlte, daß ich keine andere Wahl hatte. Auch Vater war besorgt, doch schließlich gaben sie beide nach, warnten mich aber, ja vorsichtig zu sein.

Ich ging zu Bett, fand jedoch keinen Schlaf. Ich versuchte meine Flucht zu planen, aber es war unmöglich zu erraten, in welchem Teil der Stadt wir arbeiten würden. Ich hoffte, es würde in der Nähe unseres Hauses sein. Da die Ernährungssituation im Ghetto kritisch zu werden begann, hoffte ich auch, Frau Fekete könnte mit uns Mitleid haben und uns etwas abgeben. Schließlich hatte sie uns ja gewarnt, daß wir weggeschickt würden, obwohl ihr Mann ein ungarischer Offizier war. In meiner Vorstellung sah ich Berge von Eßsachen, und entschloß mich, einen großen Mantel mit Innentaschen anzuziehen, um verstecken zu können, was immer sie uns geben mochte. Oder sollte ich versuchen, den Wachmann zu bestechen? Mehl, Zucker, Butter, Eier ... Vielleicht gab sie uns sogar eine Flasche Milch für das Baby unserer Kusine, wenn ich sie danach fragte. Alles im Ghetto war knapp. Das kleine Vorratslager ging zur Neige. Es war lange her, daß wir Milch gesehen hatten. Aber es gab noch Nahrungsmittel für Leute mit Geld. Die Haie des schwarzen Marktes sorgten dafür. Wenn ich erst aus dem Ghetto heraus wäre ... morgen.

Der Tag dämmerte, ich sprang aus dem Bett, zog mich an, trank eine Tasse Tee und rannte hinaus, um Dora abzuholen. Sie empfing mich an der Tür, und wir gingen zusammen an das Eingangstor, wo drei andere Mädchen schon warteten. Nachdem wir identifiziert worden waren, wurde das Tor geöffnet und, bewacht von drei Gendarmen, durften wir das Ghetto verlassen. Es war seltsam, diese vertrauten Straßen, anstatt pulsierend vor Leben, jetzt so still zu sehen. Wir gingen die Hauptstraße hinunter. Nur wenige Geschäfte waren geöffnet. Die meisten von ihnen hatten Juden gehört, und nun waren ihre Rolläden geschlossen.

Kein Pista vor Onkel Samuels Textilladen, eifrig dabei, das Pflaster zu fegen. Pista war der Botenjunge, der mit einem Trichter Wasser verspritzte, damit es nicht so staubte. Er zog immer

Achterfiguren mit dem auslaufenden Wasser, deshalb nannten wir ihn die "Wasseracht". Nun war auch er im Ghetto.

Kein Onkel Kaufmann draußen vor seiner Buchhandlung, bereit aufzumachen. Keine Tante Ilus in dem Süßwarenladen; sie gab uns immer eine Tüte mit Toffees. Und kein Lavendelduft vor Darvas Parfümgeschäft. Auch das war geschlossen.

Die Frühlingssonne schien nur auf den ungarischen Frisör Kocsis, der vor dem früher jüdischen Geschäft auf Kunden wartete. Aber kein Kunde kam. Kein Mann ging zur Arbeit, keine Frau zum Marktplatz mit Körben an den Armen. Kaum ein Kind oder herrenloser Hund. Sogar die Droschkenpferde gab es nicht mehr, auch sie gehörten Juden. Der Polizist an der Straßenecke guckte gelangweilt in die Ferne. Ich fragte mich, an was er wohl denken mochte.

Die Stadt war in Schlaf versunken, wie die Prinzessin im Märchen. Würde je ein Prinz kommen, um sie wieder wachzuküssen? Ich wollte es hoffen.

Nun verließen wir die Hauptstraße und wandten uns zum Bahnhof. Eine Hausfrau lehnte aus dem Fenster und schüttelte ihr Bettzeug aus. Für sie war es nur ein Tag wie jeder andere - ihr Mann bei der Arbeit, die Kinder in der Schule. Bei ihrer Rückkehr würde sie ein gutes Abendessen zubereiten, und keiner von ihnen würde an uns, ihre früheren Nachbarn, denken. Aber die meisten Fenster in den Häusern waren leer, ihre Jalousien heruntergezogen, Häuser, deren Besitzer, wie wir, im Ghetto waren.

Wir hielten bei einer kleinen Villa an, nicht weit, wo die Feketes wohnten, und bekamen den Befehl, den Inhalt auszusortieren und eine Inventur zu machen: Möbel auf einen Haufen, Geschirr auf einen anderen, Kleidung auf einen dritten, Ziergegenstände auf einen vierten. Was mit all dem geschah, wußten wir nicht, obwohl ich annahm, daß es nach Deutschland geschafft werden würde. Alles, was irgend etwas wert war.

Es war schrecklich, in anderer Leute Haus herumzuwühlen, Schubladen voller Fotografien in die Mülleimer zu kippen, die so viel für jene bedeuteten, die sie besessen hatten. Ich begann, mich übel zu fühlen, und war froh, daß ich nichts über die Leute wußte, die hier gelebt hatten. Es war hart, sich vorzustellen, daß das gleiche in unserem Haus geschah, daß jemand alles, was wir besessen und geliebt hatten, in mißachtete Haufen sortierte. Und doch war es ein gutes Gefühl, aus dem Ghetto heraus zu sein und eine Arbeit zu verrichten, sogar diese.

Die ganze Zeit wartete ich auf eine Gelegenheit, zu Frau Fekete rennen zu können. Die Stunden vergingen, die Uhr schlug eins, und bald würden wir ins Ghetto zurückkehren. Ich riß meinen Mut zusammen, ging zum Wachmann, sagte ihm, ich hätte ein Liebesandenken zu Hause gelassen, und fragte, ob ich es nicht holen könne. Ich hatte Glück, er hatte Mitleid und versprach, ein Auge zuzudrücken, wenn ich schnell sei. Ich rannte los und stand in wenigen Minuten vor Frau Feketes Gartentor. Bevor ich die Glocke läutete, blickte ich flüchtig auf das Haus nebenan, wo wir, vor gar nicht so langer Zeit, gelebt hatten. Nur das Fenster des Wohnzimmers, in dem der deutsche Offizier wohnte, war offen. Die Jalousien der anderen Fenster waren noch heruntergezogen. Offenbar war noch niemand eingezogen.

Ich läutete an Frau Feketes Glocke. Sie öffnete die Tür. Als sie mich sah, erstarrte sie.

"Was tust du hier?"

"Ich brauche ein bißchen Geld."

"Ich habe kein Geld. Warum sollte ich dir Geld geben?"

"Aber wir haben doch eine Menge Geld bei Ihnen gelassen, bevor wir weggegangen sind."

"Was für Geld? Ich habe kein Geld von euch bekommen. Du verschwindest lieber, bevor mein Mann zurückkommt. Wenn er dich hier findet, kannst du was erleben."

Mir blieb nichts anderes übrig, als mich umzudrehen und zu gehen. Ich rannte zurück, mein Herz in der Hose. Das hatte ich nicht erwartet. Nun verstand ich, warum sie so "nett" gewesen war, diese ungarische Offiziersfrau, die uns heimlich gewarnt hatte. Ich hätte vermuten müssen, daß sie ein solches Motiv besaß. Warum nicht etwas aus den Juden herausholen, wenn alle anderen es taten? Wir waren immer noch naiv! Wie lange würde es dauern, bis wir wagten, der Wahrheit ins Gesicht zu sehen?

Ich schämte mich, als ich zurück durch das Ghetto-Tor ging. Mein Plan war gescheitert. Kaum war ich aber drinnen, wurde ich von Neuigkeiten begrüßt, die es mich fast vergessen ließen. Die Männer, außer den in der Ukraine umgekommenen, waren zurückgekehrt. Es herrschte große Aufregung und Freude, sie wiederzusehen, aber auch Unsicherheit und Sorge, was das wohl bedeuten mochte. War es ein gutes oder schlechtes Zeichen? Die Jungen gesellten sich zu uns an der Quelle, und wir versuchten, das Rätsel gemeinsam zu lösen. Schließlich einigten wir uns, daß es ein gutes Zeichen sein müsse oder auf jeden Fall nicht zu schlecht. Das Gerücht kursierte, wir würden zu Feldarbeiten geschickt, und wenn das stimmte, war es nur natürlich, daß man die Männer zuerst benötigte. Das Rätsel gelöst, genossen wir es, unsere Freunde wiederzuhaben, und unsere Debatten bei der Quelle steigerten sich durch ihren Beitrag. Wir wollten alles wissen, was sie erlebt hatten, und sie wollten erfahren, wie die Dinge bei uns gewesen waren. Wir trafen uns an der Quelle, morgens, mittags und abends, wir hatten uns so viel zu erzählen. Es kümmerte uns nicht, daß es verboten war, nach sechs Uhr abends draußen zu sein, denn wir hatten geheime Pfade entdeckt, auf denen wir nach Hause schleichen konnten.

Über was sprachen wir? Meistens über die Situation im Ghetto, die täglichen Probleme, die Hoffnungslosigkeit und mögliche Lösungen, die wir dann als unmöglich verwarfen. Der Krieg rückte näher, und unsere Diskussionen endeten für gewöhnlich mit dem Satz: "Sie werden nicht fähig sein, mehr zu machen. Bald werden die Sowjets hier sein." Dann wechselten wir das Thema, sprachen über Bücher, sangen Lieder und überließen uns den Gedanken an Glück und Liebe, die selbst die Deutschen nicht aus unseren jungen Herzen vertreiben konnten.

Nur ein Mann stand schweigend und ernst etwas beiseite. Selten beteiligte er sich an unserer Unterhaltung, er war nicht wirklich einer von uns. Das war Michael mit den großen, traurigen Augen und der starken Persönlichkeit, den ich mehrmals seit der Rückkehr der Männer gesehen hatte. Er war viel älter als ich und interessierte sich nicht für das junge Mädchen, das ihn bewundernd ansah. Daß er später einmal mein Mann werden würde, hätte niemand von uns ahnen können.

Michael war einer der wenigen, der es wagte, die Situation so zu sehen, wie sie war. Er wußte, daß die Gerüchte wahr waren, und war entschlossen, nicht zu sitzen und zu warten, sondern etwas zu tun. Er wollte nicht da sein, wenn wir zusammengetrieben und zur "Feldarbeit" geschickt würden, selbst wenn das wirklich bedeutete, ins Innere von Ungarn zu gehen. Er plante, in die Berge zu flüchten und dort auf die Sowjets zu warten. Die Wälder kannte er gut, und er war sicher, sich vor der Polizei verstecken zu können. Er würde Proviant in einem Brotsack mitnehmen, und selbst wenn die Sowjets noch hundert Kilometer entfernt wären, wollte er lieber das Risiko eingehen, als sich wer weiß wohin abtransportieren zu lassen.

All das hörte ich etwas später von seiner Mutter, als sie uns unter Tränen von dem Wagnis ihres Sohnes erzählte. Meine Mutter versuchte, sie zu trösten, aber es war schwierig. Ihr Mann war gestorben, kurz bevor wir ins Ghetto gebracht wurden, und nun war sie allein. Sie weinte, und meine Mutter weinte mit ihr. Weinende Frauen waren ein normaler Anblick; es gab zumindest momentane Erleichterung. Wir jungen Leute verachteten ihre Schwäche. Wir fühlten uns stark. Unsere Kameraderie und Unschuld gaben uns Stärke. Wir munterten uns gegenseitig auf und versuchten das gleiche bei unseren Eltern. Aber ich fühlte einen Klumpen in meiner Brust, eine Vorahnung von etwas Schrecklichem. In meinem Kopf konnte ich akzeptieren, daß "alles gut werden wird" und "die Sowjets bald hier sein werden", aber nicht in meinem Herzen.

Am 14. Mai schließlich wurde der Befehl erlassen: Morgen werden die Transporte abgehen. Es begann mit unserer Straße und dann weiter, bis das Ghetto leer war. Wohin? Ins Innere von Ungarn, um Feldarbeit zu leisten. Wir sahen uns alle einander an.

Jeder hatte Angst. Geschichten von Lagern, von Grausamkeiten, begannen sich zu verbreiten. Aber ich fühlte nur ein unaussprechliche Erleichterung. Seit einem Monat hatten wir im Ghetto gelebt, unsicher, was geschehen würde. Jeden Morgen waren wir unruhig erwacht: Was würde der Tag uns bringen? Und jede Nacht schliefen wir mit der gleichen Angst ein: Was wird geschehen? Nun, da ich endlich wußte, was geschehen sollte, fühlte ich mich erleichtert, fast heiter. Ungewißheit ist immer am schlimmsten zu ertragen.

Ich umarmte meine Mutter und sagte: "Mach dir keine Sorgen. Ich fühle, daß jetzt alles gut werden wird."

"Glaubst du?" fragte Mutter, einen Hoffnungsschimmer in ihren traurigen Augen.

"Ich bin mir sicher. Sie sind es leid, uns Tag für Tag hier herumlungern zu lassen, ohne Nutzen für sie. Es ist Frühling, und die Männer sind an der Front, sie brauchen Hilfe auf den Feldern. Wir werden zu essen bekommen, vielleicht sogar ein bißchen Geld."

"Hoffen wir, daß du recht hast", sagte Mutter und ging, die Lage mit ihren Nachbarn zu besprechen.

Natürlich wollte keiner etwas anderes glauben. Mutter war schnell dabei, allen zu erzählen, was ich gesagt hatte, und die meisten Leute glaubten mir nur zu gern. Aber einige waren auch anderer Meinung:

"Wir werden nirgendwo hingebracht. Die Sowjets sind nur zehn Kilometer von hier entfernt; sie werden vor der Abenddämmerung hier sein", sagte Frau Weiss, die immer gut informiert war.

"Dann können wir ja zurück in unsere Häuser gehen", meinte Frau Grün und eilte zu ihrer Familie, um die gute Nachricht weiterzutragen.

"Kann man dessen sicher sein?" fragte ein Dritter zweifelnd. "Selbst wenn die Sowjets nicht kommen und man uns wegbringt, kann das nicht so gefährlich sein. Warum müssen die Leute nur immer das Schlimmste annehmen? Hédi hat recht: Sie benötigen unsere Arbeitskraft. Wir werden auf den Feldern gebraucht."

"Aber angenommen, sie wollen uns etwas Böses antun?" fragte Moshe, der bekannt dafür war, daß er immer alles schwarz sah.

"Sei nicht so ein Pessimist", entgegnete Eli. "Wir sind nicht im Mittelalter. Wir leben in einer zivilisierten Welt. Warum sollten sie uns Böses antun? Wir haben doch niemandem etwas getan."

Das war logisch. Die Leute begannen, sich ruhiger zu fühlen. Aber jemand wandte sich an Frau Weiss und fragte: "Woher wissen Sie denn, daß die Sowjets so nahe sind?"

"Ich habe es von Frau Kohn gehört, und die hat es wieder von ihrem Mann, der mit Istvan, dem Polizisten, gut befreundet ist."

"Und woher, glauben Sie, hat er es?"

"Die Polizei muß ja es wissen. Sie hören die Dinge von ihren Offizieren."

"Dann sind all unsere Prüfungen vorüber. Morgen werden wir nach Hause gehen. Ich wußte immer, daß die Sowjets unsere Retter sein würden. Er ist gut, dieser Stalin."

So leicht ist es, sich selbst in falsche Hoffnung zu wiegen. Den kleinsten Strohhalm nahmen wir dankbar an.

In dieser Nacht schlief ich nicht. Ich hatte Dienst in dem provisorischen Krankenhaus. Auf den wackligen, überfüllten Betten lagen stöhnende Männer und Frauen, die noch nichts von dem Abtransport gehört hatten. Völlig ausgeschlossen, es ihnen zu sagen. Am besten, man schwieg. Ich zog meinen weißen Kittel an, den ich noch aus meiner Schulzeit besaß, und betrat die Halle. Ich ging umher, nahm Temperaturen und sah, daß alles so war, wie es für die Nacht sein sollte. Onkel Salman, ein netter alter Mann, den ich aus meiner Kindheit kannte, stöhnte und wälzte sich unruhig in seinem Bett.

"Kann ich etwas Wasser haben? Ich habe solche Schmerzen."

Er hatte Krebs im fortgeschrittenen Stadium und wußte, daß wir keine Schmerzmittel hatten. Aber er konnte ein wenig Wasser bekommen. Ich gab ihm etwas, wusch seine Stirn und setzte mich neben sein Bett. Dankbar hob er seine Augen und versuchte zu lächeln. Ich schämte mich, nicht mehr für ihn tun zu können und streichelte seine knochige Hand. Ich schaute auf sein bleiches, eingefallenes Gesicht. Die pergamentartige Haut war durchsichtig, die Venen darunter schimmerten purpurfarben. Es war das Gesicht eines menschlichen Wesens auf seinem Weg ins Jenseits. Ich erinnere mich an ihn in seiner Blütezeit, wenn er in seiner Pferdedroschke fröhlich dahergefahren kam. Im Sommer fuhr er uns immer zum Fluß zum Baden, im Winter zu Plätzen, wo wir rodeln konnten. Sanft läuteten die Glocken an seiner Droschke, warm in unseren Pelzen eingemummelt, lauschten wir Kinder atemlos seinen Geschichten. Immer hatte er ein Märchen für uns oder einen Witz parat, und ich konnte noch sein lautes Lachen hören. Nun war sein Gelächter vergangen. Was wird aus ihm werden? Und aus all den anderen alten Menschen im Hospital? Wird man sie hier zurücklassen, und falls ja, wer wird sich um sie kümmern? Oder müssen wir sie mit uns nehmen? Wie sollen sie eine Reise überstehen? Werden sie hier im Ghetto-Hospital überleben? Nein, selbst dann nicht, wenn ein paar Leute hier bleiben, um nach ihnen zu sehen.

Die Bedingungen waren bereits hart: Wir hatten keine Medikamente, keinen Verbandsstoff, keine Schmerzmittel. Wir hatten fast nichts zu essen. Einige Male hatten die Ältesten des Ghettos beim Kommandanten um das Lebensnotwendigste gebettelt, aber sie waren kaum in der Lage gewesen, auch nur die elementarsten Dinge einzukaufen. Und Geld begann knapp zu werden; um Eßbares zu bekommen, mußte man gegen Wertsachen tauschen, die einem verblieben waren, und das waren nur wenige, denn die Polizei nahm regelmäßig Durchsuchungen vor, um aufzuspüren, was wir versteckten.

Während ich da saß und meine Gedanken wandern ließ, schlief Salman ein. Leise stand ich auf und ging, nachdem ich noch einmal seine Hand gestreichelt hatte, hinüber zum Bett des kleinen Jonas. Er war acht und hatte ein gebrochenes Bein.

"Wie fühlst du dich, Jonas?"

"Gut."

"Tut es noch weh?"

"Nur ein bißchen."

"Morgen werden wir den Gips abnehmen, und dann kannst du wieder laufen. Aber denk daran, du darfst nicht wieder ausprobieren, ob du oder Bandi am weitesten vom Kellerdach springen kann. Du willst doch nicht hierher zurückkommen?

"Nein, ich verspreche, das werde ich nicht."

Schön, daß er nach Hause zu seiner Mutter gehen kann, bevor sie uns wegbringen. Ich darf nicht vergessen, Vera zu sagen, daß sie den Gips sehr früh abnehmen soll. Und ich muß Jonas' Mutter besuchen, bevor ich nach Hause gehe, um sie zu bitten, ihn morgen vor sieben abzuholen.

Ich deckte das Kind zu. Er war mit einem Lächeln auf seinen Lippen eingeschlafen, in glücklichem Vertrauen, daß all seine Schmerzen morgen vorüber sein würden.

Ich sah in der Halle umher. Die meisten Leute waren eingeschlafen. Ich schaltete das Licht aus und ging ins "Büro", eine kleine Stube, die früher als Rumpelkammer benutzt worden war. Dort saßen meine bedrückten Kollegen, immer noch den letzten Befehl diskutierend. Ich sagte ihnen, was ich dachte: Feldarbeit im Landesinneren. Die meisten wollten mir glauben.

Unser Gespräch wurde durch das Eintreten von Peter, Magdas Mann, unterbrochen. Magda war eine Klassenkameradin von mir gewesen und hatte im vorigen Jahr geheiratet. Als sie vom Besuch der sechsten Klasse ausgeschlossen wurde, fanden ihre Eltern einen passenden jungen Mann und verheirateten sie mit ihm. Ich wußte, daß sie hochschwanger war. So war ich nicht erstaunt, als uns Peter mitteilte, daß ihre Wehen eingesetzt hatten. Ich ging hinaus, um sie in Empfang zu nehmen und legte sie in ein Bett in der Galerie. Sie würde ihr Kind zwischen den anderen kranken Frauen zur Welt bringen müssen, aber ich schaffte es, einen Wandschirm zu finden, um ihr ein bißchen Intimität zu lassen.

Magda war in einem konfusen Zustand, glücklich, aber voller Angst. Ich versuchte, sie zu beruhigen, half ihr beim Waschen und setzte mich zu ihr ans Bett. Peter ging nach Hause; da war nichts, was er tun konnte. Bevor er wegging, mußte ich ihm versprechen, daß ich selbst kommen und ihn benachrichtigen würde, sobald das Baby geboren war.

Magda ängstigte sich wegen der Reise. Wie würde sie in der Lage sein, ein Neugeborenes unter den Bedingungen zu versorgen, die zu erwarten waren? Ich wagte nicht, viel zu sagen. Ich hatte Angst um sie. Aber als ihre Schmerzen begannen, vergaßen wir beide, was vor uns lag, und dachten nur an die Geburt. Ich lief nach der Hebamme. Sie untersuchte Magda, fand alles in Ordnung und verließ uns wieder. Es dauerte nicht lange, bis die Wehen erneut einsetzten, und Magda begann zu schreien. Ich war unsicher, was zu tun war, und rannte wieder zur Hebamme.

"Schnell, tun Sie etwas. Helfen sie ihr! Sie hat Schmerzen", sagte ich.

"Da kann ich nichts machen", antwortete sie aufs neue versichernd. "Alles ist, wie es sein soll. Es ist schmerzhaft, Kinder zu gebären, aber es ist nicht gefährlich."

Es war das erste Mal, daß ich eine Geburt erlebte. Bekommt man so ein Kind? Wird sie sterben? Geschichten von Frauen, die im Kindbett starben, gingen mir durch den Kopf. Ich glaube nicht, daß ich je Kinder haben möchte, wenn es so schwer ist. Aber plötzlich ein gellender Schrei, und ein klebriger dunkler Ball wälzte sich zwischen Magdas Beinen hervor. Die Hebamme schnitt die Nabelschnur durch und klatschte mehrmals auf das Hinterteil des Babys. Da, ein schwaches Quäken.

"Ein Junge, Magda! Du hast einen Jungen!" schrie ich. "Er ist dunkel. Sieh mal, Magda, sieh!".

Mit einem blassen Lächeln schaute sie auf das Kind und ließ sich widerstandslos von uns kneten, um die Nachgeburt loszuwerden. Im nächsten Moment war sie eingeschlafen. Mein Herz sang. Das Leben ist nicht vorbei. Wir werden morgen weggebracht, aber wir haben ein neues Leben bei uns, das andauern wird, nachdem wir vergangen sind.

Die Hebamme wusch das Baby, wickelte es in einige saubere Bettlakenstreifen und legte es neben Magda. Ich setzte mich auf den Stuhl und konnte nicht aufhören, es anzusehen. Die Dämmerung spähte durchs Fenster herein. Magda und das Baby schliefen noch. Plötzlich erinnerte ich mich an Peter, Jonas und alles andere. Ich zog meinen weißen Kittel aus und ging zu Peter. Ich brauchte ihn nicht zu wecken. Nervös rauchend saß er da, ein voller Aschenbecher und eine leere Kaffeetasse vor ihm. Als er die Nachricht hörte, tat er einen Freudenschrei, hob mich hoch und schwang mich in der Luft herum.

"Er soll Nathaniel heißen, "der von Gott Gegebene".

Er setzte mich wieder ab und rannte ins Hospital.

Jonas' Eltern waren bereits auf, als ich vorbeischaute, gerade im Begriff, das Haus zu verlassen. Sie hatten entschlossen, ihn nach Hause zu holen und waren erfreut zu erfahren, daß der Gips ab sein würde, wenn sie ins Krankenhaus kamen. Dann ging ich nach Hause.

Mutter und Vater waren dabei, unsere Habseligkeiten zusammenzupacken. Wir mußten mit ihnen bis sieben Uhr draußen auf der Straße sein. Keiner von uns durfte mehr als zwanzig Kilo tragen; alles andere mußten wir im Ghetto zurücklassen. Nun erwies sich mein Rucksack als nützlich, den ich genäht hatte, bevor wir von zu Hause weggebracht wurden. Ich packte einige Kleider ein, ein paar Untersachen, ein zweites Paar Schuhe und Strümpfe, einen Pullover, zwei Bücher, Schreibmaterial und eine kleine Tasche mit Unterwäsche zum Wechseln, Strümpfe und mein Tagebuch, für den Fall, daß der Rucksack sich als zu schwer erweisen sollte und zurückgelassen werden mußte.

Nun erinnerte ich mich an meinen Traum. Der Alptraum, der vielleicht der Grund war, warum ich den Rucksack gemacht hatte. Die ewig wandernde Prozession von Männern und Frauen mit Säcken auf ihren Rücken und Stöcken in den Händen, manchmal auf Landstraßen, manchmal auf Waldwegen, manchmal Deichen entlang, manchmal bei Flüssen. Mutters Traum oder mein Traum? Kann man Träume erben? Ist es das kollektive Unterbewußtsein? Werden meine Enkel den gleichen Traum träumen?

Als ich auf die Straße hinaustrat, war alles noch still, aber sieben Uhr rückte näher, und die Leute begannen, ihre Häuser zu verlassen.

Plötzlich sah ich Michael.

"Du hier? Was ist passiert? Du bist doch in die Berge gegangen, um dich zu verstecken", schrie ich, ohne daran zu denken, daß wir vorher noch nie ein Wort gewechselt hatten.

"Ich habe es versucht. Feri und ich sind hoch nach Pietrosul gegangen, du weißt, da oben, wo wir immer Exkursionen machten. Wir dachten, wir wären dort sicher; die Wälder sind tief, und wir kennen dort jeden Winkel. Aber wir hatten Pech. Ein ruthenischer Hirte, der nach einem verlorenen Schaf suchte, hat uns offenbar entdeckt. Wir überlegten gerade, ob er uns gesehen hätte, da tauchten schon unsere hahnengefederten Freunde auf. Diese ruthenischen Bauern haben uns Juden nie gemocht."

"Was haben die Gendarmen getan?"

"Das Schreckliche ist, sie haben nichts getan. Sie haben uns nur Handschellen angelegt und befohlen, mit ihnen zu kommen. Natürlich dachten wir, sie würden uns ins Gefängnis stecken. Aber sie brachten uns hier ins Ghetto zurück. Das bedeutet, daß das Schicksal, das uns hier erwartet, nicht leichter sein wird als die Strafe, die wir für unsere Flucht bekommen hätten."

"Was denkst du, erwartet uns?"

"Nichts Gutes, das ist sicher. Keine Arbeit auf den Feldern Ungarns."

Während wir sprachen, hatten sich mehrere Leute herum versammelt, um zuzuhören, und nun begann jemand zu wehklagen. Aber es war keine Zeit für weiteres Rätselraten oder Worte des Trostes. Es wurde spät und jede Minute lauter. Die Leute kamen mit ihren Säcken, Taschen, Bündeln, Paketen aus braunem Packpapier und eleganten Koffern.

Einige hatten ihre besten Sachen angezogen, einige trugen alles doppelt. Unsere Familie hatte sich entschlossen, leichte sportliche Kleidung zu tragen. Ich hatte weite Hosen an, eine Bluse, einen Pullover, eine Jacke und Stiefel und starrte mit Erstaunen auf Frauen in Stöckelschuhen. Die Leute liefen aus den Häusern heraus und wieder hinein; hier war etwas vergessen worden, da mußte etwas anderes mitgenommen werden. Einer wollte dies, ein anderer das, und plötzlich hatte sich die ganze Straße in einen Bienenhaufen verwandelt. Kleine Kinder schrien, Hunde bellten. Die hahnengefederten Gendarmen erschienen und befahlen, uns vor den Häusern nach Familien geordnet in Fünferreihen aufzustellen. Zuerst versuchten sie, die Dinge friedlich zu regeln, aber, aufgeschreckt und undiszipliniert wie wir waren, hatten sie Mühe, uns gefügig zu machen. Dann begannen sie zu brüllen und drohten uns mit Knüppeln. Aber die Leute wollten sich nicht beruhigen. Rufe, Schreie und Weinen vermischten sich mit dem Bellen der Hunde und den rauhen Flüchen der Gendarmen. Plötzlich fiel ein Schuß, und es war Stille. Laut wurde eine Proklamation verlesen:

1. Das Ghetto muß evakuiert werden. Alle Juden werden in das Innere von Ungarn gebracht.
2. Niemand darf mehr als zwanzig Kilo tragen.
3. Alle Wertgegenstände müssen sofort den Gendarmen übergeben werden.
4. Jede Person, die in Besitz von Wertsachen angetroffen wird, wird auf der Stelle erschossen.
5. Jede Person, die zu fliehen versucht, wird erschossen.

Kaum war die Proklamation zu Ende verlesen, begann das Durcheinander von neuem. Vergeblich versuchten die Hahnenfedern, die 3000 Menschen aus unserer Straße in irgendeine Ordnung zu bekommen. Ich stand gehorsam vor unserem Haus und war froh, daß die Evakuierung mit unserer Straße beginnen sollte. Wir wurden weggebracht, und das war besser als diese ewigen Spekulationen. Bald würden wir wissen, was uns am Ende der Reise erwartete, und Wissen zerstreut wenigstens die Unsicherheit. Allmählich wurden die Leute ruhig, standen in geordneten Reihen und warteten.

Stunde um Stunde standen wir in der Straße. Es war nicht leicht, die Kinder still zu halten. Die Erwachsenen wurden unruhig, einige bekamen Durst, andere wollten sich Erleichterung verschaffen, aber niemand durfte sich von der Stelle bewegen. Die Menschenmenge, mit dem schimmernden gelben Stern auf jeder Brust, toste in wachsender Erregung. Als die Aufruhr zunehmend bedrohlicher wurde, fielen mehrere Schüsse. Diese taten für eine Weile ihre Wirkung.

Auf was warteten wir? Niemand wußte es. Wir mußten mehrere Stunden gewartet haben, denn als das Signal für unseren Abmarsch gegeben wurde und wir aus dem Ghetto zogen, stand die Sonne hoch am Himmel.

Wir wurden zu der großen Synagoge in der Stadt gebracht. Dort wurden die Familien getrennt, die Männer in die Haupthalle gestopft, die Frauen und die Kinder in die Galerie. Wir waren daran gewöhnt, in der Synagoge getrennt von den Männern zu sitzen, so störte uns das nicht besonders. Aber wir litten an der Enge und dem Durst. Die Hahnenfedern begannen unsere Habseligkeiten zu durchwühlen, auf der Suche nach Wertgegenständen. Eine Frau nach der anderen wurde aufgerufen. Wächterinnen tasteten uns ab, für den Fall, daß wir etwas in unseren Körperöffnungen versteckt hielten.

Wir saßen auf den Bänken. Die Männer umhüllten sich mit ihrem Gebetsschal und beteten. Viele Frauen holten ihre Gebetbücher hervor, andere versuchten sich gegenseitig mit hoffnungsvollen Gerüchten zu trösten:

"Die Sowjets sind nur zehn Kilometer entfernt", wiederholte Frau Weiss, sie, die immer so gut informiert war. "Wenn ihr genau hinhorcht, könnt ihr die Schüsse hören."

"Das haben Sie schon vor mehreren Wochen gesagt", antwortete jemand.

"Aber jetzt stimmt es. Sie sind ganz nahe."

"Aber wer sagt, daß sie bis morgen hier sein werden?"

"Ja, sie werden es. Gott hält seine schützende Hand über uns."

"Sitzen wir nicht in der Synagoge und beten? Denken Sie, Gott hört nicht zu?"

"Glücklich, wenn Sie das glauben."

"Sie werden sehen, die Sowjets werden vor Tagesanbruch hier sein, und wir können wieder nach Hause gehen."

"Zurück ins Ghetto?"

"Nein, zurück in unsere Häuser. Wir werden in unseren alten Häusern frühstücken."

Selbst die Zweifler trösteten sich, sie wollten es so sehr glauben.

Das Gerücht verbreitete sich von der Galerie zu den Männern unten. Bald war es wieder bei uns zurück. Die Nähe der Sowjets hatte sich um mehrere Kilometer verringert. Nach einer Weile begann man davon zu reden, daß Schüsse aus den Vororten der Stadt zu hören seien. So wurde der Mut der Müden und Frierenden wachgehalten.

Uns war nicht gestattet, die Synagoge zu verlassen, auch nicht, um zur Toilette zu gehen. Der Gestank und der Durst wurden unerträglich; Kinder schrien, Frauen wurden ohnmächtig. Ich entschloß mich, etwas Wasser zu besorgen und ging zur Tür, um mit dem Gendarm zu sprechen. Als gut erzogenes Mädchen, fragte ich höflich um Erlaubnis, etwas Wasser holen zu dürfen. Ein verächtlicher Blick und ein schroffes "Nein" waren die Antwort.

Nach einer Weile kam Anna und sprach mit demselben Gendarm. Es täte ihr leid, sagte sie, daß er einen so schönen Abend damit vergeuden müsse, auf uns aufzupassen, und plapperte drauflos, bis sie ihn in eine lebhafte Unterhaltung verwickelt hatte. Sie scherzten und lachten; dann sah ihn Anna verführerisch an und sagte mit einer Stimme, die keinen Widerspruch duldete: "Ich gehe nur eben, einen Schluck Wasser holen." Und weg war sie.

Ich starrte verständnislos. Es war nutzlos, gut erzogen zu sein. Als du batest und dich klein machtest, wurdest du bloß weggeschubst. Man mußte frech und unerschrocken sein, sich gut darstellen, Respekt verschaffen. Ich erkannte plötzlich, daß die Kindheitsformel "Du wirst es bekommen, wenn du brav bist" nur ein Trick der Erwachsenen war, um Kinder gehorsam zu machen, und in unserer Überzeugung endete: "Sie werden uns nichts tun, wenn wir brav sind, wenn wir mit ihnen zusammenarbeiten, wenn wir tun, was sie sagen."

Der Tag dunkelte zum Abend, der Abend zur Nacht, und wir saßen immer noch da, zwischen Angst und Hoffnung. Die Morgendämmerung kam, aber keine Sowjets. Wieder mußten wir uns aufstellen und marschierten zum Bahnhof.

15. Mai 1944

Es war eine graue Dämmerung. Die rosigen Wolken, Vorboten der Sonne, versprachen einen schönen Tag. Wir schleppten unsere müden Glieder. Bei jedem Schritt fühlten wir unsere Taschen schwerer. Jeder, der aus der Reihe fiel, bekam mit dem Stock einen Schlag auf den Kopf. Familien hielten sich einander bei den Händen; sie wollten zusammen bleiben. Immer mehr Leute warfen ihre Säcke beiseite, um denen zu helfen, die nicht mehr weiterkonnten. Als wir die Straßen heruntermarschierten, erhob sich die Sonne über den Häuserdächern, und bis wir den Park erreichten, berührte sie die zarten Blätter, die knospenden Tulpen, den kleinen Krokuss-Teppich. Alles lag in Schweigen. Die kleine Stadt schlief. Die Kirchenuhr schlug sechs, als wir vorüberzogen. Sie hatten gut kalkuliert. Niemand würde uns sehen, wie wir weggeführt wurden.

Wenn die Leute erwachten, würden sie ihre Fensterläden hochziehen und sagen: "Was für ein wundervoller Tag!"

Ich schaute in die Runde, um auf Wiedersehen zu sagen zu meiner kleinen Stadt. Zu meinem Park und dem kleinen Pavillon, wo sonntags die Militärkapelle spielte. Wo ich immer herumspazierte in der Hoffnung den zu treffen, in den ich gerade verliebt war. Wo ich immer mit meinen Freunden saß und über das Leben, die Menschheit und die Liebe philosophierte. Zu meiner Schule,

Domnita Illeana, wo ich sieben Jahre lang gelernt hatte, mich über neues Wissen freute und über Fehlschläge trauerte. Zu Onkel Samuels Textilgeschäft, wo wir uns kurz vor Ladenschluß immer getroffen hatten, um kleine Feste zu arrangieren. Zu dem Kino, das Schüler nicht betreten durften, in das wir aber sonntags nachmittag hineinschlüpften, uns in den Pausen unter den Sitzen versteckend. Zu dem Café, das die besten Dobos-Kuchen der Welt hatte und wo verliebte Pärchen sich in den Nischen entlang den Wänden verstecken konnten. Ich liebte ihr *Froufrou*, eine Maronencreme mit geschlagener Sahne - werde ich das jemals wieder schmecken?

Ein magerer Hund stand an der Straßenecke und drehte seinen räudigen Kopf nach uns, als ob er uns auf Wiedersehen sagen wollte. Die traurigen Augen des Hundes erhöhten meine Traurigkeit und blieben noch lange bei mir.

Der Bahnhof. Wir waren angekommen. Nun erinnere ich mich nicht mehr an die Sonne - kann sie hinter den Wolken verschwunden sein? Viehwaggons standen vor uns, ihre Fenster vernagelt. Diese waren für uns. Etwa hundert von uns wurden in jeden Waggon gestoßen, der normalerweise acht Pferde faßte. Wir waren müde, hungrig, durstig und ziemlich apathisch. Wir ließen uns hineinscheuchen, sahen die Gendarmen die Türen schließen und hörten sie die schweren Metallriegel zuwerfen. Nun war es wirklich dunkel, nur ein schwaches Licht filterte herein. Wir setzten uns nieder, so gut wir konnten, und sprachen leise.

Jetzt zum ersten Mal schaute ich in die Runde, um zu sehen, wer mit uns war. Die meisten kannte ich, aber keiner meiner besten Freunde war dabei. Die Leute saßen stumm. Diejenigen, die Proviant hatten, holten es heraus und versuchten zu essen. Einer begann das Wasser zu verteilen, das man hereingereicht hatte, bevor die Türen geschlossen wurden. Ein Platz für den Koteimer wurde bestimmt, und jemand versuchte eine Decke davor zu hängen.

Der Zug rumpelte über die Steinsplitter, und wir begannen zu diskutieren, was das alles wohl bedeuten mochte. Wir hofften noch immer, man könnte uns in das Innere von Ungarn bringen.

"Wie alt, meinst du, soll ich sagen, daß ich bin?" fragte Vater.

"Ich werde fünfzig im Juli. Vielleicht lassen sie mich nicht arbeiten, wenn ich sage, daß ich über fünfzig bin."

Mein Gefühl sagte mir, daß das eine schlechte Taktik sein würde: "Ich glaube, es wäre das beste, wenn du sagst, du seist jünger. Es ist bestimmt besser, wenn wir alle arbeiten können. Du kannst das schaffen, und Mutter ist jung. Und Livi ist fast erwachsen."

"Aber nimm mal an, wir werden woanders hingebracht?"

"Wir müssen an Arbeit kommen, wo immer wir hingehen. Warum sonst sollten sie uns abtransportieren?"

Aber allmählich kroch der Verdacht in uns hoch. Oder war es, daß die Leute jetzt ihre Ängste in Worte faßten. Jetzt, da es keine Umkehr mehr gab. Wollen sie uns töten? Bringen sie uns an einen unbewohnten Ort, um uns zu erschießen? Werden sie Giftgas in die Waggons pumpen? Mutter erinnerte sich, daß der polnische Flüchtling von Wagenladungen von Menschen erzählt hatte, die auf diese Weise ermordet worden waren. Ich lauschte dem Gespräch und wägte die verschiedenen Möglichkeiten ab. Ich hörte Stimmen in mir. Der Dichter Ady schrieb in einem seiner schönsten Verse: "Ich habe gelebt, und ein Mensch kann am Leben sterben." Auch ich habe gelebt. Aber etwas in mir fragte: Habe ich wirklich gelebt? Nun antwortete mein anderer Lieblingspoet, Arany: "Menschen dürfen nicht sterben, bevor sie glücklich gewesen sind." Bin ich glücklich gewesen? Ich war ein glückliches Kind, aber ich bin noch kein glücklicher Erwachsener gewesen. Ich darf nicht sterben. Vielleicht werde ich dem Tod entrinnen. Vielleicht bringt man uns ins ungarische Landesinnere.

Sobald wir eine Station erreichten, versuchte ich, durch die Schlitze in den Fenstern zu sehen. Solange ich ungarische Namen sah, fühlte ich mich relativ sicher.

Ich sah auf meine Gefährten. Die Familien saßen in festen Gruppen, als beschützten sie ihr Territorium. Es war wichtig, seinen einmal erworbenen Platz gegen die zu verteidigen, die sich hinlegen oder ihre Beine ausstrecken wollten. Unsichtbare Mauern wuchsen, Familien taten so, als wären sie allein. Jemand begann seinen Proviant zu essen, ohne das sonst übliche höfliche Angebot an seinen Nachbarn: "Möchten Sie etwas?" Eine Familie entdeckte, daß etwas liegen gelassen worden war, und sie begannen, sich gegenseitig zu beschuldigen. Ein junges Paar saß und liebkoste einander mit der gleichen Ungeniertheit, während ein anderer seine Bedürfnisse in den Eimer verrichtete.

Familie Grün saß und aß einen Schinken, den sie mitgebracht hatten. Sie waren nicht orthodox, nur die alte Großmutter blieb koscher. Normalerweise hätten sie ihren Schinken versteckt, aber heute scherte es sie nicht. Die Großmutter saß schweigend in Gedanken versunken da, ihre Tränen, zwei nicht endende Rinnsale. Plötzlich blickte sie auf und sagte: "Gebt mir etwas Schinken. In meinen sechsundsiebzig Jahren habe ich nie Unkoscheres gegessen, aber jetzt möchte ich es. Wenn Gott uns das antun kann, werde ich aufhören, seine Gebote zu befolgen."

Alle sahen sie mit Bestürzung an, als sie eine Scheibe abschnitt und sie abwesend zu kauen begann, als ob sie von Gott eine Antwort erwartete. Sie hatte nicht aufgehört, an Gott zu glauben, sie wollte ihn nur herausfordern. Vielleicht hoffte sie auf einen Blitzschlag, der ihrem Elend ein Ende setzen würde.

Etwas weiter weg saß Familie Schwarz, Mutter, Vater, Großmutter und drei Kinder. Das jüngste war erst fünf. Der Junge saß auf dem Knie seiner Großmutter und bat sie, ihm eine Geschichte zu erzählen. Die Großmutter begann das Märchen von Hänsel und Gretel, aber fühlte sich sichtlich gestört durch die streitende Familie neben ihr. Sie hielt inne, sah umher und sagte: "Komm, Kleiner, gehen wir in ein anderes Zimmer. Hier sind zu viele Leute."

Das Kind sah sie an. "Aber Großmama, wir sind im Zug. Siehst du denn nicht?"

"Ja, aber laß uns in ein anderes Zimmer gehen", sagte sie und tat, als ob sie umziehen wolle.

"Großmama, Großmama, siehst du nicht, daß wir nicht zu Hause sind? Erinnerst du dich nicht, daß sie uns im Zug eingeschlossen haben? Es gibt keine Zimmer hier."

"Wir können in die Küche gehen", entgegnete die Großmutter und sah mit toten Augen in die Ferne.

"Hier gibt es keine Küche", sagte das Kind und zog am Kittel seiner Großmutter, damit sie sich wieder hinsetzte.

Einige versuchten, die alten Dame zur Einsicht zu bringen, aber sie schaute verwirrt auf diese Leute, die sie hindern wollten. Erst als ihre Tochter die Arme um sie legte, beruhigte sie sich und war bereit, sich wieder niederzulassen. Der entsetzte Blick des Jungen haftete auf dem Gesicht der alten Dame. Er wagte nicht, sie zu bitten, mit der Geschichte fortzufahren. Die Großmutter aber war bereits weit weg und begann mit Bewegungen, als schaukele sie ein Kind, alte jüdische Wiegenlieder zu singen. Vielleicht glaubte sie sich in das Haus ihrer Kindheit zurückversetzt, ihren kleinen Bruder oder ihre kleine Schwester in den Schlaf wiegend, oder vielleicht ihre Tochter?

Auschwitz

Nacht folgte auf Tag und Tag auf Nacht. Wir versuchten, im Sitzen zu schlafen; es war nicht genug Platz für alle da, um sich auszustrecken. Nachts wechselten wir uns ab, um für eine Weile zu liegen. Der Eimer in der Ecke begann überzulaufen, und der Gestank von Schweiß, Urin und Exkrementen war Übelkeit erregend. Unser Vorrat an Wasser ging zur Neige, und der Durst wurde unerträglich. Die Menschen begannen zu betteln und zu beten, zu wimmern und zu schreien. Als der Zug anhielt, versuchte ich, die Wachmänner um etwas Luft und Wasser zu bitten, aber vergebens. Wir brachten einem der kleinen Jungen ein paar deutsche Sätze bei, hoben ihn ans Fenster, damit er "Bitte schön, Wasser" sagte, aber sein dünnes Stimmchen verhallte ungehört. Die Wachleute schrien uns nur an, wir sollten ruhig sein, und bedrohten uns mit ihren Gewehren.

Die Namen der Stationen hörten auf ungarisch zu sein. Der Zug änderte die Richtung und fuhr nicht länger westwärts. Die Namen wurden polnisch. Wohin fuhren wir? Jetzt waren wir auf das Schlimmste gefaßt, müde und durstig wie wir waren, wünschten wir, alles hinter uns zu haben. Wenn wir sterben sollen, laß es bald geschehen; es konnte nicht schlimmer sein als dieses. Die Kinder schrien. Ein Mädchen wurde ohnmächtig. Ihre Mutter begann, um Hilfe zu rufen, ihr Vater versuchte, sie wachzurütteln. Wasser, Wasser! Hat denn keiner Mitleid mit uns?

Die Pfeife des Zuges ertönte, der Zug fuhr wieder an, die Reise ging weiter. Weitere Stunden verstrichen. Es wurde dunkel. Dann hielt der Zug auf einem Abstellgleis. Die Nacht war dunkel um uns herum. Wo waren wir? Diejenigen, die am dichtesten an die

Fensterritzen gepreßt waren, konnten in weniger Entfernung ein Ortsschild ausmachen: Oswiecim. Das sagte uns nichts. Leute stöhnten, weinten und beteten. Die meisten waren apathisch. Wir hatten nur einen Gedanken: Wasser.

Mutter schnupperte die Nachtluft und meinte, etwas Eigenartiges zu riechen.

"Ich rieche Gas. Nun gut, jetzt passiert es. Sie werden Gas in die Waggons pumpen", sagte sie erschöpft.

"Nein Mutter, das ist nicht möglich. Unsere Waggons sind nicht versiegelt. Luft würde durch die Ritzen kommen."

"Merkt ihr denn nicht diesen überwältigenden Geruch?"

"Das kann von der Fabrik kommen, wo wir arbeiten werden", sagte Vater.

"Mutter, weine nicht", sagte Livi. "Ich werde dir jeden Tag beim Abwaschen helfen."

Mutter streichelte Livi und versuchte zu lächeln.

Suchscheinwerfer leuchteten durch die Ritzen. Nach mehreren Stunden wurden die Türen geöffnet. Grimmige Männer in gestreifter Kleidung jagten uns aus den Waggons:

"Raus, raus! Schnell, schnell!" schrien sie fluchend.

Alle eilten zum Ausgang, aber Vater und ich hielten an, um einen der Männer zu fragen: "Wo sind wir?"

Der Mann in der Gefängniskleidung sah sich nervös um, und antwortete leise, nachdem er sich vergewissert hatte, daß niemand zuhörte: "Vernichtungslager."

So, endlich wußten wir es. Wir sahen einander an, hatten aber keine Zeit, etwas zu sagen.

"Schnell, schnell! Macht, daß ihr rauskommt, Sauschweine", brüllten die SS-Männer, die die Szene mit ihren Hunden vom Bahnsteig beobachtet hatten. In regelmäßigen Abständen knallten sie mit ihren Peitschen und landeten einen Schlag auf jeden Nachzügler.

Ein Lautsprecher befahl: "Männer nach links, Frauen nach rechts", und die Knüppel stellten sicher, daß der Befehl befolgt wurde. Ich gab meinem Vater einen schnellen Kuß und bat ihn, er möge sich beeilen, damit er nicht geschlagen würde. Nachdem ich wenige Schritte getan hatte, hörte ich das Krachen einer Peitsche und einen Schrei. War es mein Vater? Ich werde es nie wissen.

Ich holte meine Mutter und meine Schwester ein und schloß mich ihnen an. Die lange Schlange von Frauen bewegte sich langsam auf einen Tisch zu, wo der SS-Mann mit dem Bluthund seinen Stock schwang wie ein Herrscher auf seinem Thron: "Du rechts, du links, rechts, links, links, links." Es war Wotan selbst, herrschend über Leben und Tod.

"Wir gehören zusammen, wir möchten zusammen bleiben", protestierten die Familien.

Er sah teilnahmslos nach vorn und wiederholte mechanisch: "Sie werden sich später treffen. Die alten Leute und Kinder fahren mit dem Wagen. Sie gehen alle zum selben Ort."

Mütter ließen widerstrebend ihre Töchter gehen; Schwestern trennten sich von Schwestern.

Mutter war untröstlich. Als wir uns in der langen Schlange vorwärtswanden, hielten Livi und ich ihren Arm und versuchten, uns etwas auszudenken, damit sie zu weinen aufhörte.

"Mutter, glaubst du nicht, daß du ein schönes Leben gehabt hast?"

"Ja, das habe ich, aber ihr beide habt noch nicht gelebt. Warum müßt ihr sterben?"

"Denk nicht daran. Mach dir keine Sorgen um uns. Es macht mir nichts aus, daß ich sterben muß."

Ich akzeptierte, daß wir in den Tod geführt wurden. Ich akzeptierte es ruhig, ohne Rebellion, ohne auch nur an Widerstand zu denken. Vielleicht, weil ich es ganz im Innersten noch nicht glauben konnte.

Wir hatten den großen blonden SS-Mann in seiner fleckenlosen Uniform erreicht. Später erfuhr ich, daß sein Name Dr. Mengele war. Er richtete seine stechenden Augen auf uns und zeigte mit seinem Stock auf Mutter:

"Du nach links, ihr beide nach rechts."

Mutter mit ihrem dunkelblauen Schal über ihrem Kopf und den geröteten Augen klammerte sich fest an uns.

"Das sind meine Kinder."

"Du wirst sie morgen treffen."

"Kann ich etwas Wasser haben?"

"Es gibt Kaffee, wenn du ankommst."

Arme Mutter. Es gab keinen Kaffee, als sie ankam. Es war der Gashahn, der sich auftat, als sie ihre durstigen Lippen zum Strahl erhob.

Ich ließ sie schnell gehen. Ein bißchen zu schnell. Im Bruchteil einer Sekunde schoß mir der Gedanke durch den Kopf: "Sie geht zum Sterben, wir werden leben. Ich möchte nicht mit ihr gehen. Ich möchte leben".

Sobald wir getrennt waren, kamen mir die Tränen. Ein Gefühl der Schuld erfaßte mich. Plötzlich sah ich meine Mutter durch die Augen des SS-Mannes. Sie sah alt aus mit ihrem dunklen Schal und ihren geröteten Augen. Warum hatte ich sie nicht dazu gebracht, mit dem Weinen aufzuhören. Warum hatte ich ihr nicht den Schal weggenommen? Warum? Warum?

Livi verstand nicht, warum ich weinte. Ich wußte nicht, was sie fühlte, aber sie meinte, ich hätte keinen Grund zu weinen.

"Mutter, Mutter, was wird aus Mutter?" wiederholte ich immer wieder.

"Du hörst doch, sie fährt mit dem Wagen. Sie wird da auf uns warten."

"Ich fürchte, das wird sie nicht", sagte ich, aber wollte Livi nicht erzählen, was ich von dem Mann am Zug gehört hatte: "Vernichtungslager".

"Dann werden wir uns morgen treffen", sagte Livi.

Aber ich wußte es besser. Und meine Gewissen gab mir keine Ruhe: Es ist meine Schuld, daß sie sterben wird. Ich habe sie betrogen. Ich werde leben.

Unfähig, an etwas anderes zu denken, folgte ich der Gruppe, die in Fünferreihen eingeteilt war. Wir marschierten auf das Lager zu und kamen schließlich an einen Platz mit mehreren Baracken, von denen wir hörten, es seien die Badehäuser. Es war noch dunkel, aber auch hier waren Suchscheinwerfer. Der SS-Mann gab den Befehl:

"Legt all eure Habseligkeiten auf einen Haufen. Wenn ihr Geld oder Wertgegenstände habt, gebt sie der Frau am Schreibtisch. Jeder, der in Besitz von Wertsachen angetroffen wird, wird streng bestraft. Stapelt eure Kleider ordentlich auf einen Haufen. Bindet eure Schuhe zusammen und legt sie aufeinander."

Ich verstand nicht, wie ich fähig sein sollte, meine Kleider in so einem riesigen Stapel wiederzufinden, aber tat, wie mir geheißen war. Gehorsam über alles. Ich hatte immer noch den kleinen Zinnring, der ein Andenken von Puiu war. Ich hatte auch noch meine dünne Goldkette mit dem Herzen, von der ich mich nie trennen wollte. Ich ging zu der Frau am Schreibtisch, zeigte ihr den wertlosen Ring und fragte: "Kann ich ihn behalten?"

Sie zog den Ring von meinem Finger und warf ihn auf einen Haufen Abfall. Ich sah ihn an und dachte: "Wenn ich ein wertloses Andenken nicht behalten darf, dann hat es auch keinen Sinn, diese Kette zu behalten, und warf sie auf denselben Haufen.

Wir entkleideten uns nackt und reihten uns vor einem Mann auf, der all unsere Haare abschnitt. Wir versuchten, unsere Nacktheit mit unseren Händen zu verstecken, aber die SS-Wachen gingen herum und schlugen jede, die nicht aufrecht stand. Die Reihe kam an mich. Ich schluckte, versuchte zu vergessen, wo ich war und stand stramm vor dem "Barbier". Er stand auf einem Stuhl, schwang seine Schere und riß meine ganzen Haare weg, alles. Zuerst mit der Schere und dann mit einer Maschine. Zuerst meinen Kopf, dann unter den Armen und schließlich zwischen meinen Schenkeln. An meinen Augenbrauen war er nicht interessiert.

Nach dem Haarschnitt gab man uns kleine übelriechende Seifenstücke und befahl uns, eine Dusche zu nehmen. Nach dem Duschen mußten wir rauhe, graue Gefängniskleidung anziehen, ohne uns vorher abgetrocknet zu haben. Es fühlte sich unangenehm an, aber es mußte sein. Wir konnten unsere Schuhe behalten, so mußten wir sie aus dem Haufen wieder heraussuchen. Meine schwarzen bequemen Stiefel fühlten sich gut an, und ich bedauerte all die anderen Mädchen, die nun in ihren eleganten Pumps herumstöckelten.

Als wir fertig waren, erkannten wir einander nicht mehr. In der grauen Morgendämmerung schaukelte ein Meer grauer Billardbälle. Ich nahm Livi bei der Hand. Ich fürchtete, sie zu verlieren, fürchtete, sie nicht wiederzuerkennen, wenn ich sie verlöre. Ich sah sie an. Ihre herrlichen rabenschwarzen Zöpfe waren weg, meine kleine Schwester hatte sich in einen Jungen verwandelt. Ich schaute die anderen an, versuchte, ihre Aufmerksamkeit auf mich zu lenken, um so vielleicht meine alten Freundinnen wiederzuerkennen. Plötzlich sah ich einen griechischen Gott die Augen erheben. Es war Dora. Ich hatte schon immer ihr Profil bewundert, aber jetzt, ohne Haare, mit ihrer geraden Nase und den regelmäßigen Zügen, sah sie genau so aus wie eine Statue von Phidias. Ihr Augen suchten meine, und ich sah Zweifel, dann zögerndes Erkennen.

"Hédi, bist du es?"

"Erkennst du mich nicht?"

"Doch, aber wir sehen alle etwas seltsam aus."

"Nicht du. Die bist schön, selbst ohne Haare", sagte ich, zweifelnd, wie ich wohl aussehen mochte. Wahrscheinlich war nur meine große Nase sichtbar, jetzt, wo ich keine Haare mehr hatte, um sie zu verstecken. Ich fühlte an meinem Schädel und erschauerte. Die Berührung war entsetzlich.

Die Nacht war unmerklich zur Dämmerung geworden, die Dämmerung zum Morgen. Die vor Kälte zitternden Mädchen, eher eine Herde von Jungen, drängte sich ängstlich vor dem Badehaus. Wieder mußten wir uns in einer Reihe aufstellen, und unser erster Zählappell begann. Ich war die letzte in der Reihe und hörte den SS-Mann sorgfältig zählen: 421. Also war das alles, was von uns übriggeblieben war, 421 Frauen. Und wie viele Männer? Vielleicht die gleiche Anzahl. Weniger als ein Drittel der

3000 Menschen, die am Morgen des 15. Mai das Ghetto verlassen hatten.

Meine Gedanken wurden von etwas Feuchtem, das meinen Schädel berührte, unterbrochen. Ich fühlte, es war ein Regentropfen. Bald folgten mehr. Ich fühlte, wie sie meinen kahlen Schädel hinunterrollten, von meinen Augenbrauen aufgefangen wurden oder Bäche meinen Nacken hinunter bildeten. Ich schüttelte mich, sah auf die anderen und brach in Lachen aus. Meine unglücklichen durchnäßten Gefährtinnen sahen wie neugeborene Kälbchen aus, grau, kahl und unsicher auf den Beinen, aber da waren keine Kühe in der Nähe, an die sich kuscheln konnten. Wir mußten im Regen stehen bleiben, während unsere Bewacher in ihre Hütte gingen. Wir warteten draußen, ohne zu wissen, auf was wir warteten. Der Regen peitschte auf unsere Rücken.

Der Tag war schon weit fortgeschritten, als der SS-Kommandant eintraf, der die 421 Gefangenen übernehmen sollte. Er zählte uns noch einmal durch, dann gab er das Signal zum Abmarsch.

Auf dem Weg sahen wir hinter einem Zaun eine Gruppe von Frauen, die, wie wir meinten, älter aussahen. Die Mädchen begannen zu rufen und nach ihren Müttern zu fragen. Aber man befahl ihnen, still zu sein. Es sei verboten, zu Mitgefangenen zu sprechen.

Die Frauen sahen uns neugierig an, ohne zu antworten, aber für die Mädchen gab es einen Schimmer von Hoffnung, daß unsere Mütter darunter sein könnten. Warum nicht? Es gab ein Lager für Frauen, ein Lager für Männer, warum sollte es nicht ein Lager für ältere Leute und Kinder geben? Aber ich konnte das kaum glauben, so sehr die anderen mich auch zu überzeugen versuchten.

Wir näherten uns einem Gelände mit niedrigen, verstreuten Baracken, das eine Fabrik hätte sein können, wäre nicht der hohe Stacheldrahtzaun mit dem Warnschild "Dieser Zaun steht unter Strom" gewesen. Der Ort kalt und steril, soweit das Auge reichte. Nirgendwo Grün. Nicht einmal ein Grashalm. Sogar der Himmel war grau. Endlos hervorquellende Rauchwolken verdunkelten das Blau, von dem wir wußten, das es dahinter lag.

Wir wurden in eine der Baracken geführt. Nach dem hellen Tageslicht traf uns die Dunkelheit wie ein Schlag. Es dauerte einen Augenblick, bevor sich unsere Augen an das Licht gewöhnt hatten, das durch zwei schmale Fenster am Ende sickerte. Die Decke war niedrig, und an der Tür befand sich ein kleiner Alkoven, der Wachraum, wo, wie wir später erfuhren, die *Blockova* - die Frau, die den Block beaufsichtigte - ihren Raum hatte. Von ihm ging ein enger Korridor nach links, mit Nischen auf beiden Seiten. Diese Nischen waren senkrecht unterteilt, und auf jeder Seite befanden sich regalbrettartig drei Schlafplätze übereinander in der Größe von ungefähr drei mal zwei Metern, gerade genug Abstand dazwischen lassend, daß jemand aufrecht sitzen konnte. Auf jedem der Schlafplätze würden zehn Mädchen leben, essen und schlafen müssen.

Ich und die neun, die mir am nächsten waren, installierten uns in einer der obersten Kojen. Wir saßen ziemlich in der Klemme. Als die Nacht kam, wurde uns klar, daß wir Kopf an Fuß liegen mußten. Wenn sich jemand umdrehen wollte, mußten alle anderen neun gleichzeitig dasselbe tun. Jeder Versuch, auf dem Rücken zu liegen, erregte sofort lautes Mißfallen. Wie viele Nächte lag ich nicht auf der Seite und träumte davon, meinen Rücken ausstrecken zu können! Oder mich wie ein Fötus einzurollen, ein Luxus, den wir uns nicht erlauben konnten.

Wir lagen auf blanken Brettern, mit unseren Schuhen als Kopfkissen. Die Mädchen auf dem untersten Schlafplatz lagen auf dem Fußboden, jedermanns Fußtritten ausgesetzt, der vorbeikam. Die in der mittleren Koje wurden ständig durch das Auf und Ab von oben gestört, so war ich froh, ganz oben zu sein.

Fünf von uns hatten zusammengehalten, seitdem man uns befohlen hatte, Reihen dieser Anzahl zu bilden. Dora, die schöne, talentierte Dora, zu der jeder aufsah, und ich fühlten uns verantwortlich für die Kinder, Sussie, Livi und Ilu. Sussie, meine Kusine, war fünfzehn, Livi vierzehn und Ilu, Sussies Kusine, zwölf. Ilu war groß für ihr Alter, war aber wirklich noch ein Kind. Sie war die jüngste von denen, die nach Auschwitz gekommen waren, und man konnte es sehen. Sie war sehr schweigsam und verschlossen. Es fiel ihr schwer, ohne ihre Eltern zu leben, sie war apathisch, ganz im Gegensatz zu den beiden anderen, die die meiste Zeit schwatzten. Sussie und Livi waren seit langem enge Freunde, wie Dora und ich. Außerdem war Dora mit Tzali, Sussies Bruder verlobt, der in einem rumänischen Gefängnis saß. Durch all das fühlten wir uns besonders eng verbunden und hatten das Bewußtsein einer doppelten Verantwortung füreinander.

Als wir in die oberste Koje hinaufgeklettert waren, konnte ich nicht anders, als den anderen zu erzählen, was ich am Zug gehört hatte. Sie wollten mir nicht glauben. Dora hörte nachdenklich zu, aber Sussie und Livi plapperten glücklich weiter, wie schön es sei, bald ihre Mütter wiederzusehen. Am Ende schliefen wir erschöpft ein.

Unser Erwachen am nächsten Morgen war bitter. Wir erinnerten uns an unsere Mütter; ich weinte und konnte vor meinen Augen nur sie sehen. Ich dachte auch an meinen Vater, trauerte aber nicht um ihn, da ich fühlte, daß er irgendwo in Auschwitz am Leben sein mußte. Ich fühlte weder Hunger noch Durst, und als unsere erste Mahlzeit ausgeteilt wurde, gab ich Livi meine Brotration. Ich konnte nicht essen, obwohl wir den ganzen Tag vorher nichts zu uns genommen hatten.

Die Mädchen liefen zu den Aufseherinnen und fragten: "Wann werden unsere Mütter kommen?"

Die Aufseherinnen, polnische Mädchen, von mehreren Jahren Gefängnis hart geworden, zeigten auf den rauchenden Schornstein.

"Da sind eure Mütter, ihr kleinen Dummköpfe. Wohin, denkt ihr, seid ihr gekommen, in ein Ferienlager? Das ist ein Vernichtungslager. Schaut zum Schornstein. Seht ihr nicht die Flammen? Da brennen eure Mütter, eure Väter werden zu Asche, eure kleinen Brüder und Schwestern gehen in den Himmel."

"Wie grausam sie sind", sagten meine Gefährtinnen. "Diese Jahre des Leidens haben sie rachsüchtig und sadistisch gemacht. Sie wollen, daß wir den Schmerz des Verlustes fühlen, wie sie es getan haben. Sie wollen uns quälen, uns die wir bis jetzt den Nazis entkommen sind. Sie beneiden uns, die wir ein normales Leben mit unseren Familien leben konnten, während sie in den Lagern leiden mußten."

Mit einem durchdringenden Gestank spie der Schornstein seine schwarze Rauchwolke aus. Sie stand am Himmel, wie ein Ausrufungszeichen bestätigend, was das polnische Mädchen uns gesagt hatte.

"Sie verbrennen Abfall", sagten meine Kameradinnen und hörten den polnischen Mädchen nicht mehr zu. "Die können uns nicht für dumm verkaufen", und träumten weiter von der Wiedervereinigung. Nur ich weinte.

Livi versuchte, mich zu trösten: "Weine nicht, Mutter wird bald kommen. Du wirst sehen."

Ich antwortete nicht. Ich hatte nicht das Herz, ihre Hoffnungen zu zerbrechen.

Wir mußten die tägliche Routine lernen. Wecken in der Morgendämmerung, gefolgt vom Zählappell. Wir schliefen in unseren Kleidern, so brauchten wir keine Zeit fürs Anziehen zu verschwenden.

Nach dem Wecken mußten alle zum Klogebäude gehen. Es war eine große Baracke mit einer hochgezogenen Abtrennung in der Mitte. Zu beiden Seiten entlang des "Throns" befand sich eine Vielzahl von Löchern, so daß zwanzig Leute gleichzeitig hocken konnten. Bald bildete sich eine lange Schlange vor jedem Loch, und jedes Mädchen sah zu, daß ihre Vorgängerin nicht einen Moment länger saß, als sie unbedingt mußte. Manchmal kamen Wächterinnen und peitschten wild umher, wenn sie glaubten, wir säßen zu lange. Dann hockten wir zu zweit, Hintern an Hintern, am selben Loch, damit es schneller ginge. Allein am Loch zu sitzen, war fast schon ein Luxus.

Das Klo befand sich in einem Nebengebäude, und wir mußten alle bereit sein, zur gleichen Zeit - unter Aufsicht - zu urinieren und zu defäkieren. Wollte ein Mädchen gehen, wenn der Rest nicht wollte, mußte sie warten. Das schlimmste war, wenn jemand nachts aufwachte, wenn das Klo geschlossen war. Dann mußte man große Tonnen um die Ecke herum benutzen. Man mußte sehr vorsichtig sein, denn man konnte sie leicht umstoßen.

Es gab kaum Waschgelegenheiten; nur einen Wasserhahn, um Hände und Gesicht ein wenig zu bespritzen, aber gewöhnlich war er abgedreht. Ab und zu durften wir eine Dusche im Badehaus nehmen, und dann bekamen wir auch saubere Kleidung. Diese bestand aus einem Paar großer grauer Unterhosen, einem rauhen Unterhemd und einem Kleid aus dem gleichen groben grauen Stoff. Die Kleider gab es nur in zwei Größen, und so sehr wir uns auch anstrengten, es gelang uns nie, welche zu bekommen, die uns paßten. Einige von uns waren in große Zelte gehüllt, während andere in Miniröcken herumtrippelten, unsere Unterhosen, von Schnüren gehalten, hingen tief unten. Wir trugen unsere eigenen Schuhe, und wieder bedauerte ich die Mädchen in hohen Absätzen, die schon bald abbrachen. Wir besaßen keine Strümpfe, aber jede hatte ein blaues Herrentaschentuch mit grauen Ecken, um ihren kahlen Schädel zu bedecken.

Nach dem Klogang am Morgen spülten wir uns hastig unter dem Wasserhahn, bevor wir zum Appell rannten. Das war besonders wichtig, da wir kein Papier hatten, ein schwieriges Problem, das unsere ganze Erfindungsgabe forderte. Manchmal konnten wir ein rauhes Stück Pappe von einem Karton finden, manchmal rissen wir einen Fetzen von unseren Unterhosen oder Hemden ab. Mochte es auch entdeckt werden, wenn wir unsere Kleidung wechselten, und eine Strafe nach sich ziehen, so schreckte uns das nicht ab. Wir taten es weiter, so daß unsere Unterwäsche kürzer und kürzer wurde.

Der Zählappell war das wichtigste tägliche Ereignis im Lager. Fast ein Ritual. Dreimal am Tag wurden wir aus unserem Block getrieben. Alle mußten sich in Fünferreihen aufstellen, auch die Kranken. Selbst die Sterbenden waren nicht ausgenommen. Wir wurden gezählt und wieder gezählt, zuerst von der *Blockova*, dann von einem SS-Wachmann, dann von einem anderen und schließlich vom SS-Kommandanten. Die Zahlen mußten stimmen; ich weiß nicht, was geschehen wäre, wenn sie es nicht getan hätten, denn die *Blockova* wagte nie, dem SS-Wächter die Gruppe zu übergeben, bevor sie nicht sicher war, daß die Zahl richtig war. Wir mußten stundenlang stehen, während sie zählten und wieder zählten. Wenn eine sich krank fühlte oder ohnmächtig wurde, mußte sie dort liegen bleiben. Niemand durfte aus der Reihe tanzen. Wir hatten strammzustehen in Wind und Regen, in Mittagshitze und Morgenfrost. In unserer Fünferreihe stand Dora immer als erste, ich als letzte. Jede von uns drängte sich an das Mädchen vor ihr, um auf diese Weise etwas Wärme zu geben und zu empfangen.

Nach dem Appell wurde das Frühstück ausgeteilt. Wir rannten schnell zurück, denn wir mußten sicherstellen, daß niemand unsere magere Ration stahl. Wir erhielten ein kleines Stück Brot und einen Klecks Margarine, manchmal mit einem Teelöffel Marmelade, und "Kaffee", eine schwarze Brühe, die nur wie Kaffee aussah. Aber er war heiß und brachte ein bißchen Leben in unsere erstarrten Glieder. Das Frühstück dauerte nicht lange, und der Funken Wohlbefinden war bald wieder erloschen.

Dann saßen wir wieder auf unseren Pritschen, apathisch auf den nächsten Appell wartend. Die Mädchen hofften immer noch, ihre Eltern wiederzusehen, aber erzählten weniger darüber. Als die Tage verstrichen, begann eine nach der anderen zu begreifen, daß es kein Lager für ältere Leute gab. Ihr einst eifriges Geplapper verstummte. Apathie überfiel auch sie.

Nach dem Mittagsappell bekamen wir Mittagessen. Es bestand aus einer dünnen Suppe mit dem ein oder anderen Gemüse, manchmal sogar mit einem Brocken Fleisch darin. Wir freuten uns darauf, waren aber nie satt. Bei Sonnenuntergang gab es noch einen weiteren stundenlangen Appell. Ein Becher des sogenannten Kaffees, und dann hatten wir kaum Zeit, um zum Klosett zu rennen, bevor die Abendglocke ertönte und das Licht für die Nacht ausgeschaltet wurde.

Mit der Zeit begannen meine Tränen zu versiegen. Mein Körper stellte seine Forderungen, und ich wurde hungrig. Nun verschenkte ich nicht mehr meine Ration. Ich aß alles, was ich bekam. Ich begann, meine Umgebung zu untersuchen, die bis jetzt nur aus einem in grauen Rauch gehüllten Schornstein zu bestehen geschienen hatte. Ich sah, wie gut gepflegt die polnischen Wächterinnen waren, mit ihren langen Haaren, sauberen Kleidern, Seidenstrümpfen und schicken Stiefeln. Vielleicht ist es doch möglich, in Auschwitz zu überleben, dachte ich, und begann darüber nachzusinnen, wie sie es wohl anstellten. Ich versuchte mit ihnen zu reden, aber sie waren nicht gesprächig. Sie wandten sich ab, sobald ich eine Frage stellte. Ich gab auf.

Eines Tages kam ein SS-Mann und teilte Postkarten aus mit der Aufforderung, an unsere Familien zu Hause zu schreiben. Wir hatten keine zurückgelassenen Familien; wir wußten, wie sorgfältig die Hahnenfedern die Stadt gesäubert hatten. Bis zu dieser Zeit war ganz Ungarn *judenrein*, frei von Juden. So waren wir mißtrauisch und diskutierten es untereinander. Es mußte eine Falle sein.

"Sie werden wissen wollen, ob es noch Juden gibt, die sich irgendwo verstecken. Sie wollen, daß wir schreiben und ihre Adressen verraten", sagte Dora.

"Du hast recht. Wir werden nicht schreiben."

"Das ist das beste. Wem wir auch immer schreiben, der wird Schwierigkeiten bekommen. Es ist nicht gut, Freund mit Juden in Auschwitz zu sein."

"Aber dann könnten wir ja Rache nehmen an allen, die sich uns gegenüber schlecht betragen haben", sagte Sussie.

"Was ist mit Frau Fekete?" fragte ich. "Sie hat uns dazu gebracht, ihr unser Geld und unseren Schmuck zu geben, und dann hat sie abgestritten, irgend etwas zu haben."

Immer mehr von uns erinnerten sich an Ungarn, die uns denunziert oder schlecht behandelt hatten, und wir entschlossen uns, an sie zu schreiben. Es war ein gutes Gefühl zu wissen, daß auch sie jetzt Probleme haben könnten. Erst lange nach dem Krieg wurde mir der Zweck dieser Karten klar: der Außenwelt zu zeigen, daß wir am Leben waren und gut für uns gesorgt wurde. Aber das bedeutete nicht, daß unsere damalige Einschätzung gänzlich falsch gewesen war.

Eines Tages hörte man plötzlich jemanden Beethovens "Für Elise" summen.

"Was ist das?" fragte ich. "Wer singt da?"

"Ella", sagte Livi.

Ella war ein Mädchen in meinem Alter, stark und künstlerisch. Sie spielte schön Klavier und malte gern. Nun spazierte sie zwischen den Reihen der Schlafstellen summend auf und ab. Das Summen wurde ein zartes Schmachten, und bald sang sie aus vollem Halse.

"Sie ist verrückt geworden", sagte jemand.

Ich ging zu ihr hinüber und sah ihre brennenden Augen.

"Was ist los, Ella?" fragte ich.

"Ich warte auf Mutter. Ich habe versprochen, für sie Klavier zu spielen. Ich muß üben, damit ich wirklich gut bin. Sie liebt "Für Elise". Wußtest du, daß sie Elise heißt? Sie wird so glücklich sein. Ich kann es jetzt wirklich gut. Komm und höre."

"Aber Ella, hier gibt es kein Klavier, und deine Mutter wird nicht kommen können."

"Doch, Mutter wird kommen. Ich weiß es. Wirst du die Seiten für mich umblättern? Komm schon, gehen wir ans Klavier." Und sie deutete mit einer weiten Handbewegung zum anderen Ende des Flures.

Sie drehte sich um, ging auf das "Klavier" zu und begann wieder zu singen. Alle blickten mit Entsetzen auf sie. Was würde geschehen? Niemand versuchte, sie zu beruhigen. Sie sang einfach weiter. Eine Stunde später kamen zwei SS-Männer und brachten sie fort.

"Sie bringen sie in die Gaskammer", sagte die *Blockova* Anja.

Ich wartete, bis die anderen sich wieder beruhigt hatten. Dann ging ich zum Wachraum, um Anja zu bitten, mir mehr zu erzählen. Der Raum der Wächterinnen war verbotenes Terrain für uns, und wer immer von uns einen Blick hineinwerfen konnte, war erstaunt, was es dort alles zu sehen gab. Teller voll Suppe, Massen verstreuter Kleider, Lippenstifte, Spiegel, Kämme und tausend andere Dinge, die einmal, wir erinnerten uns, in einem anderen Leben existiert hatten. Wie konnten solche Dinge hier sein? Wir konnten es uns nicht vorstellen, und es dauerte lange, bevor ich gut genug mit einer der Wächterinnen stand, daß ich zu fragen wagte.

Aber das einzige, worüber ich jetzt etwas wissen wollte, war Ella und die Gaskammer. Ich hatte Glück. Anja war gut gelaunt und warf mich nicht hinaus. Was ich von ihr erfuhr, übertraf meine Vorstellung. Jetzt begriff ich, daß es wichtig war zu versuchen, so bald wie irgend möglich aus Auschwitz herauszukommen. Früher oder später würde jeder, der hier war, im Schornstein enden.

Es gebe immer Möglichkeiten herauszukommen, denn man brauche Arbeiter in Deutschland. Anja wußte nicht, was für eine Art Arbeit, aber versicherte mir, alles sei besser, als in Auschwitz zu sitzen, im Schatten des Krematoriums. Sie selbst hoffte, irgendwann wegzukommen, wenn mehr Arbeiter gebraucht wurden. Wenn das geschehe, müßte der gesamte Block sich in Reihen aufstellen, und die SS-Männer würden die Menge auswählen, die sie benötigten. Der Rest würde in die Gaskammer wandern. Anja erzählte mir auch, der Kommandant brauchte manchmal Freiwillige für Arbeiten außerhalb des Lagers, die morgens von den verschiedenen Blocks abgeholt wurden. Die Mädchen, die sich freiwillig meldeten, erhielten einen extra Teller Suppe als Belohnung. Ich dankte Anja für diese Information und verließ sie, froh darüber, so viel entdeckt zu haben.

Zurück in meiner Koje, erzählte ich Dora alles, was ich erfahren hatte. Dann gingen wir zur *Blockova*, um uns für Arbeit am nächsten Tag zu melden.

Am folgenden Morgen, als die SS-Männer kamen, um Mädchen zum Säubern der Wachquartiere abzukommandieren, gelang es Dora und mir, angenommen zu werden. Zusammen mit mehreren anderen wurden wir aus unseren Baracken herausgeführt und kamen nach einem ziemlich langen Marsch an das Tor mit dem großen Schild *Arbeit macht frei*. Es mag wahr sein, dachte ich: Ich war auf dem Weg zur Arbeit und fühlte mich frei und leichtherzig, trotz der hinter uns hergehenden SS-Männer. Einfach nicht den ganzen Tag nutzlos in der Koje liegen zu müssen, bedeutete viel. Und vor meinem geistigen Auge sah ich bereits den extra Teller Suppe, den ich bekommen würde.

Wir gingen durch das Tor und in die SS-Quartiere, gleich außerhalb. Sie gaben uns Eimer und Lumpen und befahlen uns, die Böden und Möbel zu schrubben. Keine Bürsten, keine Seife. Ich holte Wasser und begann, die schmutzigen Planken zu scheuern, aber so sehr ich auch scheuerte, sie wurden nicht sauber. Die Nägel verletzten meine Hände, und ich bat um Erlaubnis, nach ein paar Stückchen Besenholz zu suchen. Auch das half nichts. Der Schmutz blieb. Verzweifelt saß ich da und starrte auf die Holzplanken, als der SS-Mann hereinkam. Als er mich dort sah, begann er zu fluchen, auf mich und die dreckigen Judenschweine, die nicht arbeiten wollten. Es war zwecklos, ihm zu erklären, daß es unmöglich war, den eingefressenen Schmutz ohne Bürste und Seife wegzubekommen. Er schrie und fluchte, und wir hatten keine andere Wahl, als mit dem Scheuern wieder von vorn zu beginnen.

Gegen Mittag hatten wir eine kurze Pause, während der der extra Teller Suppe ausgeteilt wurde. Dann gab es nichts, als mit unserer Sisyphusarbeit fortzufahren. Ich kämpfte weiter, bis der Lautsprecher Feierabend verkündete, das Ende des Arbeitstages. Das Gefühl von Freiheit, das die Aussicht auf Arbeit mir zu Beginn des Tages gegeben hatte, war längst verflogen. Der Spruch über dem Tor schien höhnisch auf uns herabzugrinsen, als die SS-Männer uns zurück ins Lager führten.

Auf dem Weg kamen wir an einigen Birken vorbei. Es war ein unwirkliches Gefühl, einen Baum zu sehen, nachdem man so lange an einem Ort gelebt hatte, wo nichts Grünes existierte.

Vielleicht aber war es doch nicht so lange her, seit wir nach Auschwitz gekommen waren, obwohl es mir wie eine Ewigkeit erschien. Die Birkenblätter waren noch zart und grün.

Ich brach einen kleinen Zweig ab und begann, die herzförmigen Blätter zu streicheln. Das Blatt sprach zu mir, tröstete mich und gab mir Hoffnung. "Schau mich an", schien es zu sagen. "Ich bin neu geboren. Ich bin frei. Der lange Winter ist vorüber. Das Leben beginnt neu. Ein wunderbarer Sommer liegt vor mir." Vielleicht, vielleicht, darf auch ich zu hoffen wagen? Ich konnte ihn nicht fortwerfen, ich fühlte einen Impuls, ihn mit ins Lager zu nehmen. Ich wollte ihn behalten, ihn den anderen zeigen, sein Grün zu jedem sprechen lassen, allen Hoffnung geben. Aber wie? Ich wußte, daß wir durchsucht werden würden, wenn wir hineingingen, und niemand durfte etwas von draußen mitbringen. Ich versteckte den winzigen Zweig im Saum meines Kleides und versteckte zur Sicherheit ein weiteres Blatt in meinem Mund.

Wir erreichten den Eingang zum Lager. Die SS-Wache näherte sich, um mich zu durchsuchen, berührte mich hier und da und strich über meinen Körper. Ich hielt den Atem an. Der kleine Zweig blieb unentdeckt. Ich marschierte weiter und atmete wieder. Ich hatte es geschafft. Ich konnte mich kaum beherrschen, als ich in der Reihe zum Appell stand und dem Mädchen in meiner nächsten Nähe zuflüsterte, daß ich ihr etwas Aufregendes zu zeigen hätte. Mittlerweile war der Appell zu Ende, und wir waren zu unseren Schlafplätzen zurückgekehrt, der Urwaldtelegraph hatte seine Arbeit getan, und Scharen von Mädchen drängten sich um mich herum, um zu sehen, was ich zu zeigen hatte.

"Seht mal, grüne Blätter", sagte ich und holte den kleinen Zweig heraus. Sie schauten zweifelnd, als mochten sie ihren Augen nicht trauen. Sie wollten die Blätter berühren.

"Das sind wirkliche Blätter!"

"Darf ich den Zweig halten?"

"Gibt es wirklich Bäume draußen?"

"Wie hast du ihn bekommen?"

"Kann ich ein Blatt haben?"

"Wie hast du die Bäume gefunden?"

"Kannst du ein paar mehr bekommen?"

"Laß mich es streicheln."

"Sind da viele Bäume?"

"Was für Bäume sind es?"

Eine Frage folgte der anderen, die Mädchen warteten kaum auf eine Antwort. Sie hielten der Reihe nach den kleinen Zweig, betasteten die Blätter, fühlten ihre sanfte Berührung an ihren Wangen. Als jede ihr Maß voll hatte, nahm ich eines der herzförmigen Blätter und steckte es unter meine Matratze. Ich wollte es pressen, es so lange wie möglich bewahren. Ich würde es jeden Abend herausholen, um mich zu erinnern, daß es da außerhalb des Lagers ein Leben gab. Als ich zu Bett ging, freute ich mich zum ersten Mal bei dem Gedanken an den nächsten Tag. Ich dachte daran, die Bäume wiederzusehen und schlief beinahe glücklich ein. Am nächsten Morgen erwachte ich mit dem gleichen glücklichen Gefühl und eilte zum Appell, in der Erwartung ausgerufen zu werden. Aber heute wurden keine Arbeiter gebraucht.

Erst zwei Tage später kamen die SS-Männer wieder und fragten nach zwei Freiwilligen. Olga und ich boten uns an, wurden aber zu meiner Enttäuschung diesmal in eine andere Richtung gebracht.

Wir kamen zu einem anderen Lager. Es war leer und geisterhaft. Nirgendwo Leute, nur leere Baracken. Steife weibliche Körper lagen verstreut vor einer der Baracken, und man befahl uns, sie auf einen Karren zu schichten und ihn mehrere hundert Meter weiter zu einem anderen Gebäude zu ziehen. Dort mußten wir sie abladen und auf einem Tisch stapeln. Olga und ich nahmen die Körper auf, sie packte die Hände und ich die Füße. Wir sahen sie ohne Gefühl an, als wir sie hochhoben. "Wie jung sie war", kommentierten wir, oder "Diese war nicht so jung", oder "Sie war wirklich alt". Als wir unsere Arbeit verrichtet hatten, bekamen wir unseren Teller Suppe und wurden zurück zu unserem Block gebracht.

Die Mädchen, begierig auf mehr Birkenblätter und neue Geschichten vom grünen Leben außerhalb wartend, waren enttäuscht, als sie unsere müden und leeren Gesichter sahen. Wir hatten nichts zu erzählen und wollten nur zu Bett gehen. Wie immer schliefen wir rasch ein.

Jede Nacht, sobald wir unseren Appell beendet hatten, versuchten wir zu schlafen. Die meiste Zeit saßen wir in unserem Bretterverschlag wie betäubt, immer weniger fähig, miteinander zu sprechen.

Eines Morgens wachte ich mit einem eigenartigen Gefühl auf, das ich nicht einordnen konnte. Tränen waren in meiner Kehle, aber etwas versuchte, Einlaß zu finden, etwas, das sich anders anfühlte. War es Glück? Nein, nur eine traurige Tatsache: Heute ist mein Geburtstag. Ich war zwanzig. Ein Meilenstein, dem ich einst so begierig entgegengesehen hatte. Aber jetzt brachte der Tag keine Freude, nur mehr Tränen. Ich erinnerte mich an frühere Geburtstage, wie ich mit heißer Schokolade, Blumen und Geschenken am Bett geweckt wurde. Anstelle eines Geburtstagsliedes hörte ich nun den barschen Schrei der SS-Frau: "Raus, raus, hoch mit dir, beeil dich, du Schwein. Raus zum Appell." Ich rannte hinaus, mich vor dem Schlag ihres Gummiknüppels fürchtend.

Livi war schon auf. Sie kam herüber und umarmte mich.

"Herzlichen Glückwunsch zum Geburtstag", sagte sie.

"Danke. So habe ich mir meinen zwanzigsten Geburtstag nicht vorgestellt."

"Wir werden zu Hause doppelt feiern, wenn du einundzwanzig wirst, um es wieder auszugleichen. Vielleicht bekommst du dann endlich das Fahrrad von Vater. Hier ist ein Geschenk von mir." Sie überreichte mir das Liebste, was sie besaß, ihre Zahnbürste, die sie mit ins Lager geschmuggelt hatte. "Sie gehört dir", fügte sie hinzu, als sie mein Erstaunen sah.

Ich war bewegt. Ihre Zahnbürste. Livi war so eitel mit ihren Zähnen - stundenlang bürstete sie ihre Zähne, um sie weiß zu machen. Sie hatte eine harte Strafe riskiert, um die Zahnbürste zu behalten, und nun gab sie sie mir. Ich umarmte sie und weinte.

"Warum weinst du schon wieder? Bist du nicht glücklich?"

"Natürlich bin ich glücklich. Ich weine vor Glück. Ich bin so dankbar, daß ich bei dir sein kann."

Wir gingen zum Klo. Magda schloß sich uns an.

"Herzlichen Glückwunsch zum Geburtstag", sagte sie und überreichte mir ein Stück braunes Packpapier, nicht größer als die Hälfte ihrer Handfläche.

"Papier?" sagte ich. "Darf ich es haben? Bist du sicher?"

Ich schaute auf den Fetzen Papier und wunderte mich, wo sie ihn wohl ergattert haben mochte. Solche Luxusdinge gab es einfach nicht im Lager. Papier, gerade als ich zur Toilette ging! Was machte es schon, daß es rauh und winzig war? Es war immer noch Papier.

"Es ist das beste Geburtstagsgeschenk, das ich je bekommen habe. Ich werde es nie vergessen."

Plötzlich machte es Spaß, Geburtstag zu haben. Man hatte schließlich doch an mich gedacht. Mit Geschenken.

In dieser Nacht hatte ich Durchfall. Es war pechschwarz, und ich weckte Dora. Ich wagte nicht, allein zur Tonne zu gehen. Vorsichtig, um die anderen nicht zu wecken, schlüpften wir von unserem Gestell herunter und gingen auf Zehenspitzen zur Tür. Sie war verschlossen, und die Wächterin schlief in der Hütte daneben. Wir weckten sie auf, und sie ließ uns mit einem schläfrigen Fluch hinaus. Draußen war es ebenfalls dunkel. Wir suchten tastend den Weg zum Schuppen, und ich setzte mich auf den Rand der Tonne. Ich hatte Koliken, und es dauerte. Dora wartete zitternd in der kalten Nachtluft. Wir wagten nicht zu sprechen. Plötzlich wurde die Stille durch das durchdringende Gellen einer Sirene durchbrochen. Ich wußte, daß während eines Luftalarms niemand draußen sein durfte. Ich mußte so schnell wie möglich zurücklaufen, um einer Strafe zu entgehen. Eine hastige, unachtsame Bewegung, und ich fand mich halb begraben im Inneren der Tonne wieder. Dora brach in Lachen aus, als sie mir heraushalf.

Erinnerst du dich nicht an das Märchen von dem Mädchen, das in die Scheiße fiel, die sich später in Gold verwandelte? "Morgen wirst du vielleicht mit Gold bedeckt sein", sagte sie.

Ich mochte nicht lachen. Was sollte ich tun? Ich hatte keine Kleider zum Wechseln, und die Nacht war kalt. Der Wasserhahn war weit weg und würde sicher für die Nacht abgedreht sein, so gab es keine Möglichkeit, mich zu waschen. Wir gingen zum Block zurück, und die Wächterin hielt sich ihre Nase zu, als wir die Tür öffneten. Anja hatte diese Nacht Wache, eine der wenigen, die gelegentlich menschliche Gefühle zeigten. Ich brauchte nichts zu erklären. Sie ging in ihre Hütte und kam mit einem Hemd zum Umziehen und einem Lumpen zum Abtrocknen zurück. Der Gestank verschwand auch nicht, als ich meine Kleider auszog, und ich wagte nicht, neben den anderen zu liegen. So legte ich mich auf den Boden und rollte mich ein, um auf das Wecken zu warten.

Ich versuchte, mir über die Tage Rechenschaft zu geben, aber das war nicht leicht. Ein Tag war wie der andere. Eines Tages war ich überrascht festzustellen, daß meine Menstruation eingesetzt hatte. Ich ging zur *Blockova* und fragte, ob sie mir eine Binde geben könne. Sie tat es und tröstete mich gleichzeitig mit der Information, daß es das letzte Mal sei, daß ich dieses Problem haben würde. Niemand im Lager menstruierte.

"Wieso?"

"Wer weiß? Vielleicht, weil wir aufgehört haben, Frauen zu sein."

"Wie kommt das? Hat man dir Spritzen gegeben?"

"Nein, aber ich glaube, sie tun etwas ins Brot oder in die Suppe, das die Menstruation stoppt."

"Aber dann werden wir alle steril sein. Und werden niemals Kinder haben können."

"Kind, wer möchte denn Kinder an diesem Ort haben? Wenn sie eine finden, die schwanger ist, schickt man sie geradewegs ins Krematorium."

"Aber nachher, wenn wir frei sind."

"Sei nicht so naiv. Glaubst du, daß wir jemals frei sein werden? Glaubst du, daß sie irgend jemanden von uns gehen lassen?"

"Aber der Krieg muß doch mal zu Ende sein."

"Nicht für uns. Die werden dafür sorgen, daß niemand von uns überlebt. Die wollen keine Zeugen haben. Die werden uns kaltmachen, wenn der Krieg aus ist, wenn nicht schon vorher."

Rosa, unsere *Blockova*, kam aus Polen, und keiner wußte, in wie vielen Lagern sie schon gewesen war, bevor sie nach Auschwitz kam. Sie war klein, aber wohlgestaltet, mit guter Haut, langen, dunklen Haaren und warmen braunen Augen. Sie war hübsch, ihr Haar fiel in Locken auf ihre Schultern, sie war immer gut gekleidet. Heute hatte sie einen grauen Rock an mit einer weißen Wollweste und hochhackige Schuhe. Ich wunderte mich oft, wie es diese Mädchen schafften, so gut gekleidet zu sein, und schließlich fragte ich einmal: "Wieso habt ihr so schöne Kleidung. Woher bekommt ihr sie?"

Rosa war gut gelaunt. Sie antwortete: "Es ist unser Lohn dafür, daß wir ihre Handlanger machen."

"Was meinst du damit?"

"Wir sorgen dafür, daß ihr euch betragt und alles tut, was ihr sollt, und sie geben uns dafür bessere Kleidung und ein bißchen besseres Essen."

"Schlägt uns Ljuba deshalb?"

"Sie ist ein bißchen grob, aber ihr müßt ihr verzeihen."

"Die Mädchen sagen, sie sei eine Sadistin. Sie glauben, daß ihr alle böse seid. Ihr erzählt uns, daß unsere Eltern im Schornstein sind, nur um uns zu quälen."

"Du weißt, daß das wahr ist."

"Ich weiß, aber die anderen wollen es nicht glauben."

"Auch sie müssen sich an den Gedanken gewöhnen. Sie müssen die Wirklichkeit akzeptieren. Man kann nur überleben, wenn man das akzeptiert, was geschieht. Es hilft nichts, eure Augen zu verschließen."

"Aber Ljuba brauchte uns nicht mit ihrem Gummiknüppel zu schlagen."

"Sie hat selbst viel durchgemacht und ist selbst oft geschlagen worden. So was macht Menschen hart. Aber sie ist nicht böse."

"Du bist die einzige Person, die nett ist."

"Man darf nicht nett sein. Wenn man überleben will, muß man hart sein. Vielleicht schaufele ich mir mein eigenes Grab."

"Nein, Rosa. Ich verspreche, wir werden dir immer gehorchen. Du mußt bei uns bleiben. Du mußt so bleiben, wie du bist."

Ich ging zurück zur Koje, um dort auf eine besorgte Cipi zu treffen. Sie sagte mir, daß sie zu menstruieren aufgehört habe. Sie war ganz durcheinander, denn sie hatte mit keinem seit ihrer letzten Periode geschlafen. Ich beruhigte sie und erzählte ihr, was ich eben erfahren hatte. Einige Mädchen mischten sich in unsere Unterhaltung. Es war ein Thema, das uns alle betraf, und jede hatte etwas zu sagen.

"Wie wunderbar, dieses ganze Elend los zu sein", sagte eine.

"Aber angenommen, wir sind steril für den Rest unseres Leben?" fragte ich.

"Dann ist es eben so. Wir können nichts dagegen tun", sagte die praktische Cipi. "Wir wissen nicht, wie sie das Zeug in uns hineinbekommen, was es auch immer sein mag."

"Wir sollten keinen Kaffee mehr trinken."

"Oder keine Suppe mehr essen."

"Und wenn es im Brot ist?"

"Erzählt nicht so einen Blödsinn. Wir können nichts weglassen. Wir bekommen so wenig zu essen, daß wir nie überleben würden, wenn wir irgend etwas wegließen."

"Es ist sowieso lästig zu bluten und Schmerzen zu haben."

"Es ist komisch , sagte Magda. "Ich hatte immer Kopfschmerzen, aber seit ich hier bin, habe ich keine mehr gehabt. Was immer sie uns geben, hilft vielleicht auch gegen Kopfschmerzen."

"Und ich habe keine Magenschmerzen mehr, obwohl ich mein Magengeschwür operieren lassen sollte, bevor man uns ins Ghetto brachte", sagte eine Mutter, jung genug aussehend, um von Dr. Mengele nicht nach links geschickt worden zu sein.

"Ich habe keine Gallensteinprobleme mehr", sagte eine andere.

"Vielleicht tun sie auch Medizin in unser Essen."

"Seid nicht kindisch."

"Warum ist es dann so?"

"Ich weiß nicht. Irgendwie sind wir alle gesund geworden. Vielleicht ist es die Luftveränderung."

"Wißt ihr, was ich gehört habe", sagte Olga. "Sie tun Bromid, ein Beruhigungsmittel, in unser Brot, um uns ruhig zu halten. Glaubt ihr, das ist wahr?"

"Von wem hast du das gehört?"

"Bözsi hat es auf einer ihrer Erkundungen aufgeschnappt."

Bözsi war Olgas ältere Schwester. Sie war immerzu verschwunden. Gewöhnlich steckte sie irgendwo anders, wenn zum Appell geblasen wurde, und Olga war voll damit beschäftigt, ihr auf den Fersen zu bleiben. Sie fürchtete, Bözsi würde bestraft, und lief ständig umher, um herauszufinden, wo sie gerade steckte. Wann immer Bözsi auftauchte, hatte sie etwas zu erzählen, ein belauschtes Gespräch, ein aufgeschnapptes Wort, so daß immer mehr Lagergeheimnisse sich jedem enthüllten, der zuhören wollte. Die meisten Mädchen aber wiesen diese Geschichten einfach als Lügen zurück.

So war es auch jetzt. "Ihr denkt euch das aus", sagten die meisten der Mädchen, und diejenigen von uns, die ihr glaubten, fühlten, daß wir sowieso nichts dagegen tun konnten. Wir mußten einfach akzeptieren, was geschah. Wenn aber Bromid in unserem Brot war, erklärte das eine Menge Dinge. Unsere Passivität, so daß Olga und ich fähig gewesen waren, ohne zu schreien Leichen zu Pyramiden zu schichten, und die Art und Weise, wie die meisten Mädchen ihren Augen nicht trauen oder die Flammen aus dem Schornstein nicht sehen wollten.

"Ich hoffe nur, daß sie nicht eines schönen Tages Gift in unser Brot tun. Sie könnten es."

"Hoffen wir, daß sie es nicht tun."

Eines Morgens stand Ljuba mit dem Knüppel in der Hand vor uns und jagte uns hinaus zum Appell. Wir waren etwa tausend im Block und sollten alle gleichzeitig hinauskommen. Das ging nicht so schnell, denn die Tür war eng, die Wächterinnen beachteten das aber nicht. Sie schrien und schlugen uns. Langsam hatten wir uns daran gewöhnt und versuchten nur, den Kopf zu schützen.

Endlich waren alle draußen und bildeten die üblichen Fünferreihen. Zu meinem Erstaunen stand Rosa unter uns, mit geröteten Augen, in grauer Anstaltskleidung und mit einem blauen Taschentuch auf dem Kopf. Die übrigen von uns sahen einander an. Was war passiert? Wieder war es Bözsi, die Bescheid wußte.

Rosa hatte eine Freund, der Gefangener war, einer der Männer in gestreifter Gefängniskleidung, die wir während unserer ersten Nacht in Auschwitz gesehen hatten. Die zwei schafften es, gelegentlich ein paar Augenblicke zusammen zu erhaschen, und waren am Tag zuvor von einem der SS-Männer entdeckt worden. Beide wurden ausgepeitscht, und was mit dem Mann später geschah, wußte keiner. Rosa aber hatte man aus ihrem Job als *Blockova* entlassen, und ihr schönes Haar war abgeschnitten. Sie war durch Ljuba ersetzt worden, der bösen Ljuba, die es so genoß, ihren Knüppel zu schwingen. Wir hatten Mitleid mit Rosa, aber noch mehr mit uns selbst, wenn wir an die Macht dachten, die Ljuba nun ausüben würde. Wir konnten nur hoffen, daß Ljuba rechtzeitig das gleiche Schicksal ereilte; vermutlich kannte auch sie einen Mann, den sie heimlich traf. Bözsi hatte uns mehr zu erzählen, aber das mußte warten, bis der Appell beendet war.

Zurück in unseren Bretterverschlägen, erzählte sie uns von den Männern in der gestreiften Kleidung. Einige arbeiteten an den Zügen, wenn sie in Auschwitz ankamen, leerten die Waggons und sorgten dafür, daß die neuen Gefangenen die Anweisungen der Deutschen befolgten. Andere halfen den SS-Männern, die Aussortierten in die Gaskammern zu bringen und dann die Leichen in die Öfen des Krematoriums zu schaufeln. Als Belohnung durften beide Gruppen sich aus dem Gepäck der Gefangenen nehmen, was sie wollten, zum Beispiel Lebensmittel oder Kleidung. Viele von ihnen fanden Wertgegenstände, die in den Kleidern eingenäht waren, und wurden auf diese Weise die Kapitalisten des Lagers. Die erste Gruppe nannte man die "Canadians", weil an dem Ort, wo sie arbeiteten, Milch und Honig floß, wie in Canada, dem gelobten Land der osteuropäischen Juden. Die zweite nannte man das "Sonderkommando", und weil diese Männer zu viel wußten und gefährlich werden konnten, durften sie nicht lange leben und wurden alle drei Monate ersetzt. Sie mußten ihr Leben an ihrem Arbeitsplatz beenden, der Gaskammer. Sie wußten, daß ihre Tage gezählt waren und sie das Beste aus der kurzen Zeit, die ihnen noch blieb, machen mußten. Sie waren reich, sie konnten alles kaufen, was es im Lager gab, sogar Mädchen, die ihnen gefielen. Sie gingen große Risiken ein, wenn sie sich zu einer Verabredung schlichen, nachdem aber ihr mächtigstes Bedürfnis, der Hunger nach Nahrung, befriedigt war, stellte das nächstmächtigste seine Forderungen: der Hunger nach Liebe. Flüchtige Begegnungen konnte es hinter einer Mauer geben, im Klogebäude oder, wenn sie Glück hatten, im Bett einer *Blockova*.

Trotz der Bemühungen der Deutschen, alle Gruppen getrennt voneinander zu halten, geschah es gelegentlich, daß wir jemanden trafen, der mit einem späteren Transport angekommen war. Eines Tages kam Livi mit strahlenden Augen in den Block gerannt.

"Hédi! Hédi! Ich habe Tante Helen und Cousin Juci getroffen! Ich habe sie ohne Haare fast nicht erkannt."

"Wo?"

"Als ich von der Toilette kam. Kennst du den Block hinter dem Klogebäude? Nun, da standen sie gerade beim Appell, und ich rannte auf sie zu, obwohl ich wußte, daß die Wachen mich schlagen würden. Ich schaffte es, Tante Helen zu umarmen und fragte sie, ob sie wüßte, wo Mutter sei, bevor ihre *Blockova* kam und mich schlug. Aber es tat nicht so weh, und ich bin froh, daß es mir gelungen ist, sie zu umarmen."

"Was sagte sie über Mutter?"

"Sie wußte nichts. Aber wenn sie am Leben ist, muß Mutter auch am Leben sein. Sie muß in einem anderen Lager sein. Es gibt so viele hier herum. Können wir nicht zum Klo gehen und versuchen, sie noch mal zu treffen?"

Wir konnten nichts tun an diesem Tag. Und als wir am nächsten dorthin gingen, war der Block leer. Wir erfuhren, daß sie in Lager C gebracht worden waren.

Auschwitz war groß. Wir wußten nicht einmal, wie groß. Zwar wußten wir, daß es mehrere Lager gab, A, B, C usw., aber nicht, wie viele. Wir lebten in Lager A, einem großen Gelände mit ungefähr fünfzig Blöcken. Auf der anderen Seite des Stacheldrahtzaunes konnten wir flüchtig Menschen in Block B erkennen. Über dem Eingang zu jedem Lager stand der Spruch *Arbeit macht frei*, in kunstvoll verschnörkelten Buchstaben. Ich brütete noch darüber nach, was das wohl bedeuten mochte.

Wenige Tage später, als wir beim Appell standen, kamen einige SS-Männer, und wir bemerkten, daß es eine Selektion geben würde. Sie brauchten mehrere hundert Mädchen für Feldarbeiten, und ich hoffte, wir würden darunter sein. Wir fünf, Dora, Livi, Sussie, Ilu und ich standen immer in derselben Reihe. Niemand konnte uns je trennen. Dachten wir.

Der SS-Mann begann zu unserer Rechten, und wir warteten, während sein kritisches Auge erwählte und zurückwies. Er sah hauptsächlich auf die Waden der Mädchen, und plötzlich fühlte ich mich wie auf dem Viehmarkt irgendeines karpatischen Dorfes. Halb erwartete ich, daß er unsere Münder öffnete, um in sie hineinzusehen. Er tat es nicht, wählte aber Mädchen mit starken Beinen und dicken Waden. Offensichtlich brauchte er Ochsen, die die Arbeit auf den Feldern aushalten konnten. Er kam zu unserer Reihe, schaute auf Dora, blickte auf ihre Waden, nickte und winkte sie vorwärts. Dann ruhten seine Augen auf meinen Beinen. Ich begann zu zittern und hatte Angst, meine Knie würden es verraten.

"Du auch", sagte er, indem er mit seiner Reitpeitsche auf mich zeigte.

Ich tat einen zögernden Schritt und dachte dabei: "Ich kann nicht ohne meine Schwester gehen. Ich kann sie nicht verlassen. Sie muß mitkommen, aber wie?" Als der SS-Mann weiterging, machte ich ihr ein Zeichen, vorwärts zu springen, aber eine der Wächterinnen hatte es gesehen und schubste sie zurück, mehrmals auf sie einschlagend. Bald war alles vorüber. Der Mann hatte so viele Mädchen bekommen, wie er brauchte, und die anderen mußten zum Block zurückkehren. Wir, die Auserwählten, wurden zu einem anderen Lager gebracht, wo sich das Badehaus befand. Jede von uns sollte eine Nummer auf der Innenseite des Unterarms tätowiert bekommen, und ich dachte traurig an das Vieh in Lapusel, das Namen hatte, während wir unsere nicht behalten durften. Wir sollten Nummern werden, eine Masse bedeutungsloser Einheiten ohne Identität.

Ich begann darüber nachzubrüten, wie sie mich wohl dazu gebracht hatten, mich selbst als ein Nichts zu betrachten, das alles akzeptierte, was mit mir geschah, so daß ich sogar bereit war zu sterben, um ihre Wünsche zu erfüllen. Wie konnte das geschehen sein? War wirklich Bromid in dem Brot? Oder gab es andere Gründe?

Aber diesmal hatte ich nicht die Absicht, mich ihren Wünschen zu beugen. Ich wußte, daß die Selektion Sicherheit für Dora und mich bedeutete und Tod für Livi und all die anderen, die in den Baracken bleiben würden. Nach jeder Selektion wurden die Reste ins Krematorium geschafft. Der Abfall mußte verbrannt werden. Mehrere Schwesternpaare waren getrennt worden, und so ging ich fragend umher, ob vielleicht eine von ihnen ihren Platz mit Livi tauschen würde. Sie lachten mich aus.

"Bist du verrückt? Weißt du nicht, was mit jedem passiert, der zurückgeht?"

Ja, ich wußte es.

Bald begann die mittlerweile vertraute Prozedur. Wir erhielten das übelriechende Stückchen Seife, entkleideten uns und standen unter der Dusche. Nach der Dusche durften wir saubere Kleider anziehen. Nicht die graue Gefängniskleidung, sondern zivile Kleider, Kleider, die man Frauen bei ihrer Ankunft in Auschwitz weggenommen hatte und die ein großes gelben Kreuz auf dem Rücken trugen, so daß man von weitem sehen konnte, daß wir keine Zivilisten waren. Zu meiner Freude gab man uns auch ein Hemd, die ich sofort als Handtuch benutzte.

Bevor wir uns anzogen, bekamen wir einen neuen Haarschnitt verpaßt. Die Stoppeln, die während der letzten Wochen gewachsen waren, sollten abrasiert werden. Unsere Köpfe sollten wieder Billardbälle werden. Diesmal war die Stimmung etwas entspannter als bei unserem ersten Haarschnitt, obwohl wir wieder nackt vor dem Barbier standen. Das war teils darauf zurückzuführen, daß wir uns langsam an die Dinge gewöhnt hatten, teils darauf, daß meine Freundinnen sich über die Aussicht, Auschwitz zu verlassen, freuten. Ich konnte mich nicht freuen; ich dachte nur an Livi.

Nun begann das Tätowieren. Man befahl den Mädchen, sich in alphabetischer Reihenfolge vor dem SS-Mann aufzustellen, der mit einem großen Register an einem Tisch vor dem Badehaus saß. Methodisch überprüfte er den Namen jedes Mädchens und schrieb eine Nummer daneben. Diese wurde auf ihren Unterarm tätowiert. Dora, deren Nachname mit A begann, war unter den ersten. Sie zeigte mir ihren Unterarm mit der auf ewig eingebrannten Nummer A-7603.

Ich fragte: "Bist du traurig?"

"Ich? Weil ich tätowiert worden bin? Nein. Sie sind es, die traurig sein müßten. Sie haben sich schlecht benommen, nicht ich."

Liebe Dora, weise, wie immer. Sie war überzeugt davon, daß die Schande immer der Person zukommt, die sich schlecht betragen hat.

"Natürlich bin ich traurig über meiner Eltern, wenn es stimmt, daß sie umgebracht worden sind, aber ich bin nicht über das traurig, was sie mir antun. Ich habe noch immer meine Identität. Sie können mir das nicht nehmen, so sehr sie es auch versuchen. Ich weiß, daß ich Ich bleibe, ob sie mich nun A-7603 oder was auch immer nennen."

"Du magst recht haben. Aber ich habe ein Problem. Hilf mir. Ich möchte Livi nicht im Stich lassen. Was soll ich tun?"

Sie wußte es auch nicht. Ich entschied mich, die Schlange zu verlassen, mich irgendwo hinzusetzen und über eine Lösung nachzudenken. Mein Name begann mit S, so hatte ich eine Menge Zeit. Ich verließ die Gruppe und setzte mich so weit weg, wie innerhalb des Zaunes möglich, und weinte. Ich blickte auf den Schornstein und dachte an meine Eltern. Meine Verwirrung war so groß, daß ich die Stimme meiner Mutter zu hören glaubte: "Kümmere dich um deine Schwester." Ich möchte es: hilf mir, flehte ich verzweifelt. Ich hatte das Gefühl, gegenüber meiner Mutter ein zweites Mal zu versagen. Waren das nicht ihre letzten Worte gewesen? "Kümmere dich um deine Schwester?" Kümmere ich mich so um sie? Indem ich mich selbst rette und sie sterben lasse? Nein, das darf nicht geschehen. Wenn sie sterben muß, werde ich mit ihr sterben. Plötzlich sah ich die Antwort, die so einfach war, daß ich nicht verstand, warum ich nicht vorher an sie gedacht hatte. Die Sonne stand hoch am Himmel, als ich, mit einem Gefühl der Erleichterung, zur Gruppe zurückkehrte. Jetzt wußte ich, was ich tun würde. Wenn ich sie nicht herausbekommen konnte, wollte ich zurück in den Block gehen und bei ihr bleiben, ihr Schicksal teilen, was immer es auch sein mochte. Wie aber sollte ich dorthin gelangen? Wir wurden die ganze Zeit beobachtet, umgeben von einem elektrischen Stacheldrahtzaun, bewacht von SS-Männern und ihren Bluthunden. Niemand konnte sich ohne Erlaubnis entfernen.

Als ich vier meiner ehemaligen Blockgefährtinnen mit den Kesseln unserer Mittagssuppe auf uns zukommen sah, wußte ich, was ich zu tun hatte. Ich ging ihnen entgegen und fragte, ob eine von ihnen den Platz mit mir tauschen wolle. Nina, deren Schwester man zur Feldarbeit ausgewählt hatte, sprang sofort darauf. Sie wollte noch nicht einmal meine Zahnbürste haben, die ich ihr anbot. Schnell waren wir uns über einen Plan einig. Sobald sie mit dem Austeilen der Suppe fertig waren, baten wir die anderen drei Mädchen, einen Kreis um uns beide zu bilden, so daß wir unsere Kleider tauschen konnten. Ich zog mein rotgeblümtes Wollkleid aus und die graue Anstaltskleidung an, die Nina ausgezogen hatte. Sie zog mein Kleid an und machte sich auf die Suche nach ihrer Schwester. Ich nahm den leeren Kessel und ging mit den drei anderen durch das Lagertor zurück, wo mich der Spruch *Arbeit macht frei* ein weiteres Mal angrinste. Der Kessel war schwer, aber ich fühlte mich gut. Ich wußte, ich hatte richtig entschieden.

Innen im Block herrschte eine eisige Atmosphäre. Es war immer dunkel darin, aber heute erschien mir die Dunkelheit noch tiefer. Es war totenstill. Nur ein paar Schluchzer waren zu hören. Bözsi war die erste, die mich bemerkte. Sie schaute mich an, als hätte sie einen Geist gesehen.

"Hédi, was tust du hier?"

"Ich bin zurückgekommen. Wo ist Livi?"

"Bist du verrückt? Weißt du nicht, was sie uns antun werden?"

"Natürlich weiß ich das. Aber ich will nicht ohne meine Schwester gerettet werden."

"Dann mußt du verrückt sein. Deine Schwester? Wir müssen alle an uns selber denken. Ich habe auch eine Schwester, aber wenn man mich ausgesucht hätte, würde ich mich nicht darum kümmern, ob meine Schwester zurückgelassen worden wäre."

"Wo ist Livi", fragte ich noch einmal.

"Sie wird auf dem Klo sein. Ich gehe und hole sie", brummte sie gereizt.

Aber nun kam Livi zurückgerannt. Jemand hatte es ihr schon erzählt. Weinend warf sie sich mir an den Hals.

"Hédi, Hédi, du bist zurück. Gott sei Dank!"

Wir weinten beide, als wir einander umarmten und dachten dabei: Es ist egal, was geschieht, solange wir nur zusammen sein können.

Das Leben ging weiter in diesem Wartezimmer des Todes. Die Nacht kam, und wir waren zwei weniger in unserer Koje. Dora und ein anderes Mädchen waren fort. Wir vermißten Dora, waren aber glücklich, daß wir uns umdrehen konnten, ohne alle anderen zu wecken. Der Morgen brachte die übliche Routine: Wecken, Lauf zum Klo und Appell. Magda übernahm Doras Platz an der Spitze der Reihe. Magda war eine weitere meiner Freundinnen und früheren Klassenkameradinnen, ein kleines, blasses Mädchen mit brennenden schwarzen Augen und einem intelligenten Kopf.

Während wir darauf warteten, gezählt zu werden, glaubten wir fest, der SS-Kommandant würde bald kommen und uns in die Gaskammer schicken. Aber nichts geschah. Weder an diesem Tag noch am nächsten. Nach dem Appell wurden wir zurück in den Block geschickt und setzten uns wieder in unsere Bretterkojen, wie verängstigte Spatzen, die auf ihr Ende warteten.

Die Tage schleppten sich dahin. Nichts zu tun zu haben, hieß, daß der eine Gedanke dauernd wiederkehrte, und wir jeden Abend erleichtert waren, einen weiteren Tag gelebt zu haben. Zu welchem Zweck? Bedeutete es irgend etwas, daß wir lebten? Würde es nicht besser gewesen sein, man hätte uns schnell sterben lassen, so daß uns der Schmerz der Trauer um unsere verlorenen Lieben erspart geblieben wäre, und diese endlose Angst um die Zukunft? Aber wir wollten leben.

Wir warteten weiter auf den Tod. Zu meiner Überraschung wurden wir wenige Tage später zur Arbeit in ein anderes Lager geschickt, wo man neue Baracken gebaut hatte. Dort sollten wir den Abfall wegschaffen, die verbliebenen Bretter zu Haufen stapeln und alles aufräumen. Nach den Wochen des Nichtstuns war es eine Erleichterung zu arbeiten. Wir hatten noch nicht viel getan, als die Pfeife ertönte und uns zum Appell rief. Mein Herz klopfte mir zum Zerspringen. Jetzt, dachte ich, jetzt ist die Stunde gekommen. Jetzt gehen wir in die Gaskammer. Für einen Appell zu einer so ungewöhnlichen Zeit kann es keine andere Erklärung geben. Wir stellten uns in Reihen auf und erwarteten unser Schicksal. Der Kapo - der Arbeitsführer - verkündete bloß, daß die Arbeitsgruppe von Block 35, unserem Block, sofort zurückzukehren hätte. Wir packten einander an den schweißnassen Händen und marschierten ab, wie wir annahmen, in den Tod.

Zurück in unserem Lager, sah ich zwei SS-Männer auf den Block zukommen. Sie gingen zur *Blockova*. Ich stellte mich auf Zehenspitzen an ihr Fenster und versuchte zu horchen. Ich wollte wissen, was geschehen sollte. Ich hörte sie Ljuba fragen, ob alle Mädchen in ihrem Block zur Arbeit aussortiert worden seien. Als sie erfuhren, daß etwa hundert den Prozeß noch nicht durchlaufen hatten, befahlen sie uns, uns aufzustellen, und verkündeten, daß sie weitere Arbeitskräfte benötigten.

Als die Blockaufseherin pfiff, damit wir uns aufstellten, die hundert Nichtsortierten an der Spitze, rannte ich zurück, um meine Freundinnen zu beruhigen und zu erzählen, was ich gehört hatte. Ich hatte einen Plan. Ich versuchte, mit meiner Fünferreihe unter die ersten hundert zu kommen, aber ohne Erfolg. Sie kannten einander, und es war ihnen klar: wenn es irgendwelchen Außenseitern gelang, sich unter sie zu mischen, bedeutete das, daß einige von ihnen vielleicht nicht ausgewählt wurden. So entschloß ich, daß wir uns als die ersten fünf nach den hundert aufstellen sollten.

Ich blickte auf meine "Kinder" und war nicht glücklich über das, was ich sah. Es waren vier spindeldürre Mädchen, abgemagert und elend, nicht gut für die Arbeit. Magda, die kleinste, und die drei anderen, die etwas größer waren, standen bleich da mit eingefallenen Wangen. Ich erkannte, etwas mußte getan werden. Ich holte das Stückchen Brot heraus, das ich noch hatte und stopfte es in Livis Wangen, damit sie ein bißchen kräftiger aussah. Ich kniff mehrmals in ihre Wangen, um sie rosiger und gesünder aussehen zu lassen, und befahl ihr, sich aufrecht zu halten, um einen Eindruck von Stärke und Entschlossenheit zu vermitteln. Das gleiche tat ich mit den anderen drei. Jetzt gab es nichts mehr zu tun, als zu warten und zu hoffen. Der SS-Mann schritt langsam durch die Reihen der hundert, griff ein paar hier heraus, ein paar dort. Für diesmal sah er nicht auf ihre Beine, sondern auf den Gesamteindruck. Ich wurde immer nervöser, je näher er kam, kreuzte meine Finger und sprach ein stilles Gebet.

Jetzt hatte er die letzte Reihe der hundert erreicht, und ich hielt den Atem an, als er zwei auswählte und seine Augen sich meiner Reihe zuwandten. Es hatte geklappt: er hatte nicht bemerkt, daß er ans Ende der hundert gekommen war. Er zeigte auf Livi, Sussie, Magda und mich. Ich atmete wieder. Gerettet. Ich nahm meine Küken bei der Hand, um uns zu den anderen Ausgewählten zu gesellen, fühlte aber einen Stich in meiner Brust, als ich auf Ilu blickte, allein gelassen, apathisch ins Nichts starrend. Es war das letzte Mal, daß ich sie sah.

Als die Auswahl beendet war, wurden wir ins Badehaus gebracht, um desinfiziert und neu eingekleidet zu werden. Man gab uns Zivilkleidung mit einem gelben Kreuz auf dem Rücken und holländische Clogs, für die, deren Schuhe in Fetzen waren. Olga, die auch ein Paar bekam, beklagte sich, daß sie zu hart seien. Wie die übrigen von uns, hatte sie nie zuvor Clogs gesehen und mußte erst lernen, darin zu gehen. Als wir uns vor dem Mann mit dem Register aufstellten, nahm ich an, daß sich die gleiche Prozedur wiederholen würde, aber statt der Nadel des Tätowierers sah ich einen Haufen auf Schnüren gezogener Erkennungsnummern, die wir uns um den Hals legen mußten.

All das dauerte ein paar Stunden. Dann mußten wir zum Bahnhof marschieren, wo ein Zug wartete. Wir saßen auf den Holzbänken und schwatzten aufgeregt darüber, wohin wir wohl fahren mochten. Aber diese Frage blieb unbeantwortet. Die SS-Leute drohten uns zu schlagen, wenn wir nicht sofort den Mund hielten. Wir versuchten, unsere Erregung zu beherrschen und schwiegen. Ungeduldig wartete ich darauf, daß der Zug abfuhr. Solange wir hier blieben, konnte alles passieren. Die Minuten krochen langsam dahin. Ich strengte mich an, um den Zug mit meinem Willen in Bewegung zu setzen, aber nichts geschah.

Ich wußte nicht, wie lange wir gewartet hatten, als ich, wie in einem Nebel, meinen Nachnamen rufen hörte. Ich ging zum Fenster und sah ein Mädchen von Waggon zu Waggon rennen, fragend, ob jemand mit diesem Namen da sei. Als ich antwortete, erzählte sie mir, daß sie in der Küche arbeite und daß ein Mann aus der Bäckerei sie gebeten habe nachzusehen, ob jemand aus seiner Familie am Zug sei. Sicher konnte es nur mein Vater gewesen sein? Livi und ich befragten sie. Obwohl sie uns nicht viele Informationen geben konnte, waren wir überzeugt, es handelte sich um meinen Vater. Wir waren überglücklich, gleichzeitig aber traurig, daß wir gerade jetzt abfuhren, wo wir seine Spur gefunden hatten. Dann gewann jedoch unsere Freude darüber, daß er am Leben war, die Oberhand, und als sich einen Augenblick später der Zug in Bewegung setzte, verspürten wir den Wunsch zu singen. Wir hatten das Todeslager verlassen. Vater lebte. Was machte es, daß wir nicht wußten, wohin wir fuhren? Von nun an wurde bestimmt alles besser. Ist man ganz am Ende, ohne jede Hoffnung, kann es nur besser werden.

Wir begannen alte ungarische Lieder zu singen. Meine Stimme klang rostig und mißtönend, und es dauerte eine Weile, bis ich sie wiedergefunden hatte, aber bald schmetterte ich eine Melodie nach der anderen.

Hamburg

Im Hafen

Unsere Fröhlichkeit begann dahinzuwelken; das monotone Rattern des Zuges machte uns schläfrig. Wir hörten zu singen auf. Eine nach der anderen fiel in Schlaf. Ich überlegte, wie lange wir wohl in Auschwitz gewesen sein mochten: Es erschien mir wie ein ganzes Leben, als ich aber durch das Zugfenster auf die Landschaft blickte, erkannte ich, daß es nicht mehr als ein paar Monate gewesen sein konnten. Wir waren in der Nacht des 17. Mai - 27. Ijar nach dem jüdischen Kalender - in Auschwitz angekommen, ein Datum, das ich nie vergessen werde. An diesem Tag werde ich, solange ich lebe, Kaddisch sagen, das Gebet für meine toten Eltern.

Der Zug fuhr durch tiefgrünes Land. Es war schön nach der Trostlosigkeit von Auschwitz. Was war es? Wiesen oder Ackerland? Ich erinnere mich nicht, aber es muß Gras gewesen sein, denn Getreide hätte blasser ausgesehen. Alles war so friedlich, man konnte sich nicht vorstellen, daß um uns herum ein Krieg wütete. Für einen Moment glaubte ich, alles wäre vielleicht nur ein Alptraum gewesen und ich befände mich auf dem Weg zu Tante Reginas Bauernhof. Ein Blick jedoch auf meine Leidensgefährtinnen gab mir die Gewißheit, daß der Alptraum Wirklichkeit war. Die schlafenden Gesichter waren entspannt, aber alle trugen sie die Zeichen der vergangenen Wochen. Abgemagerte

Körper, beginnende Falten, kahle Schädel. Nur die Wirklichkeit kann solche Bilder schaffen.

Eine Fliege spazierte den Fensterrahmen entlang, und ich fragte mich, ob auch sie wohl ein Gefühl der Befreiung verspürte, Auschwitz entkommen zu sein? Wahrscheinlich nicht. Die Fliege war ja keine Gefangene gewesen; sie konnte wegfliegen, wann und wohin sie wollte. Und nun hatte sie sich entschlossen, mit uns zu gehen, zu sehen, wohin wir gebracht wurden. Anders als der Hund, der uns im Park beobachtet hatte, als wir Sighet verließen, war die Fliege in der Lage, uns den ganzen Weg zu begleiten. Zärtlich betrachtete ich sie: ein lebendiges Wesen, das sich um uns sorgte, oder so konnte ich es mir zumindest einbilden.

Wie lange dauerte die Zugreise? Auch das erinnere ich nicht. Nur daran, daß wir uns, als ich aufwachte, auf einem großen Bahnhof befanden: Hamburg. Unser Zug fuhr über den Bahnhof hinaus zum Hafen, wo er vor riesigen Lagerhallen anhielt. Das war also das Ziel unserer Reise. Hier würde unser neues Leben beginnen, weit weg vom Schatten des Schornsteins.

Die Sonne schien, das Wasser des Flusses glitzerte, als uns befohlen wurde, den Zug zu verlassen und in das Lagerhaus zu gehen, das unser neues Zuhause sein sollte. Wir kamen in eine große Halle mit riesigen Fenstern, die auf die Elbe blickten. Betten waren in zwei Etagen aufgestellt, und wir rannten los, um eines zu ergattern. Livi und ich hatten uns gerade auf eine der oberen Etagen niedergelassen, beim Fenster, wegen der Aussicht, als ein SS-Mann brüllte, es sei niemandem erlaubt, sein Bett mit jemand anderem zu teilen. So zog Livi in das Bett unter mir, und ich dehnte mich aus, glücklich, wieder zu fühlen, wie es war, allein in seinem eigenen Bett zu sein, auf seinem Rücken zu liegen, mit ausgestreckten Armen, sich zu drehen und zu wenden, ohne angeschrien zu werden, doch stillzuliegen.

Die letzten Strahlen der Nachmittagssonne erleuchteten das Lagerhaus. Die Reflexe der Wellen zitterten auf den Wänden. Die helle Halle stand in protzigem Kontrast zu unserem finsteren Barackenraum in Auschwitz. Wir waren von der Hölle in den

Himmel gekommen. Man gab uns Brot und Kaffee, der nach Kaffee schmeckte. Dann fiel ich in Schlaf und träumte, mit Goldfischen zu spielen, die einander jagten, ungestört von dem Hecht, der hinter einem Felsen lauerte.

Eine Pfeife und der Aufruf zum Appell weckte mich. Unser erster Morgen in unserem neuen Gefängnis gab uns Hoffnung, obwohl die neue Routine sich nicht sehr von der alten unterschied. Wir mußten lernen, unsere Betten zu machen, die Wolldecke in einer besonderen Weise zusammenfaltend, daß die Matratze so flach wie ein Tischplatte wurde. Dann genossen wir einen fast vergessenen Luxus, uns in Waschbecken zu waschen, die sich am Ende des Lagerhauses befanden. Wir stellten uns zum Appell auf und wurden in kleine Gruppen aufgeteilt. Die Fünferreihen wurden zu Dreißigergruppen zusammengefaßt und zum Hafen gebracht. Dort setzte man uns in Boote. Diese tuteten, legten ab und fuhren die Elbe aufwärts. Wären nicht die Ruinen längs des Ufers gewesen, hätten wir uns an einem Ferientag im Sommer glauben können. Niemand von uns war je zuvor mit einem Boot gefahren. Das Wasser spritzte auf unsere Kleider, und der Wind bürstete unsere Wangen, als wir Hand in Hand an der Reling standen.

In einer halben Stunde erreichten wir unser Ziel, Schindlers Werft. Wir gingen an Land und mußten uns unter einem Baum vor dem Kommandanten aufstellen, damit er einen *Kapo* - einen Führer - auswählen konnte. Er ließ seine Augen scharf über die dreißig schmächtigen Mädchen gleiten, und schließlich blieben sie auf mir ruhen. Er betrachtete mich von oben bis unten und von unten bis oben.

"Kannst du Deutsch sprechen?"

Ich dachte an Rose, das kleine holländische Mädchen, das ich in Auschwitz getroffen hatte, und die Mühe, die sie auf sich genommen hatte, mir Deutsch beizubringen. Kühn sagte ich:

"Ja".

"Dann mußt du *Kapo* sein und dafür sorgen, daß alle hart arbeiten. Ich möchte keine Beschwerden hören. Arbeitet gut und ihr werdet gut behandelt. Jeder, der nicht arbeiten will, bekommt auch nichts zu essen. Verstanden?"

Ich fühlte mich traurig und glücklich zugleich. Ich wollte keine Polizistin sein, aber meine Ernennung würde Vorteile bringen. Der *Kapo* bekam immer die erste Kelle voll Suppe, das bedeutete einen guten Schlag Gemüse, manchmal sogar Fleisch.

Ich war so sehr in meinen Gedanken vertieft, daß ich kaum den Arbeitsführer hörte, der uns verschiedene Aufgaben zuteilte. Wir mußten Bombenschutt wegräumen, Deiche graben, Zementsäcke tragen und eine lange Kette bilden, um Backsteine weiterzureichen. Ganze Backsteine auf den einen Haufen, zerbrochene auf einen anderen. Ich sprang auf und stand stramm, als der Wachmann, ein Soldat in den mittleren Jahren, mich anredete. Er sah nett aus und fragte nach meinem Namen. Er wollte wissen, wie alt ich sei, woher ich käme und wie ich hierher gekommen sei. Es war das erste Mal seit Monaten, daß jemand mit mir als menschliches Wesen sprach. Es stellte sich heraus, daß dieser Soldat, Hermann, Töchter in meinem Alter hatte, und er war sehr betroffen, als er hörte, was ich ihm zu erzählen hatte. Er versuchte, mich zu trösten, indem er mir versicherte, daß die Dinge nun besser seien, da wir arbeiten dürften.

Es stellte sich also heraus: Hermann war freundlich und drängte mich nicht, die Mädchen zu hart arbeiten zu lassen.

Ich forderte sie auf, nur so zu tun, als schufteten sie sich krumm, und aufzupassen, daß sie nicht dabei erwischt wurden. Wir ernannten eine von uns, Wache zu schieben, und standen, schwatzend auf unseren Spaten gelehnt um den Deich herum, der gegraben werden sollte. Wenn sich jemand näherte, rief sie das Paßwort "Achtzehn", und eifrig begannen wir zu graben. Ich ging umher und trieb sie an: "Grabt fester! Arbeiten! Schnell, schnell!" - leise in ungarisch hinzufügend: "Übertreibt es nicht." Der SS-Mann verschwand wieder, und wir kehrten zu unserem Müßiggang zurück, während Hermann ein Auge zudrückte.

Wir hatten kaum bemerkt, daß die Sonne schon hoch am Himmel stand, als die Pfeife zum Mittagessen ertönte. Wir wurden in große, helle Räume geführt, wo andere Arbeiter, Kriegsgefangene aus den baltischen Staaten und Frankreich, bereits an gedeckten Tischen saßen. Wir starrten ungläubig auf die weißen Tischtücher, Porzellanteller, Löffel, Gläser und Karaffen mit klarem Wasser. In der Mitte des Tisches stand ein großer Korb mit geschnittenem dunklen Brot. Wir starrten weiter, fürchtend, es könnte sich erheben und in Luft auflösen, bevor wir etwas davon bekommen hatten. Sobald wir uns gesetzt hatten, kam ein Mädchen in weißem Kittel mit einem Kessel dampfender Suppe herein. Sie bediente uns. Die Suppe war dick und enthielt Gemüse, Fleisch und Makkaroni. Als ich vorsichtig eine Hand nach dem Brot ausstreckte, ermunterte uns Hermann, so viel davon zu essen, wie wir wollten, und als es alle war, wurde ein neuer Korb gebracht. Bedächtig schlürften wir die Suppe, um etwas länger zu genießen, als jedoch unsere Teller leer waren, fragte man uns, ob wir noch mehr möchten. Wir aßen und aßen, bis wir sogar satt waren.

Am nächsten Morgen konnten wir es immer noch kaum glauben, daß es wahr gewesen war, und freuten uns auf ein weiteres solcher Mittagessen. Es war das erste Mal seit vielen Wochen, daß wir ohne Hungerqualen ins Bett gegangen waren. Das Leben wurde erträglich. Aber nicht für lange.

Wenige Tage später verkündete der Lagerkommandant, daß wir kein Anrecht auf die Privilegien hätten, die Schindlers Arbeitskräfte genossen. Wir waren keine Kriegsgefangenen, wir waren ja nicht einmal Balten, wir waren Juden. Die Bootsfahrten zu der Werft hörten auf. Hermann wurde versetzt, und wir wurden von einem unleidlichen SS-Mann mehrere Kilometer zu Fuß zu einem Trümmerplatz geführt. Dort bekamen wir unsere Aufgaben zugeteilt; sie waren die gleichen wie vorher, unsere Behandlung jedoch unterschied sich sehr. Wenn die Mittagspause kam, standen wir vor einem Kessel Schlange, und der Wachmann teilte Suppe aus - nicht die wundervolle dicke Suppe, die wir bei Schindler bekommen hatten, sondern mehr so etwas wie die wässerige Brühe in Auschwitz. Aber sie war wenigstens heiß, und so saßen wir auf dem Boden mit unseren Blechnäpfen in den Händen und träumten davon, wie schön es wäre, wieder bei Schindler zu sein.

Abends, nach der Arbeit, wuschen wir uns, aßen unser kärgliches Abendbrot und genossen die kurze Stunde, die uns vor dem Schlafengehen blieb. Es war noch lange hell, und wir benutzten die wenigen Minuten, um unsere Sachen zu waschen, auszuruhen und zu träumen. Wenn ich in meiner Koje lag, konnte ich zu dem Fluß sprechen, der schwer und dunkel draußen am Fenster vorüberfloß. Er grüßte mich von den Wäldern der Tschechoslowakei, wo er entsprang, nicht weit vom Haus meiner Kindheit. Ich fühlte, daß er und ich alte Freunde waren. Auch neue Freunde fand ich. In der Etage über uns wohnten einige italienische Kriegsgefangene, die versuchten, durch das Fenster mit uns zu sprechen. Als sie entdeckten, wer wir waren, fanden sie einen Weg, uns Geschenke zu schicken. Sie banden Pakete an das Ende eines Seils und ließen es von ihrem Fenster herunterhängen, bis es unseres erreichte. Wir sandten ihnen einen Brief zurück. Sie schenkten uns Zigaretten, Schokolade und Marmelade, Dinge, die wir alle nicht nur um ihrer selbst willen schätzten, sondern als ein Zeichen, daß jemand an uns Interesse zeigte.

So ging es uns hier vergleichsweise gut, und wir wollten unseren neuen Freunden danken, die dafür verantwortlich waren. Nur wenige von uns sprachen fremde Sprachen, so wurde ich für all die Mädchen wichtig, die Dankesbriefe schreiben wollten. Ich war glücklich, die allgemeine Korrespondentin zu sein, und freute mich ebenso sehr wie sie auf die "Antwort auf die Antwort", die immer ein neues Paket bedeutete.

Es gab auch sowjetische Gefangene in dem Lagerhaus. Sie sahen uns mit Interesse an, aber nahmen nie Kontakt mit uns auf, wie es die italienischen oder später die französischen Kriegsgefangenen taten. Das mag an der Sprache gelegen haben - niemand von uns konnte Russisch - oder weil sie weniger zu verschenken hatten. Eines Tages hörten wir, Stalins Sohn sei unter ihnen, was die Vorstellung in uns weckte, eines Nachts würden die Sowjets kommen, um ihn zu befreien und uns dazu. Wir wußten weder, daß Stalin sich nicht um seinen Sohn kümmerte noch daß jede "Befreiung" durch sie nur eine andere Art von Gefangenschaft für uns bedeutet hätte.

Mit uns war auch eine Gruppe von Frauen aus Theresienstadt in Hamburg angekommen, dem Familienlager in der Tschechoslowakei. Die meisten waren Tschechen, aber es waren auch ein paar Deutsche darunter. Ihre Leidensgeschichte war viel länger als unsere, denn man hatte sie schon bei Ausbruch des Krieges interniert. Aber sie hatten ihre Haare behalten dürfen, worum wir sie beneideten. Eine von ihnen, Ursula, war in Hamburg geboren. Sie hatte es verlassen, als sie einen Tschechen heiratete, und hatte einen kleinen Sohn, von dem sie oft sprach. Sie hoffte, daß er und ihr Mann noch sicher in Theresienstadt seien. Wir baten sie, uns über Hamburg zu erzählen. Wir kannten nur das Lagerhaus am Hafen und ein kurzes Stück der Elbe, sie aber ließ vor unseren Augen alles erstehen: die breiten Alleen und prächtigen Häuser, die Altstadt und den Michel, die Parkanlagen und die Museen, von denen viele nun in Schutt und Asche lagen.

Ursula trug sich mit dem Gedanken, eine Flucht zu versuchen. Sie erzählte uns, welchen Weg sie nehmen und wohin sie gehen wolle, endete jedoch immer mit der Frage, ob jemand sie zu verstecken wagen würde. Sie fühlte sich ihrer früheren Freunde zu unsicher, um ihren Plan auszuführen. Auf jeden Fall riskierte sie es nicht, während wir in dem Lagerhaus untergebracht waren. Ich hoffe, daß sie später den Mut fand und ihre Flucht gelang.

Altona

Unsere Gruppe aus Ungarn und einige Mädchen aus der Tschechoslowakei wurden in den Vorort Altona verlegt. Unser neues

Lager bestand aus fünf hölzernen Baracken, umgeben von einem Stacheldrahtzaun. Es war viel schlechter als das Lagerhaus: wir würden die Pakete vermissen und unseren Blick auf die Elbe. Nun lebten wir nicht mehr alle unter einem Dach. Jede Baracke hatte seine *Blockova*, die vom Kommandanten unter uns ausgewählt wurde. Außerdem wurden wir drinnen von SS-Frauen, Aufseherinnen, und draußen von SS-Männern bewacht. Der Kommandant war ein großer blonder SS-Unterscharführer, den wir Schara nannten. Wir versuchten, uns zu verdrücken, sobald er auftauchte, denn man konnte sich darauf verlassen, daß er ohne Grund zuschlug. Elegant, wie alle SS-Männer, in seiner makellosen Uniform und glänzenden Stiefeln, stakste er mit eisig starrenden Augen durch den Hof, immer auf der Jagd nach einem Opfer.

Ich wurde schnell eines. Ein Mädchen namens Cili hatte ihm erzählt, wie ich die Mädchen zum Faulenzen ermutigt hatte. An meinem ersten Abend im neuen Lager kam er auf mich zu und schlug mir wie ein Wilder zweimal quer über das Gesicht. Bevor ich an einen Grund denken konnte, sagte er, "Du bist keine *Kapo* mehr. Ab morgen wirst du dich zum Befehl bei deiner neuen *Kapo* melden." Wie sich herausstellte, war das Cili.

Es tat mir nicht besonders leid. Ich eignete mich nicht zur *Kapo*.

Den Platz der Italiener, die uns im Hafen Pakete geschickt hatten, nahmen nun französische Gefangene ein. Die Franzosen waren viel reicher - oder großzügiger? Die Pakete wurden dicker und häufiger. Die meisten von uns gewannen einen "Paketfreund". Man verbot ihnen streng, mit uns Verbindung aufzunehmen; wenn man sie entdeckte, würden sie erschossen. Aber das schreckte sie nicht ab. Sie fanden weiter Mittel und Wege, uns kleine Pakete zukommen zu lassen und Worte des Ermutigung. Es ist schwer zu sagen, was mehr für uns bedeutete, die Pakete oder die Worte.

Unsere Schulbildung hatte uns gelehrt, alles Französische zu lieben, die französische Sprache, französischen Dichter, französischen Romanciers, französischen Menschen. Und jetzt waren diese freundlichen Franzosen hier und gaben uns Geschenke. Wir sahen sie nur an und waren alle aus dem Häuschen. Ein Mädchen nach dem anderen kam zu mir und erzählte, sie sei verliebt, und bat mich, ihr beim Abfassen eines Liebesbriefes zu helfen.

Auch ich verliebte mich.

Meine Gruppe wurde zu einem neuen Arbeitsplatz kommandiert, einer Baustelle. Man errichtete dort kleine Häuser für die Ausgebombten, und wir mußten bei jeder Art von Arbeit helfen. Die härteste, aber auch begehrteste, war das Schleppen der fünfzig Kilo schweren Zementsäcke vom Lager zum Baugrund. Dies hatte den Vorteil, daß man einige hundert Meter alleine gehen konnte.

Olga und ich trugen gerade einen der Säcke, als ich Paul zum ersten Mal begegnete.

Es war nicht sein Gesicht, das mich anzog, und sicherlich kein Sinn für innere Schönheit. Von der wußte ich nichts. Es war einfach, daß er, als er vorüberging, wie zufällig ein Paket zu meinen Füßen fallen ließ, in der Art und Weise, wie eine Dame im Mittelalter ihr Taschentuch fallen gelassen haben mochte. Aber erst am nächsten Tag, als das gleiche geschah, erwachten meine Gefühle. Ich schrieb einen Dankesbrief, den ich ihm das nächste Mal zusteckte. Wir tauschten sogar ein paar Worte.

"Wie heißt du?"

"Edwige. Und du?"

"Paul."

Damit war er gegangen. Paul sah nicht besonders gut aus. Er war mittelgroß, mit dunklem Haar und dunklen Augen. Aber er sprach Französisch. Mein Herz raste, und plötzlich war alles leichter zu ertragen. Die Sonne schien, die Säcke waren nicht mehr so schwer, die Umgebung freundlicher. Mechanisch tat ich, was ich zu tun hatte, nur für den Augenblick lebend, wo sich unsere Augen begegneten. Abends schrieb ich Briefe und webte Träume.

So vergingen die Tage, und aus dem Sommer wurde Herbst. Es begann zu regnen und war nun dunkler, wenn wir zum Appell antraten. Ob Hagel oder Sturm, wir marschierten zu unserer

Arbeit, noch immer in unserer dünnen Sommerkleidung. Es tat gut, am Ende des Tages wieder in die Baracken zu kommen; waren sie auch nicht geheizt, so schützten sie doch zumindest vor dem rauhen Wind, und wir konnten uns unter unsere Wolldecken verkriechen. Die Neuigkeit, französische Kameraden zu haben, war bald verblaßt, und wir fühlten uns sehr elend und niedergeschlagen. Das schlimmste aber war der Hunger.

Um an etwas anderes zu denken, bildeten wir Studiergruppen. Jedes Mädchen sollte Gedichte aufschreiben, an die sie sich erinnerte, und abends wollten wir sie laut vorlesen. Ungarische und rumänische Dichter und natürlich die französischen Dichter, die wir am liebsten hatten: Baudelaire, Villon, Verlaine, Géraldy. Aber wo sollten wir Bleistifte und Papier finden? Wir umschmeichelten die ab und an freundliche Aufseherin und die französischen Gefangenen, durchsuchten Abfallhaufen und schafften es tatsächlich, ein bißchen Schreibmaterial zusammenzubringen. Nach wenigen Tagen saßen wir schreibend im Kreis zusammen, und wieder ein paar Tage später hielten wir unsere erste Lesung. Wir luden Gäste aus den anderen Blocks ein und deklamierten würdevoll unsere Texte. Das wiederholten wir Abend für Abend. Und mit der Zeit wagten wir unsere eigenen kleinen Gedichte und Geschichten. Unsere Phantasie begann zu blühen. Versteckte Talente kamen zu Vorschein: ein Mädchen konnte malen, ein anderes schauspielern. So unterhielten wir uns gegenseitig und vergaßen für eine Weile den Hunger.

Das Beste von allem war, wenn uns Grete imitierte. Sie war eine unverschämte *Blockova* in den Vierzigern, die wir fürchteten und haßten, aber sie erwies sich als eine beachtliche Schauspielerin. Es gab nie einen Zweifel, wen sie nachahmte. Wenn sie zum Spiegel ging und so tat, als stieße sie jemanden mit ihrem Ellenbogen beiseite, der dort stand, war es unsere eitle Giza, wie sie leibte und lebte. Erst da wurde uns bewußt, wie gehorsam wir Platz machten, sobald Giza andeutete, sich betrachten zu wollen.

Als wir uns müde gelacht hatten, ging Grete wieder zum Spiegel, studierte sich selbst und schnitt eine Grimasse. Jetzt lachten sie über mich, denn jeden Morgen steckte ich beim Anblick meines eigenen Spiegelbildes die Zunge heraus. Ich entschloß mich, sofort damit aufzuhören, obwohl ich immer noch glaubte, wie ein Affe auszusehen. Mein Haar hatte wieder zu wachsen begonnen und stand wie die Borsten eines Stachelschweins zu Berge, mein Gesicht war grau, meine Haut blätterte, und die Kleider waren mehrere Nummern zu groß. Mir gefiel nicht, was ich in dem Stück Spiegel sah und beneidete jene Mädchen, die noch ihre Haare hatten oder die es schafften, sogar ohne Haare und in Lumpen schön auszusehen.

Dann hockte sich Grete in eine Ecke, krümmte ihren Rücken und ließ ihren Kopf zwischen den Schultern hängen wie eine am Flügel verletzte Krähe. Ihre Strümpfe hingen wie Würste herunter, ihr Gesicht blickte verängstigt und verstohlen. Das war Ladi, die zur Gewohnheit hatte, sich in Ecken zu verkriechen, um sich vor dem schwersten Zementsack zu drücken.

Die Romanze mit Paul ging weiter - oder jedenfalls kamen die Pakete weiter. Ich dachte, er sei in mich verliebt. Wie konnte ich wissen, daß diese Pakete und warmherzigen Gefühle nur Mitleid bedeuteten? Wir sahen wie Skelette aus und hingen verloren in unseren Lumpen; sie dagegen hatten ihre eigenen Kleider, eine bessere Behandlung und besseres Essen, Rote-Kreuz-Pakete jeden Monat und andere Privilegien.

Wir sahen uns täglich, tauschten verstohlene Worte und schrieben einander. Ich mobilisierte mein bestes Französisch und verfaßte die schönsten Liebesbriefe, die ich konnte. Wenn ich abends an ihn dachte, war mein Herz erfüllt von etwas, das ich lange Zeit nicht gefühlt hatte. Jungmädchenliebe? Glück? Es kümmerte mich nicht, daß ich eine harte Strafe riskierte.

Bei Morgendämmerung weckte mich der schrille Ton einer Pfeife. Meine erste Handlung war, unter die Matratze zu fassen. War das Brot noch da? Ich hatte vom Abend zuvor einen Kanten aufgehoben, und er war vielleicht gestohlen worden. Nein, er war da. Gut, sich morgens nicht völlig leer fühlen zu müssen. Er war verschlungen, bevor ich richtig die Augen auf hatte. In dem

Moment hörte ich Schreie und das Geräusch näherkommender Hiebe: die SS-Frau, die fette Marie.

"Raus, raus! Wie lange wollt ihr noch faul im Bett herumliegen? Hoch, und macht eure Betten! Sofort hoch! Raus zum Appell!"

Besser war wohl, ich stand auf, bevor sie mit ihrem Gummiknüppel mein Bett erreichte. Ich sprang von der obersten Koje herunter, machte rasch mein Bett und vergewisserte mich, daß mein Papier mit den Gedichten gut unter der Matratze versteckt war. Ich rannte hinaus zum Waschhaus, wusch mir rasch die Hände, dann zurück, um ein bißchen von der bräunlichen Flüssigkeit zu trinken, die ausgeteilt wurde. Wenigstens war sie heiß. Nach wenigen Schlucken war ich draußen zum Appell. Wie in Auschwitz wurden wir gezählt, nach dem Wecken, gezählt, wenn wir zur Arbeit gingen, gezählt, wenn wir zurückkamen und gezählt, wenn wir ins Bett gingen. Wir müssen sehr wertvoll für sie gewesen sein, sie zählten uns so oft.

Es war noch dunkel draußen und wir mußten stehen und auf den Lagerkommandanten warten. Aber an diesem Tag schien mir das Warten nicht lang. Ich dachte nur daran, daß ich bald Paul sehen würde. In seinem letzten Brief hatte er mir geschrieben, daß er mich in der leeren Hütte auf unserem Arbeitsplatz treffen wolle, wo wir in Ruhe sprechen könnten. Ich fragte mich, wie wir das anstellen sollten, ohne entdeckt zu werden, aber ich war entschlossen, es zu versuchen, trotz der Gefahr. Plötzlich wurde ich in die Wirklichkeit zurückgerufen. Olga, die vor mir stand, fiel flach auf den Boden. Sie hatte einen niedrigen Blutdruck, und es fiel schwer, lange Zeit bewegungslos zu stehen. Ich versuchte, ihr zu helfen, aber sie war ohnmächtig geworden. So bat ich um Erlaubnis, ein bißchen Wasser zu holen. Nach ein paar Minuten gelangte sie wieder zu Bewußtsein. Wir warteten weiter. Es war inzwischen Tag geworden, der Kommandant traf ein, zählte uns und gab uns das Signal zum Aufbruch. Das Lagertor wurde geöffnet, und wir marschierten hinaus zu unserer Arbeit, bei Regen und stürmischem Wind. Ich fror in meinem dünnen Sommerkleid, und meine Schuhe patschten durch die Pfützen, aber es machte mir nichts aus, gleich würde ich ja Paul treffen.

Gerade hatte ich meinen zehnten Sack Zement abgesetzt, als er auftauchte. Als er an mir vorüberging, flüsterte er: "Jetzt." Ich blickte mich um, und da der Wachmann ein gutes Stück entfernt und kein Deutscher in Sicht war, entschlüpfte ich, um ihn zu treffen. In der Hütte fielen wir uns in die Arme. Er flüsterte meinen Namen in französisch: "Edwige". Ich wartete auf mehr Liebesworte, aber Paul war kein romantischer Teenager. Er war ein Mann im besten Lebensalter, der eine Frau brauchte. Plötzlich traf ich auf etwas, das anders war als das, was ich erwartet hatte.

"Edwige, tu sais - du bist kein Kind mehr, ich würde gern - du weißt - mit dir..."

Seine rechte Hand griff unter mein Kleid, während seine linke meine Brust betastete. Ich fühlte mich so, als hätte er mich geschlagen. Ich schaute ihn an und war entsetzt. Seine Augen loderten. Was wollte er? Ich machte mich los und rannte hinaus. Mein Herz schlug vor Angst, nicht vor Liebe. Natürlich wußte ich, was er wollte. Aber solche Dinge tat man nicht - *ich* tat sie nicht.

Als ich etwas später mit einem Sack Zement zurückkehrte, erschien der Kommandant zu einem Kontrollgang, der auch einen Besuch der Hütte einschloß. Meine altmodische Erziehung hatte uns beide gerettet.

Zurück im Lager, entdeckte ich, daß meine Gedichte verschwunden waren. Während wir bei der Arbeit waren, hatten die SS-Leute die Betten durchsucht. Magdas geliebter Dostojewski, Theresas Brotkrumen, Olgas Bleistift - alle hatten etwas verloren. Wir waren tieftraurig über den Verlust unserer Gedichte, Geschichten und unserer Schreibutensilien. Nun würden unsere literarischen Bemühungen von vorn beginnen müssen.

Aber da war keine Zeit zu jammern. Wir mußten unter dem großen Waschkessel ein Feuer errichten, so daß wir baden konnten, bevor die Lichter ausgingen. Zehn von uns mußten dasselbe Wasser benutzen, und es war wichtig, daß jene Mädchen zuerst badeten, die am erfolgreichsten in der Kunst gewesen waren, sich Ungeziefer vom Leib zu halten. Wanzen und Flöhe waren Stammgäste bei uns, und die meisten von uns hatten Krätze. Fünf waren noch "sauber". So ließen wir das Los zuerst unter diesen fünf entscheiden und dann unter den fünf, die folgen sollten.

Das Feuer unter dem Kessel verströmte eine angenehme Glut, und wir genossen es, den flackernden Flammen zuzusehen und an das kommende Bad zu denken. Erinnerungen stiegen in uns hoch, und wir begannen, sie auszutauschen.

"Erinnert ihr euch, wenn sie zu Hause Pflaumenmus im Garten kochten? Das Feuer unter den großen Kesseln blieb die ganze Nacht über in Gang, und einer mußte ständig rühren, bis es eine schwarze, teigige Masse wurde. Manchmal hat es mehrere Tage und Nächte gedauert. Wir Kinder durften aufbleiben und den Geschichten der Erwachsenen zuhören."

"Wenn wir nach Hause kommen, werden wir Geschichten zu erzählen haben!"

"*Wenn* wir nach Hause kommen."

"Sei nicht albern. Wem willst du denn deine Geschichten erzählen? Wer will sie hören? Unsere Familien sind alle hier. Es wird niemanden geben, der das nicht alles selbst durchgemacht hat."

"Du hast recht."

"Das Wasser ist jetzt heiß. Wer ist heute abend die erste?"

Ich war die Glückliche. Rasch zog ich mich aus und stieg in den Kessel. Das heiße Wasser fühlte sich wundervoll an, aber ich konnte es nicht lange genießen - die anderen sorgten schon dafür, daß ich mich schnell wusch. Ich war die glückliche Besitzerin eines Stummels Seife und schrubbte mich voll Vergnügen.

"Wenn du mir deine Seife leihst, gebe ich dir meine Zahnbürste", sagte Olga. Ein fairer Tausch.

Als ich aus dem Bad kletterte, mußte ich meine alten, schmutzigen Kleider wieder anziehen. Ich schüttelte sie aus, um sie ein bißchen frisch zu machen, und ging in die Baracke zurück, wo man gerade die Abendsuppe auszuteilen begann. Ich wollte nicht bleiben, während die anderen badeten und das Wasser langsam grauer und grauer wurde. Nach der Suppe unterhielten wir uns noch eine Weile über die verschwundenen Gedichte und die Chancen, sie neu zu erschaffen. Als die Lichter ausgingen, gingen wir mit ihnen.

Am nächsten Tag versuchte ich, Paul aus dem Weg zu gehen. Ich dachte, er müsse mit mir böse sein, und wollte es nicht hören. Ich tauschte die Arbeit mit Bözsi. Sie trug meine Zementsäcke, und ich nahm ihren Platz in der Backsteinkette ein. Als der Pfiff zum Mittagessen ertönte, gab mir Bözsi ein Paket. Es war von Paul. Mein Herz schlug schneller: wenigstens war er nicht böse. Das Paket enthielt ein Stück Brot, zwei Zigaretten, einen Apfel, ein Taschentuch und einen Brief. Ich teilte das Brot und den Apfel mit Livi, versteckte das Taschentuch und die Zigaretten, und als ich zu essen begann, las ich den Brief. Paul erwähnte nicht, was am Tag zuvor geschehen war. Er schrieb, er habe im englischen Rundfunk gehört, daß die Deutschen an allen Fronten schwere Niederlagen erlitten hätten und der Krieg nicht mehr lange dauern könne. Er wußte, was es für uns bedeutete, Nachrichten zu hören. Solche Neuigkeiten waren für uns wie Vitaminspritzen; sie halfen uns, durchzuhalten. Ich erzählte es den anderen, und an diesem Abend hatten wir weniger Hunger.

Zwei Tage später war mein Taschentuch gestohlen. Als ich unter die Matratze faßte, berührten meine Finger nur die rauhe Oberfläche. Mein schönes weiches Baumwolltaschentuch, mein geliebter einziger Besitz war verschwunden. Ich brach in Tränen aus. Livi hörte mich von der untersten Koje.

"Was ist los? Bist du krank?"

"Mein Taschentuch ist verschwunden."

"Vielleicht ist es weiter reingerutscht."

"Nein, es wurde gestohlen."

"Na gut, es ist ja nichts, um was man weinen müßte."

"Ich habe es von Paul. Er hat mich gern. Er ist nicht böse mit mir. Jedesmal wenn ich es berührte, habe ich gefühlt, wie seine Hand mich streichelte."

"Sei doch nicht dumm. Du hast viele wichtigere Dinge verloren. Wirst du wegen eines Taschentuches weinen?"

Ich konnte nicht anders. Es war ein Gefühl, als hätte ich Paul verloren. Ich schluchzte und fluchte auf den bösen Dieb, der es gestohlen hatte. Diesmal, wußte ich, es war keine SS-Aufseherin oder die *Blockova*, sonst wäre mehr verschwunden gewesen.

Unsere unverschämte *Blockova* Grete hatte man gefeuert. Sie war überfrech geworden und hatte den SS-Wächterinnen einmal zu viel auf der Nase herumgetanzt. Als wir eines Tages von der Arbeit zurückkehrten, fanden wir, daß Teri zur *Blockova* ernannt worden war. Ich war glücklich. Teri stammte aus Sighet, sie gehörte zu unserer Gruppe, vielleicht konnten wir jetzt auf Vergünstigungen hoffen. Da mich Grete nie gemocht hatte, hatten meine Freundinnen und ich immer die dünnste Suppe bekommen und niemals einen Nachschlag, wenn etwas übriggeblieben war. Standen wir Schlange, versuchte jede die erste zu sein, um das meiste Gemüse zu bekommen. Alles hing jedoch von der *Blockova* ab, die die Suppe schöpfte. Jede beobachtete die Kelle. Tauchte sie nur ein oder zwei Zentimeter ein, würde, so wußten wir, nur dünne Flüssigkeit kommen; grub sie tief, konnten es Rüben, vielleicht Kartoffeln, Zwiebeln, ja, wenn man Glück hatte, sogar Fleisch sein. *Kapo* und *Blockova* nutzten diese Gelegenheiten, um ihre Freundinnen und jene, die ihre Handlanger machten, zu bevorzugen. Suppe war ihre Währung.

Teri war fair und versuchte niemals, Gunst zu erkaufen. Aber ihr Sinn für Gerechtigkeit verlangte, daß auch ihre Freundinnen in den Genuß der besseren Suppe kamen, auf die sie selbst als *Blockova* ein Anrecht hatte. Wann immer sie eine ihrer Freundinnen sah, grub die Kelle tief. Das ging einige Abende gut, bald jedoch begannen die anderen zu protestieren. Teri versprach daher, nicht zu gucken, wer in der Schlange stand; sie ließ jemand anderes den Teller halten und schöpfte mechanisch, ohne ihre Augen vom Kessel zu erheben. An diesem Abend knurrte mein Magen unzufrieden. Nachher diskutierten wir über die Situation und entschieden, daß wir ihr ein Signal geben müßten, wenn wir uns näherten. Wer immer von uns gerade die Teller hielt, sollte husten, um Teri zu bedeuten, daß die nächste Kelle für eine Freundin sei. Das klappte ein paar Abende, aber bald hatten die anderen unsere List durchschaut. Am Ende mußten wir uns in das Unvermeidliche schicken und auf unser Glück vertrauen. Teri tat es leid, wollte aber nicht unfair erscheinen.

Es war der Abend vor Jom Kippur, dem Tag der Sühne. Livi fühlte sich krank. Sie war blaß und dünn, müder als gewöhnlich, und die Arbeit war ihr seit ein paar Tagen schwer gefallen. Nach der Abendsuppe wollten wir sie in die Krankenstube bringen. Diese befand sich in eine der Baracken und umfaßte fünf oder sechs Betten. Es gab dort eine Krankenschwester, aber keinen Arzt. Und es war auch keiner nötig. Wir hatten nicht krank zu sein.

Hanka, die Schwester, sah in Livis Augen. "Du hast Gelbsucht. Du solltest eine Menge Süßigkeiten essen", fügte sie ironisch hinzu.

"Das könnte arrangiert werden", sagte ich, und tat so, als überhörte ich den Sarkasmus. "Paul wird uns helfen."

"Kann ich nicht ein paar Tage hierbleiben?" fragte Livi. Nicht beim Appell stehen müssen, nicht zur Arbeit marschieren, nicht Steine schleppen - ausruhen."

Mir war unwohl bei diesem Gedanken, und ich versuchte, es ihr auszureden. Ich erinnerte mich an die Risiken, die Kranksein in Auschwitz bedeuteten. Außerdem hatten wir gerade erfahren, daß wir wieder in ein anderes Lager verlegt werden sollten. So entschlossen wir uns zu warten.

Auf dem Rückweg zum Block sahen wir, daß die streng Gläubigen unter uns, begonnen hatten, sich zum Gebet zu versammeln. Die blasse Herbstsonne ging langsam unter. Es war Zeit für *Kol Nidre*, das Gebet, das dem Sühnetag vorausgeht, und das Gerücht ging um, jemand habe ein Gebetbuch. Sie waren entschlossen zu fasten, trotz unserer Anstrengungen, es ihnen auszureden. Mir fiel es schwer, ihren blinden Eifer zu verstehen, als ich sie am nächsten Morgen sah, wie üblich arbeitend, ohne einen

Bissen angerührt zu haben. Selbst Wasser wollten sie nicht trinken, und am Ende des Tages konnten sie kaum noch auf den Beinen stehen. Sie taumelten zurück ins Lager, ihre Gedanken zweifellos bei der Abendsuppe. Aber statt der Suppe erwartete uns eine Überraschung. Wir sollten an diesem Abend umziehen. Wir müßten auf die Lastwagen warten, und es würde keine Suppe ausgeteilt, bis wir in unserem neuen Lager installiert wären. War es Absicht, unseren Umzug auf diesen Tag zu verlegen? Wir wußten es nicht, aber wir waren überzeugt davon, daß man sich entschlossen hatte, uns auf die Suppe warten zu lassen.

Eidelstedt

Nach ungefähr einer Stunde trafen die Lastwagen ein und brachten uns zu einem anderen Vorort, Eidelstedt. Die Baracken sahen genauso aus wie in Altona. Das Lager gehörte einer Baufirma, die uns angefordert hatte, um bei der Errichtung von Wohnungen zu helfen, für Leute, die in Hamburg ausgebombt worden waren. Jetzt endlich erhielten wir unsere Suppe. Wir aßen sie, und die geschwächten fastenden Frauen konnten sich ausruhen.

Am nächsten Morgen war die fette Marie, die schlimmste der SS-Frauen, bald unter uns, ihre Augen verrieten ihr Vergnügen bei der Gelegenheit, jede zu schlagen, die sich langsam bewegte. Ich konnte nie verstehen, wie ein Mädchen in meinem Alter so böse sein konnte. Aus irgendeinem Grund hatte ich von den Aufseherinnen eine bessere Behandlung als von den Männern erwartet, aber mit einer Ausnahme war das Gegenteil der Fall. Die blonde, verträumte Edith, schien das Schlagen nicht zu genießen. Sie ging mit ihrem Knüppel wie die anderen umher und schrie uns manchmal an, aber sie schlug uns selten.

Als wir unsere Aufgaben zugewiesen bekamen, kommandierte

mich der Vormann dazu ab, mich um seine Hütte zu kümmern. Ich sollte seine persönliche Dienerin sein, die Hütte saubermachen, aufräumen und dafür sorgen, daß ein gutes Feuer brannte, wenn er in den Pausen hereinkam. Ich war begeistert; ich hoffte, vielleicht dort Livi verstecken zu können, wenn sie sich mehr als üblich krank fühlen sollte.

Der Vormann stellte sich als schweigsam, aber freundlich heraus. Als ich ihn fragte, ob ich meine Schwester in die Hütte bringen dürfe, nickte er fast unmerklich und murmelte, ich solle nur sicherstellen, daß kein SS-Wächter sie entdecke. Ich holte Livi und ließ sie sich in eine Ecke legen, während ich den Fußboden schrubbte.

Unsere Verlegung bedeutete, daß wir den Kontakt zu unseren Franzosen verloren. Zweifellos war es ein Teil des SS-Planes, uns zu trennen. Sie ließen uns ständig umherziehen, um zu vermeiden, daß wir irgendwo Wurzeln schlugen und ein paar Bindungen aufbauten, die uns hätten Kraft geben können. Sie wollten ihre Macht unterstreichen und unsere Hilflosigkeit.

Aber auch hier arbeiteten französische Kriegsgefangene, und sie waren ebenso aufmerksam zu uns wie ihre Landsmänner aus Altona. Neue Franzosen gaben uns neue Pakete. Ich erfuhr, daß sie in denselben Quartieren wohnten wie Paul, und einer von ihnen versprach mir, ihm einen Brief mitzunehmen. Ich schrieb von Livis Krankheit, und erhielt am nächsten Tag ein Päckchen von ihm. Der Postverkehr begann wieder. Er schickte verschiedene Süßigkeiten für sie, und die anderen Mädchen halfen, indem sie ihr ihre Ration Marmelade oder Schokolade überließen, die sie in den Paketen erhielten, im Tausch gegen alles, was immer wir ihnen dafür geben konnten. Ich dachte daran, den Vormann um Hilfe zu bitten, aber als ich sein Mittagessen sah, das aus einer Suppe aus Apfelschalen bestand, wurde mir klar, daß er wenig zu erübrigen hatte und ganz sicherlich keine Süßigkeiten. Die Süßigkeiten und die Ruhe aber, die Livi bekam, taten ihre Wirkung. Es ging ihr jeden Tag besser, und bald war sie wieder in der Lage zu arbeiten.

Eines Tages forderte mich der Vormann auf, ihm dabei zu helfen, einige Bretter von einer Holzwerkstatt zu holen. Ich nahm an, daß ein SS-Wachmann uns begleiten würde, denn noch nie zuvor war jemandem von uns erlaubt worden, unbeaufsichtigt zu sein. Als nur wir beide in das Auto stiegen, war ich überrascht, wagte aber nicht zu fragen. Er blickte sich um, bevor er den Anlasser drückte, irgend etwas murmelnd über "verdammte Wache"; offensichtlich war er nicht bereit zu warten. Als wir die Werkstatt erreichten, befahl mir der Vormann zu warten, während er in das Büro ging. Ich saß auf einem Stapel Bretter, erstaunt darüber, einmal ganz allein zu sein. Und plötzlich durchzuckte mich der Gedanke, das wäre eine Gelegenheit zu fliehen. Aber wohin? Ich kannte weder die Stadt noch irgendeinen ihrer Einwohner. Und mit dem gelben Kreuz auf meinem Rücken, wie weit würde ich wohl kommen, bevor die SS mich wieder faßte?

Meine Gedanken wurden von einem deutschen Arbeiter unterbrochen, der fragte, was ich da tue. Ich sagte ihm, daß ich auf meinen Vormann warte, er aber wollte mehr wissen. Ich erklärte ihm, wie man uns aus unseren Häusern weggeschleppt hatte, wie meine Eltern in Auschwitz ermordet worden waren und wie wir nun Sklavenarbeit verrichteten. Als ich geendet hatte, verließ er mich ohne ein Wort. Ich konnte nicht verstehen, warum, bald jedoch kehrte er mit einem Freund zurück und bat mich, noch einmal zu wiederholen, was ich gerade erzählt hatte. Als ich das getan hatte, sahen sie einander an und sagten laut: "Das Schwein!", und gingen davon. Ich vermutete, daß es Sozialisten gewesen sein mußten - keine Nationalsozialisten, richtige Sozialisten -, die in Opposition zu Hitler und seiner Politik standen. Wenn aber solche Leute existierten, warum taten sie nichts? Warum protestierten sie nicht? Warum ließen sie all das geschehen?

Der Vormann kam zurück. Wir luden die Bretter in den Wagen und fuhren zur Baustelle zurück. An diesem Abend erzählte ich den anderen Mädchen von meinem Ausflug und den Fragen, die ich mir selbst gestellt hatte. Keine von ihnen wußte eine Antwort.

Langsam gewöhnten wir uns an unser neues Lager und an unsere neue Arbeit. Um uns zu härterer Arbeit anzuspornen, verkündete die Baufirma, daß sie uns mit Freimarken belohnen würde. Sie wollten uns die Chance geben, mehr Geld zu verdienen, wenn wir härter arbeiteten; diese Freimarken sollten in einer Kantine, die man gerade in einer der Baracken eröffnete, als Zahlungsmittel gelten. Da konnte man dann Sauerkraut, Hering, Muscheln, manchmal sogar Marmelade und kleine Stückchen des übelriechenden Limburger Käses kaufen. Das bedeutete eine erfreuliche Aufbesserung unserer kargen Diät und eine willkommene Unterbrechung unser monotonen Routine. Das Sauerkraut wurde besonders geschätzt. Leider aber hielt das Belohnungssystem nicht lange an. Zuerst waren all diese Köstlichkeiten verfügbar, dann schrumpfte allmählich ihre Anzahl, und nach kurzer Zeit war die Kantine geschlossen. Und ich wurde aus meiner gemütlichen Hütte versetzt. Nun mußte ich wie die übrigen in der Backsteinkette stehen und in meinem dünnen Kleid frieren.

Es wurde kälter und kälter. Eines Tages kam ein Lastwagen mit warmer Kleidung. Zivile Mäntel und Jacken, die andere Frauen bei ihrer Ankunft in Auschwitz hatten abliefern müssen, wurden nun für den Winter an uns verteilt. Ich war glücklich genug, einen langen blauen Mantel zu bekommen, zugegeben, er war ungefüttert, aber immerhin ein Mantel. Die meisten Mädchen bekamen nur Jacken. Die großen gelben Kreuze auf den Kleidern störten uns nicht. Davidsstern oder Kreuz auf unserem Rücken, was machte das schon?

Einer meiner Zehennägel entzündete sich. Wie es passierte, wußte ich nicht, aber mein Zeh schwoll an, und bald konnte ich meinen Schuh nicht mehr anziehen. Ich verband meinen Fuß mit ein paar Lumpen und humpelte auf einem Schuh. Schließlich wurden es die Bewacher leid, das mit anzusehen und schickten mich zur Krankenstube. Die "Ärztin" untersuchte meinen Fuß und holte eine Salbe heraus. Es war die gleiche Salbe, die sie für alle Unpäßlichkeiten benutzte - es gab nichts anderes: ein übelriechendes Zeug, Ichtiol genannt, das sie dir auf die Wunden rieb und in deinen Rachen pinselte. Jetzt bekam ich welche auf meinen Zeh. Ich wußte nicht, ob sie half, aber wenigstens tat sie nicht weh. Mein Zeh heilte langsam, wie alle Beschwerden, dank der Unterernährung und fehlender Medikamente. Ich humpelte mehrere Monate auf meinem bandagierten Fuß.

Hamburg wurde mehrmals in der Woche bombardiert. Wir gewöhnten uns an die Sirenen und begrüßten sie immer voll Freude. Das waren meine glücklichsten Augenblicke. Die SS-Wachen rannten in den Luftschutzkeller, einige der Mädchen versteckten sich unter dem Tisch und zogen Decken über ihre Köpfe, ich aber stand am Fenster, schaute in den Himmel und jubelte bei jeder neuen Explosion. So nahe die Bomben auch fielen, ich hatte niemals Angst. Ich dachte nur an den Anblick, der uns am nächsten Morgen begrüßen würde: Straßen im Chaos, Ruinen von Häusern, unser Arbeitsplatz von Kratern durchlöchert. Täglich in der Nachbarschaft des Todes zu leben, betäubt die Furcht vor ihm; er wird ein Freund.

Vera hatte Angst; sie gehörte zu denen, die sich versteckten, wenn der Alarm ertönte. Ihr Leidensweg hatte begonnen, lange bevor ich von Hitlers "Endlösung" hörte. Als die Deutschen die Tschechoslowakei besetzten, wurde sie in Theresienstadt interniert, ein Modellager, in dem die Insassen fast ein normales Leben führen durften. Sie behielten ihre Kleider und ihr Haar; die Familien blieben zusammen. Vera war damals ein Teenager und in einen jungen Mann verliebt, den sie dann schließlich heiratete. Kurz nach ihrer Hochzeit wurden sie getrennt, und Vera wurde nach Hamburg transportiert. Als ich ihr begegnete, war ich beeindruckt von ihrer erhabenen Ruhe, ihrem stoischen Lächeln und dem wundervollen blonden Haar. Ihre mandelförmigen Augen strahlten Wärme und Vertrauen aus. Ich war immer überrascht, wenn ich sie anblickte: sie schien in sich zu ruhen, unbeeinflußt von dem, was um sie herum geschah, eine Insel, unberührbar, unverwundbar. Sie tat ihre Arbeit mit einem kleinen, stillen Lächeln, und nie hörte jemand sie klagen.

Allmählich schien sie ein bißchen rundlicher zu werden. Ich

verstand nicht, wie das sein konnte, bei unseren Hungerrationen. Eines Tages dann erzählte sie mir, sie sei schwanger. Neun Monate lang hatte sie es geschafft, es zu verbergen, aber nun war das Baby fast fällig. Was würde geschehen? In unserem Lager war nur Raum für Frauen, die arbeiten konnten. Jede, die schwanger war, würde nach Auschwitz zurückgeschickt.

"Was wird geschehen?" fragte ich.

"Ich werde es schaffen. Ich werde das Kind gebären, wenn meine Zeit kommt."

"Aber was dann? Wie willst du dich um es kümmern? Glaubst du, daß du weiter arbeiten gehen kannst?"

"Ich hoffe es. Ich kann das Baby auf meinem Rücken tragen, wie es die Bauersfrauen in China tun."

"Ich fürchte, das wird nicht leicht sein."

"Ich habe vor nichts Angst. Ich will für mein Kind kämpfen."

"Ich erzähle es besser Gizi. Sie kann vielleicht mit Schara sprechen."

Gizi war die Schwester, die das Krankenrevier leitete, die einzige, die Zugang zum Kommandanten hatte.

"Ja, tu das", sagte Vera. "Vielleicht kann sie helfen."

Ich ging zu Gizi, eine ungarische Jüdin, zweiundzwanzig, nett und freundlich. Außerdem war sie hübsch und intelligent und konnte möglicherweise Schara beeinflussen. Sie versprach, es zu versuchen.

An diesem Abend konnte ich nicht schlafen. Ich konnte nur an Vera denken, ihren Mut und ihre Stärke. Jetzt verstand ich endlich ihr Mona-Lisa-Lächeln. Ihre Schwangerschaft hat es leichter für sie gemacht, die Gefangenschaft zu ertragen. Ich grübelte, ob wir wohl ein kleines Kind im Lager zu versorgen haben würden.

Nach mehreren Tagen des Wartens hatte Gizi Nachricht. "Schara hat versprochen, daß Vera ihr Baby haben darf." Wir konnten es nicht glauben. "Es ist wahr. Du kannst es in der Krankenstube zur Welt bringen."

Vera erhob ihren Kopf. Ihre Augen weiteten sich, und sie strahlte: "Gesegnet sei Gott."

Nun wurde sie mitteilsamer. Abends saßen wir auf unseren Betten und hörten ihr Stunden um Stunden zu. Sie erzählte uns von ihrem geliebten Zdenek, ihrer Trauer, als sie getrennt wurden, ihrem Verdacht, daß sie schwanger sei, der zur Sicherheit wurde, von dem Baby, das in ihr gewachsen war, ihren Pläne, ihren Hoffnungen, wie sie für das Kind sorgen wollte. Sie saß da und erzählte, glühend und ihr goldenes Haar leuchtend im schwachen Lampenschein. Wir umsorgten und beschützten sie, taten ihre Arbeit, wenn wir konnten, und teilten unsere mageren Rationen mit ihr. Sie brauchte sie nötiger als wir. Aber es war immer noch nicht genug; wir wußten, sie brauchte mehr Nahrung. Und wie würden wir das Baby kleiden, wenn es geboren war?

Ich schrieb an Paul und bat ihn um Hilfe. Am nächsten Tag erhielt ich ein Paket mit Milchpulver und einer Nadel, und als ich nach einer Bombardierung aufräumte, fand ich einen Rolle, die mehrere Meter Baumwollgarn enthielt. Nun brauchte ich nur noch ein Stück Stoff zu finden, und ich konnte ein kleines Hemd nähen. Aber wo sollte ich das herbekommen? Wir hatten keine Bettlaken, und unsere Kleider wurden sorgfältig inspiziert. Wir erhielten keine frischen, bevor wir nicht jedes einzelne Stück zurückgeben hatten. Wir zerbrachen uns den Kopf. Jedes Mädchen würde ihren Franzosen ansprechen, wir würden in den Ruinen suchen, vielleicht konnte Gizi einige Lumpen besorgen. Aber nichts davon führte weiter.

Ich hatte schon fast die Hoffnung aufgegeben, als Paul ein Paket vom Roten Kreuz bekam. Wie durch ein Wunder enthielt es zwei Taschentücher, die er sofort an mich weiterleitete. An diesem Abend halfen wir alle, aus den beiden grauen Quadraten ein winziges Hemd entstehen zu lassen, das wundervollste Hemdchen, das ich je gesehen hatte. Jetzt konnte das Baby geboren werden. Alles war bereit.

Wenige Tage später fanden wir beim Erwachen Veras Bett leer. Ich rannte zur Krankenstube, aber da war sie nicht. Gizi saß allein, leer vor sich hinstarrend. Ihr Gesicht war aschgrau, ihr Körper gekrümmt, ihr Kinn auf die Brust gesunken.

"Um Gottes Willen! Was ist geschehen?"

Sie antwortete nicht. Sie schien mich nicht einmal zu bemerken, sondern starrte nur weiter. Als ich sie schüttelte und meine Frage wiederholte, verschwand die Leere aus ihren Augen und sie schaute mich entsetzt an, als hätte sie soeben noch etwas viel Schlimmeres gesehen. Endlich sprach sie.

"Tot!"

"Vera tot?"

"Nein, Vera lebt. Das Kind ist tot."

"Ich umarmte und streichelte sie. "Versuch, mir zu erzählen, Gizi."

Meine Berührung schien etwas in ihr zu lösen, und sie begann zu weinen. Ihre ersten Worte waren unverständlich, aber allmählich begriff ich, was geschehen war: Als Veras Wehen einsetzten, hatte Gizi den Befehl erhalten, sie zu den leeren Baracken zu bringen. Schara kam und war Augenzeuge der Geburt. Dann zwang er Gizi, das Kind zu ertränken. Nun saß sie da, ungläubig, daß sie in der Lage gewesen war, eine solch unmenschliche Tat zu begehen. Ich wußte, ich mußte sie beruhigen und ihr zu verstehen geben, daß nicht sie es war, die das Kind ermordet hatte, sondern Schara.

Ich konnte nicht lange bei ihr bleiben, denn das Signal zum Appell war schon ertönt. Die Mädchen mußten sich aufstellen, und ich wollte nicht, daß sie für meine Abwesenheit bestraft würden. Deshalb verließ ich Gizi und ging in den Hof. Die erste Person, die ich sah, war Vera. Sie stand in ihrer Reihe, dünn, schwankend und blaß, ihre Augen tot. Alle schauten auf sie; niemand wagte zu sprechen. Erst als wir zur Arbeit gingen, konnte sie mir etwas sagen.

"Ich hab ihn noch nicht einmal gesehen", flüsterte sie.

Arme Vera. Arme Gizi. Wer war mehr zu bemitleiden?

Vera war nicht fähig zu arbeiten. Sogar der Arbeitsführer konnte das sehen. So wurde ihr befohlen, ein Feuer im Wachraum zu legen. Sie weinte unaufhörlich, und wir hatten ihr keine Worte des Trostes zu bieten. Sie konnte nicht verstehen, daß man sie hereingelegt hatte. Sie dachte, man hätte ihr versprochen, das Kind behalten zu dürfen. Wieder und immer wieder holte sie das kleine Hemd heraus und wiegte es. Als sie schließlich Worte finden konnte, sagte sie: "Ich wünsche nichts von diesem ungeschehen. Schwanger zu sein war das Beste, was mir in meinem Leben geschehen ist."

Die Tage vergingen schnell. Es war gut, wenn nichts geschah. Aber die SS-Männer schüttelten uns gern durch. Wir durften nicht lange Frieden genießen. Sobald wir mit einem Arbeitsplatz vertraut waren, wurden wir verlegt und mußten wieder von vorn beginnen - neue Kontakte knüpfen zu den Kriegsgefangenen, denn ihre kleinen Pakete bedeuteten den ganzen Unterschied zwischen Leben und Tod für uns. Ein andere Weise, uns durchzurütteln, waren die wiederholten Bettkontrollen. Wenn eine Decke nicht korrekt zusammengelegt war, wurden wir bestraft, auch, wenn irgend etwas unter unserer Matratze gefunden wurde. Wir versuchten, jedes kleine Fitzelchen, das wir fanden, aufzubewahren; alles hatte Wert für uns, die wir nichts besaßen. Viele hielten mit ihrer Morgenration so haus, daß sie ein bißchen hatten, womit sie die Mittags- oder Abendsuppe strecken konnten, nur schade um ihr vom Munde Abgespartes, wenn es verschwunden war.

Einige Wochen nach Veras Tragödie, oder es mögen Monate gewesen sein, wurden wir bei unserer Rückkehr ins Lager von dem wutschnaubenden Schara empfangen. Unsere Betten waren schlecht gemacht und Brot und andere Dinge waren in fast jedem gefunden worden. Wir würden unerbittlich bestraft. Wir würden ein für alle Mal lernen, mit ihm sei nicht zu spaßen. Die Verbrecher wurden herausgerufen, unter ihnen Vera. Schara wußte, wie man eine Züchtigung ausdehnte: Nachdem er wiederholt hatte, daß die Strafe ernst sein würde, stolzierte er davon, sie weiter strammstehen lassend. Erst eine gute Weile später kehrte er zurück und verkündete: Strafarbeit am Sonntag. Der Hof sollte geglättet, die ungleichen Stellen mit Erde aufgefüllt und mit einer

Walze plattgerollt werden. Das würde für uns eine Lehre sein, Gesetze seien da, um befolgt zu werden.

Am nächsten Sonntag, nach dem Appell, wurden die Verbrecher im Hof versammelt und bekamen, nach einer weiteren Predigt, ihre Aufgaben zugewiesen. Einige mußten schaufeln, andere die Erde verstreuen, und die härteste Aufgabe, die schwere Walze zu ziehen, bekam Vera. Es war klar, welche Kraft nötig war, um sie zu bewegen. Sie beugte sich fast zu Boden, einen kleinen Ruck nach hinten machend vor jedem Schritt, den sie tat. Wir fragten uns, wie lange sie wohl weitermachen könnte. Aber sie machte weiter, zog die schwere Walze vor und wieder zurück, vor und zurück, mit ausdruckslosem Gesicht. Ab und zu hielt sie inne, nahm mehrere tiefe Atemzüge und trocknete den Schweiß von der Stirn. Schara lächelte zufrieden.

Am Mittag wurde ihnen eine halbe Stunde Pause erlaubt, um etwas zu essen. Vera war völlig erschöpft, und wir glaubten nicht, daß sie noch mehr aushalten könnte. Sie selbst glaubte es kaum. Aber sie wurde wieder hinausgetrieben; Schara kannte kein Erbarmen. Alle mußten weitermachen. Wir konnten nicht helfen. Wir konnten nur zusehen und versuchen, ihnen Stärke einzuflößen. Als die Dämmerung hereinbrach, sah ich eine Gruppe von Geistern sich im Hof abquälen, und als endlich das Signal gepfiffen wurde, mit der Arbeit aufzuhören, brach Vera vor ihrer Walze zusammen. Ich rannte hinaus, um ihr zu helfen. Sie war ohnmächtig geworden. Ich holte Wasser und benetzte ihre Schläfen. Als sie wieder zu sich kam, sagte sie: "Ich möchte lieber sterben, als noch einen Sonntag wie diesen zu erleben." Es war das erste Mal, daß ich sie so sprechen hörte. Vera, die immer an die Zukunft dachte, die immer optimistisch war, die sich immer auf ein Leben in Freiheit freute, so unerreichbar das auch scheinen mochte.

Ihr Gebet wurde erhört. Bis zum folgenden Sonntag war sie tot. Sie war eine von denen, die bei dem Unglück am Mittwoch umkamen.

Es geschah so schnell, daß ich Schwierigkeiten hatte, die Einzelheiten nachzuvollziehen.

Es war eine Zeit schwerer Bombardements, und Livi und ich räumten mit fünf oder sechs anderen zusammen irgendwo außerhalb des Lagers Ruinen auf. Wir wurden mit einer Sonderstraßenbahn dorthin gefahren, und Livi und ich saßen immer im vordersten Wagen, zusammen mit unseren engsten Freundinnen. Es war ein ungeschriebenes Gesetz, daß Geschwister und Freunde zusammenhielten, nebeneinander saßen, kaum wagten, einander von den Händen zu lassen. Alles konnte geschehen. Wir riskierten nicht, das Schicksal herauszufordern, indem wir uns aus den Augen ließen.

Es geschah nach der Arbeit. Die Pfeife ertönte, und alle rannten zur Straßenbahn, um ja ihre Sitze zu bekommen. Plötzlich schrie Livi: "Warte einen Moment. Ich muß noch etwas holen, das ich unter dem Backstein da versteckt habe."

"Mach schnell, sie schnappen uns die Plätze weg."

"Es dauert nicht lange."

Als sie schließlich eintraf, war die Straßenbahn bereit zur Abfahrt, und ein wütender SS-Wächter schubste uns unter Flüchen und Schlägen in den letzten Wagen. Nirgendwo konnten wir sitzen. Ich sagte: "Du hättest schneller sein sollen. Nun werden wir den ganzen Weg stehen müssen." Livi antworte nicht, sondern starrte verträumt vor sich hin.

Die Bahn fuhr an, und die erschöpften Mädchen unterhielten sich leise, glücklich, daß der Arbeitstag vorüber war und sie bald im Lager zurück sein würden, um sich auf den harten Betten auszustrecken.

"Glaubst du, daß wir heute Marmelade bekommen?" fragte eine.

"Kann sein. Es ist lange her, daß wir welche hatten."

Ich beteiligte mich nicht. Natürlich wäre es gut, ein bißchen Marmelade als Extra zu haben, aber was machte es aus? Wir würden trotzdem hungrig sein. Mir schien, die Deutschen selber hatten nicht viel zu essen. Unser Vormann hatte sich heute eine Suppe aus Kartoffelschalen gekocht. Aber wenigstens hatte er etwas Brot dazu. Grobes Landbrot mit einer dicken, glänzenden

Kruste. Ich beobachtete ihn hungrig, aber er winkte mich weg. Schämte er sich, daß er nicht mit mir teilte oder weil er selbst so wenig hatte? Er mußte doch gewußt haben, daß wir noch weniger hatten. Aber er war nicht unfreundlich: Er drückte ein Auge zu, als ich in die Hütte ging, um mich aufzuwärmen. Obwohl der Frühling nahte, herrschte ein scharfer Wind, und es war manchmal noch sehr kalt.

Der Wind hatte den ganzen Tag über geblasen, und als ich jetzt aus dem Fenster guckte, sah ich, daß er noch stärker geworden war. Die Straßenbahn rollte langsam dahin, und ich suchte nach Anzeichen des Frühlings an den Bäumen, die die Straßen säumten. Ich konnte keine Knospen erkennen. Die Bäume waren noch kahl, und nichts verdeckte die offenen Wunden, die die Bomben in die umliegenden Gebäude geschlagen hatten. Nicht viele Häuser waren unbeschädigt. Aber jetzt war ich daran gewöhnt, so daß mich der Anblick kaum bewegte. Ein Klavier auf dem Rücken, mit den Beinen in der Luft, ließ mich an mein eigenes Klavier denken. Wo ist es heute? Spielt gerade jemand darauf?

Plötzlich wurden meine Gedanken von einem ohrenbetäubenden Krachen unterbrochen. Eine Bombe, dachte ich. Jetzt werden wir sterben. Ich ergriff Livis Hand. Sie versteifte sich, als die Bahn erzitterte und stillstand. Wir fielen auf das Mädchen gegenüber und blickten einander angstvoll an.

"Was ist passiert?"

In der Stille sah ich, daß die beiden Wagen vor uns in einer Staubwolke verschwunden waren. Eine Sekunde später brach ein gewaltiger Lärm aus, schrille Schreie, vermischt mit Stöhnen und Weinen. Ich rannte aus dem Wagen, um vor einem schrecklichen Anblick zu stehen. Verletzte Mädchen lagen blutströmend am Boden oder krochen zwischen Haufen aus Steinen und Straßenbahnteilen umher. Ein ausgebombtes Gebäude war auf die vorbeifahrende Straßenbahn geblasen worden und hatte die beiden führenden Wagen zerschmettert. Nicht den dritten; alle, die wir darin saßen, waren unverletzt.

Ich rannte zu einem Mädchen, das halb unter Mauerwerk

begraben lag und half ihr. Sie hatte nur Schrammen, stand aber unter schwerem Schock. Die Leute begannen, die Verwundeten herauszuziehen. Wir gruben mit unseren Händen. Jene, die selbst herauskommen konnten, taumelten auf die Straßenseite, wo sie wie verwundete Vögel zusammenkauerten. Es dauerte eine Ewigkeit bis jemand mit Wasser und Lumpen kam. Nun endlich konnten wir die Verwundeten waschen und verbinden. Sie stöhnten, bettelten um Wasser und riefen verzweifelt nach ihren Schwestern oder Freundinnen.

"Cipi, Cipi, wo bist du?" rief jemand schwach, der gerade blutbefleckt aus einem Schutthaufen gegraben worden war.

"Hier bin ich!" schrie Cipi, glücklich, daß ihre Schwester am Leben war.

"Meine Brust tut so weh."

"Lieg still. Vielleicht hast du eine Rippe gebrochen. Der Rettungswagen wird bald hier sein".

Er kam. Aber die Verwundeten durften nicht hinein. Nur die Toten. Schara, den man über den Unfall informiert hatte, fuhr vor und begann Befehle zu brüllen. Die Verwundeten waren auf die Sitze des unbeschädigten Straßenbahnwagens zu legen und ins Lager zurückzufahren. Sie sollten nicht ins Hospital kommen, sondern würden im Krankenrevier versorgt werden, wo sie entweder gesund oder sterben würden.

Es dauerte lange, bis jeder registriert war. Die Verwundeten stöhnten und wimmerten. Die meisten weinten laut. Man grub eine Frau aus, die kein Lebenszeichen zeigte. "Mutter, Mutter", schrie ihre dreizehnjährige Tochter, die wir alle immer beneidet hatten, weil sie mit ihrer Mutter zusammen sein durfte. Nun konnten wir sie nur bemitleiden. Jetzt seine Mutter zu verlieren, war fast schlimmer, als wenn es früher geschehen wäre, als es uns allen passiert war. Sie wollte nicht glauben, daß ihre Mutter tot war. Sie umarmte und küßte sie, weinend, "Mutter, Mutter, du darfst nicht sterben! Du darfst mich nicht verlassen! Sieh mich an, Mutter!" Livi ging zu ihr hinüber und versuchte, sie zu beruhigen. Erst jetzt sah ich, daß das Mädchen selbst verletzt war, ein Arm hing leblos herab, wahrscheinlich gebrochen.

Ein weiterer lebloser Körper wurde ausgegraben. Es war Vera. Ich wollte meinen Augen nicht trauen. Vera, mit der ich noch eine halbe Stunde zuvor gesprochen hatte. Sie konnte doch nicht tot sein. Es waren keine Verletzungen an ihr zu erkennen, so versuchte ich, sie künstlich zu beatmen, aber ohne Erfolg. Sie war tot. Ihr Gebet war erhört worden.

Silvesterabend 1944

Wir waren gerade von unserer Arbeit zurückgekehrt. Wir hatten das Abendessen beendet, "Kaffee" getrunken, und kauten noch ein paar Brotkrumen. Es war sehr kalt draußen, und die dürren Äste, die wir zum Brennen hatten, gaben nur wenig Wärme. Ich hockte auf der Schlafbank, versuchte, mich zu wärmen und hörten den anderen zu.

Jemand sagte: "Heute ist Silvesterabend."

"Was macht das für einen Unterschied?" kam es von einem der Betten.

"Die Leute ziehen ihre besten Kleider an und bereiten sich auf das festliche Abendessen vor", sagte eine Dritte.

"Erinnert ihr euch, was für einen Spaß wir immer hatten?" fragte Magda.

"Erst vor einem Jahr", sagte Gizi. "Aber es scheint wie ein anderes Leben."

Die Mädchen begannen ihre Apathie abzuwerfen und stimmten ein. Fast jede erinnerte sich an etwas. Jede wollte von vergangenen Silvesterabenden und glücklichen Erinnerungen erzählen.

"Erinnert ihr euch, was für leckere Sachen wir hatten?"

"Peter schleppte immer Mengen von Bier heran."

"Ich war einmal verliebt in Peter. Ich frage mich, wo er jetzt wohl ist. Glaubt ihr, daß er am Leben ist?"

"Sicherlich. Er ist jung und stark."

"Erinnert ihr euch an die gerüschte rosa Seidenbluse, in der ich am letzten Silvesterabend so hübsch aussah?" fragte Olga, die hübsche Olga, die jetzt gekrümmt und ausgemergelt dahockte, ihr Schädel mit Wildschweinborsten überzogen.

"Wie gut, daß sie sich nicht selber sehen kann", dachte ich. Letztes Jahr war sie die Königin des Balls gewesen.

"Ist es erst ein Jahr her?" fragte Bözsi, Olgas Schwester. "Es scheint wie eine Ewigkeit."

"*Eternity in an hour*", sagte Magda, die immer ein Zitat parat hatte. "Obwohl Blake bestimmt nicht das hier im Sinn hatte."

Sie schwatzten; ich hörte zu. Auch ich war von Erinnerungen überwältigt, fand es aber zu schmerzlich, sie in Worte zu kleiden. Ich begann Dante zu verstehen: "*Nessun maggior dolor...*" Es gibt keinen größeren Schmerz, als sich in Traurigkeit an glückliche Zeiten zu erinnern.

Die Pfeife ertönte, und die Lampen wurden gelöscht. Wir wollten nicht schlafen und zündeten eine Talgkerze an, die jemand ergattert hatte. Wir saßen schwatzend auf unseren Betten und schwelgten in Erinnerungen, die mit Gedichten und Geschichten durchwoben waren. Jede hatte etwas beizutragen. Plötzlich begann Rozsi zu singen. Sie hatte eine weiche, schöne Stimme, und mehrere stimmten in das Lied ein. Alle fingen an zu weinen, als sie von dem armen kleinen Mädchen sang, das in Lumpen gekleidet in der Kälte steht und Streichhölzer an die Passanten verkauft.

"Belz, meine kleine Stadt, wo bist du?" kam traurig in Jiddisch von einem anderen Bett. Eine andere Stimme begann "A jiddische Mame...".

Als wir genug geweint hatten und uns die Lieder ausgegangen waren, fragte jemand: "Wie, glaubt ihr, wird 1945 werden?"

"Genauso wie 1944."

"Glaubt ihr, daß wir am nächsten Silvesterabend noch hier sein werden?"

"Wir werden hier nie rauskommen."

"Vielleicht werden wir nicht mehr leben."

"Vielleicht sterben wir vor Hunger oder werden zurück nach Auschwitz geschickt."

"Wie könnt ihr solchen Unsinn erzählen?" schnippte ich dazwischen, und fügte in plötzlicher Überzeugung hinzu: "Natürlich werden wir hier herauskommen!"

"Wann?" fragte Sussie.

"Instinktiv antwortete ich: "Am 15. April."

Die Mädchen sprangen von ihren Betten und scharten sich um mich herum. Plötzlich wurde ich als Orakel betrachtet.

"Ist das wahr?"

"Wie weißt du das?"

"Versprichst du es?"

"Wird der Krieg dann vorbei sein?"

Eine folgte der anderen. Alle sahen mich in Verwunderung und Verehrung an.

"Wird der Krieg dann vorüber sein?" fragte jemand erneut.

"Der Krieg wird nicht vorüber sein, aber wir werden frei sein", entgegnete ich, wieder ohne nachzudenken.

Sie sahen mich zweifelnd an, wollten es aber glauben. Plötzlich waren alle schweigsam und nachdenklich.

"Laß uns wetten", sagte Sussie.

"Gut", sagte ich.

"Was gibst du, wenn du verlierst?"

"Meine Brotration", antwortet ich, ohne mit der Wimper zu zucken. "Was bekomme ich, wenn ich gewinne?"

"Wie kann ich sagen, was dann so viel wert sein wird, wie heute eine Brotration?" sagte Sussie, offensichtlich beeindruckt von meiner selbstsicheren Antwort. "Aber ich verspreche, es wird etwas Gleichwertiges sein."

Wir besiegelten die Wette mit einem Handschlag, löschten die

Talgkerze und gingen zu Bett. Morgen würde ein normaler Arbeitstag sein.

Es schneite. Der Winter umklammerte uns mit seinem eisernen Griff. Die Kälte wurde jeden Tag schlimmer. Meine Kleider gaben mir nur wenig Wärme, und meine Schuhe hingen in Fetzen herab. Ein Gerücht kursierte, ein paar wenige Stiefel seien angekommen und würden an ein paar Glückliche verteilt werden. Wer würde sie bekommen? Nur solche mit einflußreichen Freunden.

Diejenigen mit Sonderpflichten, in der Küche, im Krankenrevier oder auf der Arbeitsstelle, waren immer die ersten, wenn irgendein Extra ausgegeben wurde. Die Doktorin, die *Kapo* und die *Blockova* waren privilegiert, und ich war nichts, jemand ohne Rechte und ohne Hoffnung auf einen glücklichen Zufall. Aber ich konnte nicht anders, als von einem Paar Schuhen träumen, wenn ich auf meine Füße blickte. In den Sohlen befanden sich große Löcher, das obere Schuhwerk, oder was einmal das obere Schuhwerk gewesen war, wurde von Drahtstücken zusammengehalten. Ein paarmal hatte ich Glück gehabt und altes Zeitungspapier in den Ruinen gefunden, das half, meine Füße vor der Kälte zu schützen. Aber das war lange her, und heute hatte ich nur einen dünnen Lederrest zwischen den Füßen und dem schneebedeckten Boden. Der Draht, der alles zusammenhielt, schnitt tief in meine Haut bei jedem Schritt, den ich tat. Ich fühlte meine Füße kaum noch: Sie waren nur noch zwei Klumpen Eis, auf denen ich humpelte. Wie eine Fata Morgana sah ich vor meinen Augen ein Paar ganzer Stiefel. Ich begann mir sogar einzubilden, meine Füße wären warm. Aber wie schaffte ich es nur, zur Elite vorzustoßen? Sollte ich wagen, zum Lagerkommandanten zu gehen? Schließlich kann er mich nicht umbringen, nur weil ich frage, dachte ich, und entschloß mich, das Risiko einzugehen. Ich würde zu ihm gehen, ihm meine kaputten Schuhe zeigen und um neue bitten.

In diesem Moment erblickte ich Schara im Hof. Ich riß mich am Riemen, schluckte mehrmals und ging auf ihn zu.

"Meine Schuhe sind am Ende. Könnte ich ein Paar neuer Stiefel haben?"

Der Schlag auf meiner linken Wange warf mich aus dem Gleichgewicht. Ich taumelte, aber blieb aufrecht und sah ihm in die Augen. Diese Impertinenz war zu viel für ihn. Er hob seine Hand und schlug mich erneut, diesmal auf die andere Wange. Ich taumelte wieder, aber schaffte es, aufrecht stehen zu bleiben, immer noch irgendwie hoffnungsvoll. Aber jetzt hatte er das Interesse an mir verloren, drehte sich mit einem letzten verächtlichen Blick um und ging.

An diesem Abend bat ich Gott um ein Wunder.

Am nächsten Morgen war der Boden tief verschneit. Als ich auf der Arbeitsstelle ankam, schaute der Vormann auf meine Füße und sagte: "Seit Tagen sehe ich schon auf deine Füße. Deine Schuhe sind hin. Kannst du nicht ein paar anständige bekommen?"

"Es sind einige Stiefel gekommen, aber für mich waren keine übrig."

Er sah sich vorsichtig um. "Ich habe einen brauchbaren rechten Schuh gefunden", sagte er, und zeigte mir einen großen braunen Männerschuh, dem man ansah, daß er aus irgendwelchen Trümmern ausgegraben worden war.

"Darf ich ihn haben?"

"Willst du ihn?"

Und ob ich wollte. Stell dir vor: ein Fuß nicht frierend! Ich zog den großen braunen Schuh an, und sah mich plötzlich selbst als Charlie Chaplin vor mir. Es fehlte nur noch der Stock und der Schnurrbart. Mein rechter Fuß steckte in einem braunen, großzügigen Kahn, mein linker in schwarzen Fetzen. Mein rechter Fuß begann hochmütig zu werden und schien den linken Nachbarn nicht mehr kennen zu wollen, der beleidigt quietschte. Ich wagte nicht stillzustehen, um meinen linken Fuß zu wärmen. Wenn jemand den Vormann entdeckte, wie er mit mir sprach, würde er Schwierigkeiten bekommen. Ich ging zurück zu meiner Arbeit, behext von meinen Füßen. Der braune Schuh, die schwarzen

Fetzen. Ich schaute auf sie, als ich einen Schritt vor den anderen setzte, zu zweifeln beginnend, ob es meine waren. Ich fühlte mich gespalten: Es mußten zwei Personen sein, deren Schritte ich beobachtete, ein Mann, der aus dem Keller eines bombardierten Hauses ausgegraben worden war, und ein Bettler, unterwegs zu einem Wohltätigkeitsverein, um ein Paar Schuhe zu schnorren.

Es dauerte lange, bis es mir gelang, den linken Schuh zu wechseln. Es geschah nicht vor dem Frühling, als eine Ladung hölzerner Clogs eintraf.

Auch das war ein seltsames Gefühl, Clogs anzuziehen, Schuhe, die vollständig aus Holz waren. Es war schwierig, in ihnen zu gehen, und schon bald entwickelten sich Blasen an meinen Fersen und am oberen Teil meines Fußes. Aber sie waren besser als meine alten Schuhe. Ich fühlte nicht länger den Schnee und Matsch unter meinen Sohlen.

Wir waren ein eigenartige Anblick, wie wir in unseren neuen Clogs steif und unbeholfen dahermarschierten. Wir hatten immer noch unsere Zivilkleidung mit den gelben Kreuzen, aber nun, da der Frühling kam, mußten wir unsere Wintersachen abgeben. Ich vermißte meinen blauen Mantel, denn die Luft war noch frostig. Ich trug nun ein braungelb kariertes Kleid mit langen Ärmeln und Livi einen schwarzen Rock und eine beige Wolljacke. Diese hatte sie von einem anderen Mädchen erbettelt; sie hatte ursprünglich unserer Kusine Ditsi, Livis bester Freundin, gehört, und war von deren Mutter gestrickt worden. Als sie die Jacke an dem anderen Mädchen erkannte, wollte sie sie natürlich haben, und war zu jedem Opfer bereit, um sie gegen ihre eigene rote einzutauschen. Ein Kleidungsstück zu besitzen, das einem Verwandten gehört hatte, war fast so, als hätte man die Person bei sich.

Oft fragten wir uns, ob Ditsi wohl noch lebte oder ob sie tot war. Viel später erfuhren wir, daß sie in Auschwitz geblieben war und daß man sie während der Evakuierung erschossen hatte. Das war am schwersten zu akzeptieren, daß jemand sinnlos durch die Hölle gegangen und kurz vor der Befreiung gestorben war.

Die Tage verstrichen. Noch einer und noch einer. Ich wußte

nicht, welches Datum war. Die Sonntage erkannte ich, denn dann brauchten wir nicht zu arbeiten. Aber das bedeutete keine Ruhepause; im Gegenteil, diese Tage waren noch anstrengender. Wir mußten bei endlosen Appellen stehen und frieren, Arbeit hielt dagegen wenigstens etwas warm. Abends murmelte ich ein kleines Gebet vor mich hin, das ich von dem ungarischen Dichter János Arany adaptiert hatte:

Ich dank Dir, Gott,
Nacht wieder mal.
Ein Tag dahin
von Erdes Qual.

Wir freuten uns darauf zu schlafen. Ich versuchte, mir einzubilden, die Nächte wären die Wirklichkeit, und die Tage ein Traum, ein Alptraum, von dem ich erwachen würde, sobald ich nachts einschlief. Dann konnte ich all meine Lieben daheim wiedersehen, mit meinem Freund sprechen, das beste Gericht essen, das meine Mutter kochen konnte, und in unserem Garten zwischen den Blumen und Obstbäumen herumspazieren. Morgens erzählte ich Livi, was ich während der Nacht erlebt hatte, und zählte die Stunden, bis wir unsere Eltern abends in Sighet wiedersehen würden. Sie hörte kommentarlos zu, wollte aber jede Einzelheit wissen - wie Mutter aussah, was sie anhatte, was wir aßen, welcher Anblick der Garten bot. All das erzählte ich ihr, wenn wir in scharfen Wind und beißendem Regen zur Arbeit marschierten.

Meistens marschierten wir nicht im Takt, wie es unsere Bewacher gerne wollten. Deshalb befahlen sie uns, Marschlieder zu singen, und jede von uns, die den Schritt nicht einhielt, bekam die Peitsche zu spüren. Sie wollten, daß die Passanten glückliche, forsche Arbeitskräfte sahen und nicht ein Gruppe von Streunern. Es war ratsam, ihnen den Gefallen zu tun, und so sangen und marschierten wir so gut wir konnten. Am Arbeitsplatz angekommen, als wir begannen, nach einer Bombennacht aufzuräumen, sangen wir weiter, ein Lied, das genau zu passen schien: "Die Welt dauert nur einen Tag". "Wer weiß, was uns erwartet, was der Morgen bringt", wollte eines der Mädchen singen, eine Zeile aus einem ungarischen Schlager. Aber das deprimierte uns zu sehr, so daß Rózsi zu einer fröhlicheren deutschen Melodie überging: "Es geht alles vorüber, es geht alles vorbei", und alle stimmten wir ein.

Bald begannen wir an die Worte zu glauben, die wir sangen, und fröhlich erschallten unsere Stimmen. Den Wachen wurde ungemütlich, und sie versuchten, uns zum Schweigen zu bringen, als wir aber verstummten, griffen andere Arbeitsgruppen in der Nähe das Lied auf, und als auch diese schweigen mußten, fingen wir wieder an. Schließlich verloren die SS-Männer die Beherrschung und drohten, uns zu erschießen. Das tat seine Wirkung. Wir hatten nicht mit einer so starken Reaktion gerechnet; wir wollten sie nur ein bißchen reizen, wir hätten nicht gewagt, sie wirklich böse zu machen.

Unsere Hauptaufgabe war, uns gegenseitig aufzumuntern. Wir hielten zusammen, stützten und gaben einander Kraft. Die meisten von uns kannten sich aus der Kindheit, und ich wagte nicht daran zu denken, was geschehen wäre, wenn man uns getrennt hätte. Ich glaube, ich hätte den Lebenswillen verloren. Wenn eine von uns schwach wurde, war immer jemand da, um sie auf andere Gedanken zu bringen. Wir fühlten uns für einander verantwortlich, hielten gegenseitig unsere Hoffnung am Leben.

Das Leben geht weiter

An einem kalten sonnigen Wintertag wurden Kati und ich zum Holzhacken in den Wald geschickt, der sich in der Nähe unserer Arbeitsstelle befand. Es war eine schwere Arbeit, aber ich mochte sie. Ich ging gern in den Wald, weg vom Lärm der Stadt. Wilhelm, der einzige Wächter, der gelegentlich menschliche Gefühle zeigte, begleitete uns.

Es war früh am Morgen, und wir beobachteten wie die Sonne aufging, als wir auf den Wald zumarschierten. Die Tannen bogen sich unter der dicken Schneelast. Abgehauene Äste lagen umher. Unsere Arbeit war es, ihre Zweige abzuhacken und die Äste in Blöcke zu zersägen, so daß die nächste Gruppe sie abholen konnte, um damit den Wachraum zu heizen.

Während wir arbeiteten erblickten wir plötzlich eine kleine, alte Frau in einem schwarzen Schal, die hinter einem Baum vor einer kleinen Hütte stand. Sie sah zu uns herüber, ging in ihre Hütte, kam wieder heraus und winkte uns, sobald der Wächter seinen Rücken gedreht hatte, einladend zu. Sie wiederholte diese Geste mehrere Male. Ich fragte mich, was sie wollte.

"Kati, siehst du die alte Frau, die uns zuwinkt?"

"Sie will wohl, daß wir zu ihr kommen."

"Wir tun es besser nicht. Es könnte eine Falle sein."

"Was für eine Falle? Sie ist doch bloß eine alte Frau."

"Noch nie hat jemand gewagt, mit uns Kontakt aufzunehmen. Warum sie?"

"Wir könnten versuchen, näher heranzukommen, um zu erfahren, was sie will."

Wir beobachteten sie, wagten aber nicht, zu ihr zu gehen.

"Sieh mal, jetzt winkt sie schon wieder."

Die alte Frau ging ins Haus zurück. Nach einem Moment kam sie wieder heraus, etwas in ihren Händen haltend. War es ein belegtes Brot? Es sah so aus.

Der Tag verging, und wir warfen ihr ängstliche Blicke zu, als sie fortfuhr, uns Zeichen zu machen und aus ihrer Hütte ein- und auszulaufen.

Gegen Abend beschlossen wir, Kati sollte die Aufmerksamkeit des Wächters ablenken, während ich mich der alten Frau nähern würde. Ich fing an, die Holzklötze zusammenzutragen, immer weitere Kreise ziehend. Mir fiel ein, daß wir manchmal größere und kleinere Zweige für unsere eigenen Öfen im Lager sammeln durften. So bat ich Wilhelm nun darum. Er nickte, und nach einer Weile gab ich Kati das Signal. Sie begann, Wilhelm lang und breit über ihre Schulzeit zu berichten, was ihn, wie sie wußte, interessierte. Vor dem Krieg war er Lehrer gewesen. Ich nahm all meinen Mut zusammen und schlüpfte hinüber zu der alten Frau. Als ich in Hörweite gekommen war, flüsterte sie mir zu: "Hab keine Angst, auch ich bin Jüdin."

Ich konnte es kaum glauben und fürchtete wieder eine Falle. Sie zeigte auf ihr Haus. Nun konnte ich sehen, daß der Tisch mit einem weißen Tuch gedeckt war, auf dem zwei Kerzen in einfachen Holzhaltern brannten, während auf einem Teller etwas lag, das wie ein zugedeckter Brotlaib aussah. *Challe*? Alles deutete auf Vorbereitungen für das Freitagabendmahl, auf Sabbat, hin. Vielleicht ist sie tatsächlich Jüdin. Aber wie kommt es, daß sie hier ist, in Freiheit? Wie kann sie der SS entkommen sein? Hatte sie vielleicht arische Papiere und zündete die Kerzen nur für uns an? Oder blendete mich die Hoffnung? Ich wußte es nicht und konnte nicht fragen. Ich wagte nicht, länger zu trödeln, ergriff das dargebotene Brot und rannte zurück.

Zurück im Lager, wollte mir niemand glauben. Das belegte Brot war kein ausreichender Beweis.

Die ganze Nacht über schneite es, und am nächsten Tag wurden meine Gruppe und ich mit der Straßenbahn zum Hamburger Hauptbahnhof gebracht, um die Straßen zu räumen. Die Morgensonne schien auf die Ruinen rings umher, aber der Bahnhof selbst war erstaunlich intakt. Die Uhr zeigte zehn nach acht. Wir arbeiteten schweigend. Zwischen den Spatenstichen blies ich ein bißchen Wärme in meine gefrorenen Finger. Der tiefe Schnee verschluckte die Geräusche um uns her. Wir hörten kaum die wenigen Fahrzeuge, die zu sehen waren. Rotbäckige Leute in warmen Kleidern eilten vorüber, scheinbar ohne uns zu bemerken, obwohl sie uns sehen mußten.

Was dachten sie, als sie uns sahen: bis zum Skelett abgemagerte Frauen, in dünner Kleidung, tief gebeugt, Schnee schaufelnd?

Oder sahen sie uns nicht? Man sieht nicht, was man nicht sehen will. Wenige Leute hielten an und beobachteten uns, aber niemand kam näher oder stellte Fragen. Später würden sie sagen, sie hätten nichts gewußt. Und noch später, daß alles eine Lüge war.

Den ganzen Tag schaufelten wir Schnee, mit einer Pause für eine Suppe am Mittag, die uns eine Weile wärmte. Ansonsten hielten wir unseren Körper warm, indem wir härter arbeiteten, es war jedoch schwierig, die Hände und Füße vor dem Erfrieren zu bewahren. Wir stampften mit den Füßen, schwangen die Arme und steckten den Finger in den Mund. Dennoch bekamen wir viele Frostbeulen. Aber schließlich ging auch dieser Tag zu Ende.

Am nächsten Tag war Livis fünfzehnter Geburtstag. Geburtstage durften nicht unbemerkt verstreichen, nicht einmal im Lager. Ich diskutierte mit den anderen darüber und entschied, daß wir ihn abends nach der Arbeit feiern würden. Natürlich durfte sie nichts davon wissen.

Am Morgen umarmte ich sie und gratulierte ihr. Ich sagte, es täte mir leid, daß ich keine Geschenke für sie hätte, versprach aber, es später, wenn wir frei wären, wieder gutzumachen. Sie sagte nicht viel, aber ich konnte sehen, daß sie enttäuscht war. Das war Teil des Plans. Heute abend wird sie um so glücklicher sein, dachte ich.

Der Tag verging wie der vorige, Schnee schippend vor dem Hamburger Bahnhof. Livi war stiller als sonst, zweifellos dachte sie an frühere Geburtstage, an unsere Eltern, die uns immer mit Liedern und Schokolade am Bett geweckt hatten, und an die vielen Geschenke und natürlich an die schönen Geburtstagsfeiern. An diesem Geburtstag würde es keine Feier geben. Als wir aber von der Arbeit zurückkamen, rief Sari, die in einer anderen Baracke wohnte, Livi unter irgendeinen Vorwand zu sich herüber, so daß wir unsere Überraschung vorbereiten konnten.

Ich legte einen kleinen Tannenzweig in der Mitte ihres Bettes aus, und um ihn herum plazierten wir unsere mageren Geschenke: einen Schnürsenkel, einen Stummel Seife, eine kaputte Blechdose mit einem Rest Schönheitscreme. Diese wenigen Schätze hatten wir zwischen den Trümmern gefunden. Sussie schenkte ihre Marmeladenration und Magda ein Gedicht, das sie für diesen Anlaß geschrieben hatte. Ich konnte eine Brotration beisteuern, die ich über mehrere Wochen zusammengespart hatte. Wir schmückten ihr Bett mit vielen Tannenzweigen und -zapfen, und als sie kam, sangen wir "Happy Birthday".

Livis Erstaunen war sehenswert. "Ist das alles für mich?" fragte sie. Sie war zu überwältigt, sogar um uns zu danken. Sie trat an das Bett, nahm jeden einzelnen Gegenstand auf und wiederholte immer und immer wieder, "Meins. Für mich. Ich habe Geschenke bekommen. Ihr habt an meinen Geburtstag gedacht. Oh, Brot!"

Sie hob das Brot hoch und sah mich an.

"Deins?"

Als ich nickte, sagte sie: "Nein, ich kann es nicht annehmen.

Du darfst dein Brot nicht weggeben."

"Ich habe es seit langem gespart. Mach dir keine Sorgen um mich. Es ist mein Geburtstagsgeschenk für dich, und du mußt es ganz allein essen. Du darfst es keinem anderen anbieten. Selbst mir nicht."

Sie schaute auf ihre anderen Geschenke. "Marmelade! Oh, danke - wem soll ich dafür danken?" Sie sah den stolzen Blick in Sussies Augen und schloß sie in die Arme. "Brot und Marmelade! Was für ein Fest!" Sie schraubte die verbeulte Blechdose auf und schnüffelte an dem Inhalt. "Schönheitscreme!" Sie umarmte die Stifterin, Olga, und begann auf der Stelle, sich einzureiben. "Wie konntest du wissen, daß mein Gesicht so trocken ist? So trocken, daß es weh tut. Und Seife! Und einen Schnürsenkel! Was für Schätze! Wie kann ich euch allen danken? Ihr seid so gut zu mir. Und ich habe nichts, was ich euch anbieten könnte."

Die Mädchen aus der Küche brachten Kaffee, und wir saßen um Livi herum und warteten, daß sie das Brot aß. Eine von uns lieh ihr ein Taschenmesser, das sie gefunden hatte, und Livi schnitt eine Scheibe ab, so dünn, daß sie fast durchsichtig war. Langsam und feierlich bestrich sie sie mit einer hauchdünnen

Schicht Marmelade. Acht Paar Augen folgten der kleinsten ihrer Bewegungen.

"Schmier sie ein bißchen dicker. Du brauchst nicht zu sparen. Du mußt alles heute abend aufessen", sagte Sussie.

Livi trug ein wenig mehr auf und biß selig hinein. Als das Brot in ihrem Mund verschwand, begann auch ich zu kauen. Ich merkte es erst, als Livis Augen mich trafen.

Und dann sah ich plötzlich, daß alle anderen auch kauten. Livi hörte auf zu essen und bot uns den Rest des Brotes an. Ich stoppte sie. Das war doch ihr Geburtstag und ihr Brot, und niemand anderes sollte es anrühren! Sogar ich nicht. Aber sie konnte nicht essen, während acht Paar hungriger Augen jeden ihrer Bissen verfolgten. Am Ende mußte jede von uns eine Krume akzeptieren. So wollte sie eben ihren Geburtstag feiern.

Immer häufiger hörten wir nun von Paul und den anderen Kriegsgefangenen, daß Deutschland kurz vor der Kapitulation stehe. Diese Nachrichten wirkten wie Vitaminspritzen auf uns. Zwar war nach solchen Nachrichten die Wirklichkeit noch schwerer zu ertragen, aber die warme Frühlingssonne machte uns das Herz etwas leichter und gab uns einen Schimmer von Hoffnung. Es war Ende März. Hamburg wurde unaufhörlich bombardiert.

Pauls Briefe erzählten mir, daß die Russen vor Berlin ständen. In verschlüsselter Sprache schrieb er, daß er nicht die Absicht habe, das Ende in Hamburg abzuwarten, und fragte mich, ob ich mit ihm fliehen wolle. Er schlug vor, ich solle mich während eines Luftangriffs, wenn unsere Bewacher im Luftschutzkeller seien, aus dem Lager schleichen. Er machte sich Sorgen um meine Sicherheit und fürchtete, die Deutschen würden uns töten, bevor die Befreiungsarmee das Lager erreicht hätte. Er glaubte, seine Kenntnisse der Stadt nutzen und sich verstecken zu können, bis Hamburg befreit würde.

Ich dachte stark über seinen Vorschlag nach. Als ich aber mit Livi darüber gesprochen hatte, entschied ich, daß die Risiken zu groß waren. Die SS-Wächter ließen immer ihre Bluthunde los, bevor sie in den Luftschutzkeller gingen, und drohten, jeden zu erschießen, der die Baracken verließ. Natürlich war es ein Risiko zu bleiben - Pauls Ängste waren sicherlich begründet -, aber die Kraft, die eine Flucht erforderte, war mehr als ich besaß. Ich konnte nur den Weg des geringsten Widerstandes gehen. Was sein mußte, mußte sein. So schrieb ich an Paul, wünschte ihm viel Glück und versprach, Kontakt mit ihm aufzunehmen, falls wir beide überleben sollten.

Zwei Tage später brach im Lager eine große Aktivität aus, und das Gerücht verbreitete sich, es solle evakuiert werden. Die Sowjets seien auf dem Vormarsch - oder waren es die Briten? - und unsere Spuren müßten verwischt werden. Wir fragten uns bloß, wie sie uns wohl beiseite schaffen würden. Wir zweifelten nicht daran, daß wir nun sterben mußten. Unsere Bewacher schienen dasselbe zu denken. Wir wurden zum Appell gerufen und standen dort mehrere Stunden lang. Schließlich traf der Kommandant ein und befahl, uns in eine der Baracken zu pferchen, 200 in einen Raum, der bisher zwanzig Mädchen beherbergt hatte. Wir saßen auf den Betten und überlegten, was sie uns antun würden. Das Gedränge erinnerte uns unangenehm an die Situation in der Synagoge, vor unserer Deportation. Würde man uns wieder deportieren? Oder einfach umbringen? Niemand sprach. Wir warteten.

Nach einer Weile kam eine SS-Frau, die fette Marie, und befahl uns, uns auszuziehen. Wir gehorchten. Als jemand nach dem Warum fragte, erklärte sie, daß wir dort, wo wir hingingen, keine Kleider brauchen würden. Wir fielen einander in die Arme. Eine Frage brannte in meinem Kopf: Wie werden sie uns ermorden? Durch Erschießen? Als zwei Mädchen mit der Suppe kamen, glaubte ich, die Antwort zu wissen. Gift. Wir dürfen die Suppe nicht essen, dachte ich. Aber was dann? Wenn sie wollen, daß wir sterben, müssen wir ja irgendwie sterben. Ich sah kein Entrinnen.

Gerade in dem Moment trat der Kommandant ein und sah uns überrascht an. Er begann, uns anzubrüllen. Warum saßen wir alle nackt da? Als er die fette Marie erblickte, blaffte er sie an und befahl, uns unsere Kleider zurückzugeben. Sie gehorchte verschüchtert. Sie schien enttäuscht, nicht gleich einer Massenexekution beizuwohnen. Wir zogen uns wieder an und warteten weiter. Man fühlte sich ein bißchen besser, wenn man nicht nackt war.

Mir fiel eine alte jüdische Geschichte ein: Ein mit Armut geschlagener Vater, der in einem einzigen Raum mit seinen sieben Kinder lebte, geht zum Rabbi, um Trost zu suchen, und bekommt den Rat, seinen Ziegenbock mit in das Zimmer zu nehmen. Wenn das Gedränge und der Gestank unerträglich wurde, könnte er den Ziegenbock hinauswerfen, und dann würden alle ihr kleines Heim zu schätzen wissen. Ich schätzte unsere Situation nicht gerade, aber fühlte mich etwas ruhiger.

Nach ein paar Stunden wurden wir hinausgebracht und in der Abenddunkelheit zum Bahnhof transportiert. Ich dachte erneut an Paul. Ich fragte mich, ob er es geschafft hatte zu fliehen und ob es richtig von mir gewesen war zu bleiben. Die Zukunft würde es zeigen.

4. April 1945

Es war der 4. April. Wieder befanden wir uns in einem Frachtzug. Die alte Angst hüllte uns ein. Verriegelte Güterwagen mit vernagelten Fensterläden. Werden sie uns schließlich doch vergasen? Wir mußten es abwarten. Der Zug stand die ganze Nacht auf den Abstellgleisen. Wir wagten nicht zu schlafen. Ein schwaches Licht fiel durch die Ritzen der Fensterläden, als der Zug endlich anfuhr. Die Pfeife schrillte, und die Lokomotive keuchte durch die Morgendämmerung. Als der Tag zur Neige ging, wurde unsere Furcht durch Hunger und Durst übertroffen. Der Koteimer in der Ecke war bald voll und rann über. Mir wurde übel von dem Gestank. All das hatten wir schon einmal erlebt. Ich drehte mich um, um nach meiner Mutter zu suchen, sah aber im Grau nur die bleichen Gesichter meiner Leidensgefährtinnen. Ich tröstete mich mit der Hoffnung, daß es ein Leben nach dem Tode gibt und daß ich sie bald wiedersehen würde.

Es war vierundzwanzig Stunden her, daß wir zuletzt gegessen hatten. Das Wasser war seit langem ausgeteilt. Niemand redete. Der Zug rumpelte los, stoppte, fuhr wieder an, stoppte. Der Tag war weit vorgeschritten, als der Waggon endlich geöffnet wurde. Man befahl uns, den Eimer zu leeren, und gab uns Trinkwasser aus einer nahegelegenen Pumpe. Dann wurden die Waggons wieder verriegelt. Wir füllten unsere hungrigen Bäuche mit Wasser, trotz der Warnung, es lieber zu rationieren. Niemand wußte, wann wir das nächste Mal Wasser sehen würden.

Der verriegelte Zug stand still, als die Nacht hereinbrach. Wir saßen zusammengepfercht und ängstlich da, auf jedes winzige Geräusch von außen lauschend. Wir hatten immer noch keine Idee, wohin wir fuhren, aber es war leichter zu ertragen, wenn der Zug sich bewegte. Ich versuchte, ihn mit meinem Willen zum Anfahren zu zwingen, aber er rührte sich nicht von der Stelle. Plötzlich hörten wir ein Gepolter. Eine Waggontür wurde aufgerissen, und eine Salve von Schüssen ertönte. Das also war die Antwort, das hatten sie also mit uns vor. Wir sollten herausgelassen werden, eine Waggonladung nach der anderen, und in der Nacht erschossen werden. Livi und ich umklammerten einander und warteten, nicht wagend, uns zu bewegen. Vielleicht werden sie uns vergessen, wenn wir ganz still sind. Wir saßen wartend da, aber nichts passierte. Die Nacht war still. Keine anderen Geräusche waren zu hören. Aber wir wagten nicht zu schlafen.

Gegen Morgengrauen fuhr der Zug wieder los und kroch ins Unbekannte. Ein weiterer Tag verging, und eine weitere Nacht. Am dritten Morgen hielt der Zug. Die Türe wurden geöffnet. Ich war geblendet von dem starken Sonnenlicht. Ich hörte Vogelgezwitscher und, als sich meine Augen an das Licht gewöhnt hatten, sah ich tiefes Grün vor mir. Weite Felder, Gras, Bäume. Wohin waren wir gekommen? Sind wir noch am Leben?

Rauhe Befehlsschreie versicherten uns, daß wir immer noch bei der SS waren. Als wir vom Zug herunterkletterten, fanden wir uns vor einem Lager, das mit einem Stacheldraht umgeben war und über dessen Tor die mittlerweile vertrauten Worte prangten: *Arbeit macht frei.* Drinnen standen blasse, teilnahmslose Geister.

"Wo sind wir?" flüsterte ich einem von ihnen zu.

"Kein Gas, kein Brot, viel Arbeit", war die knappe Antwort.

So haben wir, dachte ich, vielleicht doch noch eine Chance. Wir hatten uns daran gewöhnt, ohne Essen zu sein, und waren immer noch fähig zu arbeiten. Wenn keine Gaskammer hier war, gab es Hoffnung. Später erfuhr ich, daß wir in Bergen-Belsen waren.

Bergen-Belsen

7. April 1945

Wir wurden in die Baracken geführt, die so ähnlich wie in Eidelstedt aussahen, und bekamen jeder ein Bett zugewiesen. Wir fielen sofort darauf, erschöpft und ausgehungert nach der langen Reise.

Lange Zeit passierte gar nichts. Wir warteten und hofften auf Essen. Der Nachmittag verging, aber niemand kümmerte sich um uns. Schließlich kamen einige Mädchen aus der Küche mit einem Kessel voll Suppe. Als ich an die Reihe kam, versuchte ich, das Mädchen mit meinem Willen zu zwingen, tief auf dem Boden des Kessels zu stöbern. Gemüse, vielleicht sogar ein bißchen Fleisch! Langsam tauchte sie die Kelle ein, füllte sie und goß eine braune, übelriechende Brühe in meinen Napf, die überwiegend aus Wasser zu bestehen schien, mit etwas Gemüse darin. Kohl, Zwiebeln? Ich konnte es nicht sagen. Aber nach drei Tagen ohne Nahrung war es ein gutes Gefühl, wenigstens die Eßbewegungen auszuüben: Löffel in die Suppe tauchen, ihn zum Munde führen, schlucken und die heiße Flüssigkeit durch den Körper laufen lassen. Ich aß langsam, um es dauern zu lassen. Wir bekamen kein Brot.

Am Abend wurden wir zum Appell gerufen, und am nächsten Morgen wieder. Ansonsten geschah nichts. Morgens bekamen wir "Kaffee", mittags eine dünne Suppe und abends wieder "Kaffee". Nach ein paar Tagen erhielten wir Brot, aber nur einmal. Nie wieder sahen wir Brot, auch kein Wasser. Viele Mädchen gingen nach draußen und tranken aus den schmutzigen Pfützen im Hof, obwohl dies verboten war; aus Angst vor Typhus oder nur um uns zu foltern?

Eines Tages, auf dem Weg zur Latrine, sah ich auf der anderen Seite des Zaunes eine Frau in Lumpen auf eine Pfütze zugehen. Die Wächter in Belsen waren meist ungarische Soldaten, und ich hörte, wie einer der Frau zuschrie: "Stehen bleiben!" Sie aber achtete nicht darauf und beugte sich nieder, um zu trinken. Ein Schuß ertönte, und sie fiel um.

Eines Morgens trat ein SS-Mann in die Baracke und fragte, ob jemand sich freiwillig zur Arbeit melden wolle. Das würde mit einem extra Napf Suppe belohnt werden. Ich meldete mich ohne eine Vorstellung davon zu haben, was es für Arbeit sein mochte. Wir wurden hinter die Baracken geführt, wo große Berge von Leichen verstreut lagen, bekamen Spaten in die Hände gedrückt und den Befehl, tiefe Gräber zu schaufeln, um die Toten darin zu beerdigen. Ich sah die Körper an und machte mich an die Arbeit, ohne jedes Gefühl. Es hätten ebenso gut Holzklötze sein können. Ich überlegte noch nicht einmal, daß ich unter denen, die da lagen, hätte sein können.

Meine bis zum Skelett abgemagerten Kameradinnen und ich gruben kräftig. Als der SS-Mann zum Mittagessen pfiff, war ich völlig erschöpft. Wir erhielten eine dicke Suppe mit Gemüse, und meine enthielt sogar einen Fleischknochen. Als wir fertig waren, bemerkte ich, daß etwas im Kessel übriggeblieben war. Ich dachte, ich werde etwas für Livi mitnehmen. Ich stellte mich wieder an, und als mein Napf nachgefüllt war, setzte ich ihn zur Seite mit dem Gedanken, wie glücklich sie diese Überraschung machen würde.

Als ich nun saß und mich ausruhte, schien der Napf zu mir zu sprechen, mich zu verführen, meine Meinung zu ändern. "Wie gut ich rieche, wie dick ich bin", schien er zu sagen. Aber ich stählte mich selbst. Das war für Livi, wie sehr auch immer mein Magen danach schreien mochte. Aber die Suppe fuhr fort: "Sie liegt bloß auf ihrem Bett. Sie tut überhaupt nichts. Du schuftest. Du brauchst mehr Nahrung. Trink mich auf, schnell. Vielleicht ist genug da für einen zweiten Nachschlag, und dann wirst du keinen Napf haben, um ihn zu bekommen. Du wärst doch dumm, einen Nachschlag zu verpassen, nur weil du keinen leeren Napf hast."

Diesem letzten Argument konnte ich nicht widerstehen. Ich hoffte auf einen zweiten Nachschlag, ich trank den ersten. Ich tat es langsam; da mein schlimmster Hunger befriedigt war, konnte ich jeden Löffel voll genießen. Ich behielt ihn in meinem Mund und kostete ihn aus, solange ich konnte, bevor ich ihn herunterschluckte. Als ich fertig war, sah ich auf und wartete auf die nächste Ausgabe. Aber nichts. Die Suppe war alle, und die Mädchen aus der Küche sammelten die Kübel ein und brachten sie zurück.

Ich saß mit vollen Magen da und kneifendem Gewissen. Ich hatte meine kleine Schwester betrogen. Ich hatte ihre Suppe getrunken. Ich war die Niedrigste der Niedrigen. Auch nicht besser als all die anderen. Ich hatte nur an mich selbst gedacht. Mit welchem Abscheu hatte ich nicht diejenigen verachtet, die ihre Geschwister bemogelten oder ihre Mütter bestahlen. Konnte ich diesen Betrug an ihr je wieder gut machen? Ich hatte das Gefühl, nicht nur sie betrogen zu haben, sondern auch meine Mutter, die sie meiner Obhut anvertraut hatte.

Aber wir hatten uns alle verändert. Die meisten zum Schlechteren; einige zum Besseren. Einige hatten sich als nobel und selbstlos erwiesen. Ich werde nie Maria, ein Dienstmädchen, vergessen, die ihre alte Herrin im Lager entdeckte. Wie selbstlos sie sie umsorgte, immer bereit, hungrig zu bleiben, bis die zerbrechliche alte Dame etwas zu essen bekommen hatte. Und meine eigene Tante, die ich nie gemocht hatte, weil sie so selbstsüchtig und garstig zu uns Kindern war. Sie hatte keine eigenen Kinder, und wir dachten immer, sie möge uns nicht. Aber nun änderte sie sich völlig. Sie sorgte für ihre Nichte Judith als wäre sie ihre eigene Tochter. Wann immer es ihr gelang, etwas zusätzlich zu bekommen, gab sie es Judith. Judith selbst erzählte es mir nach dem Krieg.

Aber das war die Ausnahme. Die meisten Leute dachten nur an sich selbst. Sie konnten ihre Mütter schlagen und das Brot ihrer Geschwister stehlen. Nun fühlte ich mich wie eine von ihnen.

15. April 1945

Wir liegen apathisch auf unseren Betten. Jemand fragt: "Wie lange sind wir hier?"

"Wer weiß? Eine Woche? Einen Monat? Ein Jahr?"

"Welches Datum ist heute?"

Jemand sagte: "Der fünfzehnte April."

"Schade", sagte ich. "Ich habe die Wette verloren. Sussie, du mußt mir Kredit geben. Wir werden heute kein Brot bekommen."

Sussie hatte kaum die Kraft zu antworten. Wir waren nicht mehr hungrig, nur unglaublich schwach. Uns fehlte die Kraft, um irgendeine unnötige Bewegung zu machen, irgendein nutzloses Wort zu sagen. Ich lag nur da: Ich glaube nicht einmal, daß ich einen Gedanken im Kopf hatte. Ich hatte das Gefühl, ich schwimme in einem Vakuum. War es das, was man Nirwana nannte?

Als der Tag voranschritt, war plötzlich Lärm draußen. Das Mädchen, das am dichtestem am Fenster lag, schrie hysterisch: "Britische Panzer!"

Armes Kind, sie ist im Delirium, dachte ich. Ich machte mir nicht einmal die Mühe zu gucken.

Einige Stunden vergingen. Dann waren neue Geräusche vom Hof zu hören. Jemand in der obersten Koje setzte sich auf, schaute durch das Fenster und schrie: "Seht! Seht doch! Die Soldaten rennen!"

"Sie tragen weiße Armbinden", rief eine andere.

"Seht mal, ein britischer Soldat!"

Zweifellos war etwas im Gange. Mit Mühe kam ich auf meine Füße und torkelte zum Fenster. Ich sah - oder träumte ich? Hatte auch ich zu halluzinieren begonnen? Ich war nicht sicher, aber ich meinte, uniformierte Soldaten gesehen zu haben, die keine Deutschen waren. Wir waren befreit worden. Und es war der 15. April.

In diesem Augenblick fühlte ich nur eine unbeschreibliche Müdigkeit. Ich ging zum Bett zurück und wollte nur schlafen. Aber plötzlich begann mein Geist zu arbeiten. Ich begann Pläne für morgen zu machen. Morgen, morgen werde ich nach Vater suchen. "Er ist am Leben, er muß am Leben sein." Ich versuchte, mich selbst zu überzeugen, und dachte an die Zeit zurück, als ich in dem Zug nach Hamburg gesessen hatte, und ein Mädchen mit einem Gruß von Szmuk gekommen war.

In der Baracke herrschte Schweigen. Das Freudengeflüster war verstummt. Die meisten Mädchen schliefen bereits, erschöpft.

"Morgen, morgen werden wir zu leben anfangen."

Morgen konnte ich in den verschieden Lagern herumgehen. Keine Bewacher, kein Stacheldraht konnten mich davon abhalten, nach meinem Vater zu suchen. Ich würde ein Lager nach dem anderen durchkämmen. Als ich einschlummerte, sah ich mich selbst durch Zäune steigen, als wären es Spinngewebe. Nun sind wir frei.

Freiheit. Ich konnte nicht völlig begreifen, was das bedeuten mochte. Aber eines wußte ich: Ich lebe, nachdem ich tot gewesen bin. Ich starb in der Nacht des 17. Mai 1944, die Nacht, als wir nach Auschwitz kamen. Aber jetzt lebe ich wieder. Mir ist ein Nachschlag Leben gewährt worden. Von nun an werde ich meinen Geburtstag am 15. April feiern. Wer weiß, was für ein Leben mich erwartet? Was immer mir auch geschieht, es wird einem anderen Ich geschehen, dem nichts mehr von dem Mädchen geblieben ist, das an einem Junitag 1924 in Sighet geboren wurde.

Als der nächste Tag dämmerte, hielt es niemanden mehr in seiner Koje. Schwach wie wir waren, gingen wir hinaus in den

Hof, um zu sehen, was passiert war. Jede von uns wurde von etwas getrieben, das stärker als sie selbst war. Die meisten machten sich auf die Suche nach etwas zu essen und zu trinken, ich nach meinem Vater. Das rettete mir noch einmal das Leben.

Wir waren ausgehungert und ausgetrocknet. Die britischen Soldaten starrten mit Abscheu und Mitleid auf uns, als könnten sie ihren Augen nicht trauen. Wie sollten sie auch? Diese wandelnden Skelette - "Muselmanen", wie wir uns selbst nannten, an Fakire denkend - waren wir menschliche Wesen? Sie hatten so etwas noch nicht gesehen. Kriegsgefangene hatten sie befreit, ja, aber noch keine lebenden Leichen. Sie wollten helfen, und wenn jemand um Nahrung bettelte, schenkten sie großzügig. Sie gaben ihre Rationen - Büchsen mit Schinken, gebackene Bohnen, dicke Suppen: reiche, schwere Nahrung, für gute, kräftige Soldaten. Sie waren voller Güte; wie konnten sie wissen, daß verhungernde Menschen solche Lebensmittel nicht essen dürfen? Zweifellos waren sie glücklich, Dankbarkeit und Freude in unseren vorher toten Augen aufleuchten zu sehen, als sie uns alles gaben, was sie besaßen. Aber die Mägen reagierten mit tödlicher Wirkung. Alle, die ihre Gaben aßen, bekamen Ruhr. Viele starben.

Wir wußten damals nicht, was die ersten Durchfallattacken verursachte. Ein Gerücht kursierte, die Deutschen hätten unsere letzte Brotration vergiftet oder Glaspulver hineingestreut. Erst viel später wurde mir klar, daß es das schwere Essen und das schmutzige Wasser gewesen sein mußten. Nun, da keine Bewacher uns mehr davon abhielten, tranken alle aus den Pfützen.

Ich konnte weder an Essen noch an Trinken denken und entrann so dem reichen Inhalt der britischen Proviantdosen. Ein gütiger Soldat schenkte mir ein paar Runkelrüben, und, gestärkt von ihnen, begann ich herumzuwandern. Die Tore, die die verschiedenen Lager voneinander getrennt hatten, waren zerstört, so war es möglich, von einer Baracke zur anderen zu gehen. Ich traf mehrere Männer aus Sighet, aber niemand wußte etwas von meinem Vater. Ich stieß auch auf die Schwester meines früheren Freundes Puiu, sterbend, von Krätze übersät, auf einem Lumpenhaufen liegend. Sie schenkte mir ein schwaches Lächeln des Erkennens, und ein kleiner Funke trat in ihre Augen, als ich versprach, morgen mit Nahrung, Seife und Kleidern zurückzukommen. Am nächsten Tag war sie tot.

Ich fand meinen Vater nicht. Aber ich fand Michael. Er saß gerade an einem Feuer und grillte fünf Kartoffeln, die ihm ein Soldat geschenkt hatte, und sobald er mich sah, gab er mir drei. Er war mit dem gleichen Transport wie wir nach Auschwitz gekommen und erzählte, daß man meinen Vater nach links geschickt hatte und es Onkel Alex gewesen war, der die Grüße aus der Bäckerei an den Zug geschickt hatte, der einzige der Geschwister meines Vaters, der überlebte.

So war auch Vater tot. Ich konnte nicht weinen. Ich hatte keine Tränen mehr. Ich hatte sie alle geweint.

Beim Umherwandern in den Lagern hatte ich mich angesteckt. Ich hustete und war fiebrig, weigerte mich aber zu akzeptieren, daß ich krank war. Es gab so vieles, was ich tun mußte, nun da wir frei waren. Ich mußte Nahrung, Kleidung und andere lebensnotwendige Dinge organisieren. Ich arbeitete, bis ich zusammenbrach. Es war kein Armeearzt da, und so suchte Livi einen der befreiten Häftlinge, der vor dem Krieg bei uns als Arzt gearbeitet hatte. Er selber war mehr tot als lebendig, an Ruhr leidend und sehr schwach. Mühsam schleppte er sich zu meinem Bett und untersuchte mich zerstreut. Seine Diagnose war Typhus, an der nun die meisten Gefangenen litten Ich fühlte mich sehr krank und sehnte mich danach zu hören, daß meine Ängste übertrieben seien.

Ich sagte: "Ich glaube, ich werde sterben. Mein Herz schlägt so stark, als wollte es aus meiner Brust springen."

Er schaute mich mitleidig an, machte aber keine Anstalten, mir zu widersprechen. Ich las in seinen Augen: "Es tut mir leid um dich, aber wenn so viele sterben, was macht eine mehr aus?"

Ich drehte mich zur Wand und wartete auf den Tod. Das Fieber stieg, und ich hatte das Gefühl, als glitte ich in einem Ballon dahin, der größer und größer wurde. Der Ballon und ich glitten zusammen, und ich wußte, wenn der Ballon platzte, würde auch ich vergehen. Kalter Schweiß durchtränkte mich. Danach erinnere ich mich an nicht mehr viel, außer, daß ich eines Morgens die Augen öffnete und feststellte, daß ich nicht tot war.

Es folgte eine lange Rekonvaleszenz. Livi versorgte mich mit wundervoller Geduld. Sie zwang mich aufzustehen und ein paar zitternde Schritte zu gehen. Ich lernte wieder laufen. Meine kleine Schwester war in einer Nacht erwachsen geworden. Sie übernahm das Zepter, organisierte Essen, kochte nahrhafte Suppen und pflegte mich wieder zu Kräften. Ich weiß nicht, wie lange es dauerte, aber sie schaffte es. Langsam, langsam, gewann ich meine Beine wieder. Jeden Tag wurde ich ein bißchen stärker, und schließlich war ich gesund. Erst jetzt erfuhr ich, daß wir nicht mehr in den Baracken wohnten, sondern in die früheren Soldatenquartiere außerhalb des Lagers umgezogen waren. Dann erzählte man mir, daß die Briten den ganzen Lagerkomplex niedergebrannt hatten.

Die Besatzungsmächte nahmen sich unser an. Sie gaben uns täglich gute Brotrationen und zweimal am Tag Suppe. Aber unser Hunger war nicht leicht zu stillen. Wir brauchten mehr. Um mehr Nahrung und andere, über das Lebensnotwendigste hinausgehende Dinge zu beschaffen, entschloß ich mich, Arbeit zu suchen. Ich hörte, daß die Briten zu jedermann großzügig waren, der ihnen bei der Verwaltung der Lager half. Ich sprach ein wenig Englisch, so ging ich zu den Behörden und fragte, ob sie einen Dolmetscher brauchten. Sie taten es, und so wurde ich zum Wohlfartsbüro geschickt, wo eine Gruppe weiblicher Offiziere unter der Leitung von Frau Montgomery, der Schwägerin des Generals, arbeitete. Man akzeptierte mich, um vom Ungarischen ins Englische und umgekehrt zu übersetzen. Ich hatte auch langweiligere Dinge zu tun, wie saubermachen, Botengänge erledigen und Tee kochen. Erwartungsvoll dachte ich an das, was vom Tisch des reichen Mannes herunterfallen mochte. Am ersten Tag schon wurden meine Hoffnungen erfüllt, denn ich durfte alles mit nach Hause nehmen, was vom Tee der Ladies übriggeblieben war. Als ich

Milch, Sandwiches, Schinken und ein dickes Stück Kuchen auspackte, schauten mich meine Freundinnen an, als wäre ich der Weihnachtsmann.

Wir sieben, die seit der Abfahrt aus Hamburg zusammengehalten hatten, waren zu einer kleinen Familie geworden, und da ich Arbeit gefunden hatte, wurde ich als der Ernährer betrachtet. Wir übernahmen Rollen. Teri, die gut kochen konnte, war die Mutter und die übrigen die Schwestern, die ihr zur Hand gingen, jede nach ihren Fähigkeiten.

Die wertvollste Handelsware waren Zigaretten. Nach den selbstgerollten Versuchen mit Blättern und Zeitungspapier sehnten sich die Raucher nun nach etwas Richtigem. Camel und Philip Morris erschienen wie eine Fata Morgana. Diejenigen, die nicht rauchten, verkauften sie teuer gegen das, was zu bekommen war. Die Soldaten gaben großzügig, und bald wurden Zigaretten zu einer harten und sicheren Währung. Man konnte alles mögliche mit ihnen kaufen. Eine Scheibe Brot kostete fünf Zigaretten, ein Stück Fleisch zehn. Ich rauchte nicht, und hortete jede Zigarette, die mir unter die Finger kam. Abends saßen wir um mein Bett herum, holten unsere Pappschachtel heraus und zählten unser Aktivvermögen. Meistens verwendeten wir sie, um Lebensmittel zu kaufen, gelegentlich auch Kleidung. Wir gingen in das nahegelegene Dorf und nahmen uns alle Eßsachen und Kleidungsstücke, deren wir habhaft werden konnten. Wir hatten nicht das Gefühl, etwas zu stehlen. Man hatte uns alles geraubt, was wir besessen hatten, und jetzt holten wir uns einfach etwa zurück, damit wir was auf die Rippen bekamen und unsere immerhungrigen Bäuche füllen konnten.

Eines Freitags Morgen, als ich mich auf den Wege zum Hauptquartier machen wollte, sah ich, wie Livi sich auf ihre Arbeit vorbereitete. Das dünne, schlacksige Mädchen, das ich immer noch für ein Kind hielt, saß vor einem Spiegel und schminkte sich. Sie trug Rouge auf ihre Wangen, malte sich die Lippen rot, bürstete ihre wieder glänzenden Haare und übte, verliebte Augen zu machen.

"Was tust du denn da?" fragte ich.

"Ich mache mich hübsch."

"Warum mußt du so aussehen?"

"Was meinst du?"

"Geschminkt."

"Du weißt doch, es ist leichter, einen Tommy für dich zu interessieren, wenn du hübsch aussieht. Wie soll ich sonst Zigaretten bekommen?"

Ich glaubte nicht, daß sie Tragweite ihrer Worte begriff. Aber als ich es ihr zu erklären versuchte, wollte sie nichts hören.

"Was macht es denn, wenn sie mich küssen?"

"Aber angenommen, sie wollen mehr? Was wirst du dann tun?"

"Sie natürlich wegschubsen."

"Wenn sie aber darauf bestehen?"

"Dann schlage ich sie."

Ich konnte sie nicht ins Wanken bringen. Sie war fest entschlossen, ihren Beitrag zu unserem Lebensunterhalt zu leisten. Und sie hatte Erfolg. Ihre kindliche Naivität überdauerte ihr Make-up, so daß die britischen Soldaten verstanden, warum sie sich angemalt hatte. Beladen mit Zigaretten, einer lebenden Henne und mehreren Hemden kehrte sie zurück.

"Wie in aller Welt hast du das geschafft?" fragte Teri.

"Ich bin auf die Hauptstraße gegangen und in Richtung Dorf gelaufen. Du weißt, die meisten Häuser sind leer, seit die Deutschen weggegangen sind. Unterwegs habe ich ein paar Hemden auf einer Leine trocknen sehen, und weil da keiner wohnte, habe ich gedacht, daß sie keiner braucht. Du und Rózsi ihr habt keine Hemden, hier ist eins für euch. Dann bin ich weitergegangen, und ein Lastwagen mit Soldaten kam vorbei. Sie haben angehalten und mich gefragt, wohin ich ginge. Ich habe es ihnen gesagt, und sie haben mich mitgenommen. Sie waren ganz meiner Meinung, daß ich ein Recht auf das hätte, was den Deutschen gehört. Sie erzählten mir auch, daß sie deutschen Offizieren Sachen weggenommen und den Ex-Häftlingen gegeben hätten. Sie waren nett. Einer besonders, Jim. Der war sehr nett. Er hat mir Schokolade geschenkt, und weil ich nicht rauche, hat er mir ein Päckchen Zigaretten gegeben, damit ich es mit nach Hause nehme. Er hat versprochen, am Samstag hierher zu kommen, mit ein paar Dosen und anderen Sachen. Dann bin ich durch das Dorf spaziert, um zu sehen, was ich finden könnte. Ich sah eine Henne im Graben scharren, und niemand schien sich um sie zu kümmern, so habe ich sie gepackt, und hier ist sie."

Mit einem Ausdruck des Triumphes hielt sie die verschreckte Henne in die Höhe. Sie, die jüngste von uns, verschaffte uns unser erstes Geflügelessen. Nun würden wir ein richtiges Sabbatmahl bereiten, wir konnten Mehl mit unseren Zigaretten kaufen, *Challe* backen, Hühnersuppe kochen und zwei Talgkerzen anzünden, die ich Anfang der Woche von einem britischen Soldat bekommen hatte.

An diesem Abend saßen wir um den Tisch herum, der mit einem weißen Tuch gedeckt war, das Sussie irgendwie ergattert hatte, und sahen die Flammen der Sabbatkerzen in der Dunkelheit tanzen. Wir segneten und aßen das Sabbatbrot *Challe*. Teri servierte die Suppe und das Fleisch, und als wir so aßen, erwachten in uns die Erinnerungen. Eine nach der anderen erzählte von früheren Sabbatfesten, und wir sangen Lieder, die wir von unserer Kindheit kannten. Wir weinten vor Sehnsucht nach unseren Eltern, umarmten einander und waren dankbar, daß wir zusammen sein durften.

Es wurde wärmer, die Sonne schien und die Vögel sangen uns zu in unserer neugewonnenen Freiheit. Ich war wieder ein junges Mädchen. Ein Interesse verdrängte alle anderen: Jungen. Das stimmte für uns alle. Wir wogen nicht mehr als sechsundfünfzig oder siebzig Pfund und hatten immer noch nicht unsere Regelblutungen bekommen, aber unser Haar war gewachsen, und das war die Hauptsache. Wir fühlten uns wieder als Frauen, malten uns die Lippen rot und versuchten, die britischen Soldaten zu becircen. Kleine Romanzen begannen zu blühen, die manchmal in kleine Tragödien endeten. Man hatte uns von unseren Familien weggerissen, und nun trieb es uns, bewußt oder unbewußt, zu neuen Bindungen.

Mehrere unserer Freundinnen waren im Krankenhaus. Ihre geschwächten Körper hatten keine Widerstandskraft und wurden von verschiedenen Krankheiten heimgesucht. Die meisten hatten Typhus oder Erkältungen, die sich zu Lungenentzündungen entwickelten, oder Tuberkulose. Ich dachte nicht viel an sie. Ich war selbstsüchtig. Die einzige, die ich gelegentlich besuchte, war Magda, die Diphtherie hatte. Sie hatte sich so sehr auf die Freiheit gefreut. Aber hungrig wie sie war, hatte sie gierig die fette Dosennahrung gegessen und am nächsten Tag einen schweren Durchfall bekommen, der sich zu Diphtherie entwickelt hatte. Man hatte sie ins Armeehospital gebracht, wo man eine angeborene Herzkrankheit diagnostizierte. Deshalb lag sie jetzt im Sterben. Als ich sie besuchte, war ihr einziger Wunsch, einen Gruß an Vera zu schicken, die sie gerade, bevor sie krank geworden war, wiedergefunden hatte. Vera war ihre Lieblingskusine und die einzige Überlebende ihrer Familie. Ich versprach es ihr, obwohl ich wußte, das Vera am Tag zuvor an Typhus gestorben war. Wie bei vielen Familien, war niemand übriggeblieben, niemand konnte nach Sighet zurückkehren, vom Schicksal der Familie erzählen und eine neue Familie gründen.

Aber wir, die überlebt hatten, würden das tun.

Ich glaube nicht, daß wir uns dieses Zieles bewußt waren. Sogar Bözsi verhielt sich gegen ihren sonstigen Charakter. Sie war die älteste von uns und hatte, nachdem, was ihre Schwester Olga erzählte, sich nie für Jungen interessiert. Sie war nicht schön. Sie hatte ein sommersprossiges Gesicht, eine spitze Nase und hohle Wangen. Ihr Haar war rot und spärlich; die Kopfhaut schien durch und ließ sie aussehen, als wäre sie noch kahl. Sie hielt sich krumm, und wenn sie ging, sah ihr dünner Körper aus wie eine von einer unsichtbaren Hand geführten Sichel. Wir hatten keine Stühle und mußten auf unseren Betten sitzen, aber keiner durfte sich ihrem Bett nähern. Wenn eines der anderen Mädchen, das uns besuchte, es einmal ahnungslos tat, erhob sie ihre müde Fistelstimme und keifte die Übeltäterin an. Setzte sich aber ein Mann darauf, spazierte sie vor dem Bett auf und ab und flirtete mit ihm. Sie sagte nichts, guckte ihn nur glücklich an und liebkoste ihn mit ihren kleinen, wäßrigen Augen.

Olga war die Begehrteste. Ihr herrliches Haar war wieder gewachsen, und ihre eingefallenen Wangen hatten sich wieder zu füllen begonnen. Ihre Haut schimmerte wie Elfenbein, ihre Augen glänzten klar, und ihr fröhliches Lachen versetzte alle in gute Laune. Sie war natürlich geschmeichelt, daß die meisten männlichen Besucher ihretwegen kamen. Aber sie verwarf eine Romanze nach der anderen. Man wußte nie, wer gerade in ihrer Gunst stand. Sie verabredete sich mit einem Verehrer, ging aber mit einem anderen aus. Wir freuten uns über ihre Triumphe, obwohl mehrere von uns neidisch waren.

Das Leben floß leicht in den früheren Baracken dahin. An der Oberfläche schien es fast normal, eine Frauenwelt voller Klatsch und Intrigen, kreisend um Nahrung und Männer. Wir dachten weder an die Vergangenheit noch an die Zukunft. Nur das Heute zählte: den Bauch füllen und eine kleine Romanze. Aber wir wußten, daß wir zur richtigen Zeit nach Sighet und zur Realität zurückkehren würden.

Sussie war in Verlegenheit. Sie wußte nicht, was sie mir für die Wette, die ich gewonnen hatte, geben sollte. Aber sie war ja krank, und ich beruhigte sie, indem ich ihr sagte, daß ich gern wartete.

Ein neuer Anfang

3. Juli 1945

Wir saßen im Zug von Lübeck nach Travemünde. Es dämmerte, und die wenigen von uns, die noch nicht schliefen, saßen plaudernd im Abteil. Der Zug eilte durch den Norden Deutschlands. Wir warfen kaum einen Blick auf die Moorlandschaft, die am Fenster vorüberflog. Was gewesen war, war Vergangenheit. Nun winkte die Zukunft. Ein neues Leben erwartete uns. Das Unmögliche war geschehen: Wir hatten überlebt.

Der Schaffner trat in das Abteil und fragte in Deutsch: "Wie geht es euch, Mädchen?"

"Gut", sagte ich. "Aber es wäre schön, wenn wir uns hinlegen könnten. Wir sind sehr müde."

"Ich weiß nicht, ob noch Schlafwagen frei sind. Ich gehe mal nachsehen."

"Kann ich mit Ihnen kommen?" fragte ich. "Meine Kusine ist in einem von ihnen. Ich würde sie gern begrüßen."

Wir gingen den Gang hinunter. Die Kranken lagen in Schlafwagen zweiter Klasse. Die Sichtscheiben, die vor kurzem noch die selbstsicheren Blicke auf Heimaturlaub fahrender deutscher Offiziere reflektiert hatten, spiegelten nun abgemagerte Gesichter und leblose Augen wider.

Schließlich fanden wir Sussie, die mit einem anderen kranken Mädchen auf einer Schlafbank lag. Sussie war bleich und schwach, ein Schatten des Schattens, an den ich gewöhnt war. Ihr

Schädel war kahl. Der Typhus hatte ihr die Haare geraubt. Als sie mich erblickte, versuchte sie zu lächeln, aber ihre Stimme war kaum zu hören.

"Schön von dir, daß du kommst. Brauchen wir noch lange, bis wir in Schweden sind?"

"Wir werden morgen früh in Travemünde ankommen, dann nehmen wir ein Schiff nach Malmö. Es kann ein paar Tage dauern."

"Glaubst du, ich werde es schaffen?"

"Natürlich wirst du das. Das Schlimmste ist nun vorüber. Man wird sich um uns kümmern in Schweden. Bald bist du wieder gesund."

"Wie wundervoll dein Haar ist. Sieh mich an. Ich habe fast keins mehr."

"Du bekommst alles zurück, wenn du gesund bist. Es wird wieder wachsen."

"Glaubst du wirklich?"

Ich versuchte, sicher zu klingen, obwohl ich es nicht war. Aber sprechen strengte sie an, und sie verfiel in Schweigen. Ich saß auf der Ecke ihrer Bank, nahm ihre knochige Hand und streichelte die pergamentartige Haut. Ich wußte nicht, was ich sagen sollte. Ich hoffte, daß sie gesund würde. Ich dachte an Magda, die im Hospital in Bergen-Belsen im Zimmer neben ihr gelegen hatte. Sie war am 2. Juli gestorben, dem Tag bevor wir abfuhren. Als hätte sie meine Gedanken gelesen, fragte Sussie: "Wie geht es Magda?"

"Es geht ihr besser", antwortete ich. Ich wagte nicht, ihr die Wahrheit zu sagen. Sie würde es rechtzeitig erfahren. Gerade jetzt brauchte sie ihre ganze Kraft.

Der Zug pfiff und hielt an einer Station an. Ich stand auf und sah auf den verlassenen Bahnsteig. Ein Arbeiter stand allein dort mit einer roten Flagge, sein neugieriger Blick schweifte von mir auf das rote Kreuz am Zug. Wußte er, wer wir waren? Wahrscheinlich nicht.

Die Pfeife ertönte und der Zug fuhr an. Ich saß wieder auf der

Ecke der Bank, hörte den Rädern zu und versuchte zu verstehen, was sie sagten: "Sie - wird - gesund - sie - wird - gesund - sie wird gesund - sie wird gesund", sangen sie, als sie an Geschwindigkeit gewannen. Ich sah auf Sussie, um ihr zu erzählen, was ich gehört hatte, aber das monotone Rattern hatte sie schon in den Schlaf geschickt.

Ich kehrte zu meinem Abteil zurück. Die anderen saßen da, wie ich sie verlassen hatte, plaudernd, lachend, träumend. Sie hatten sich so viel zu erzählen, diese neuen Freundinnen: ihre Kindheit, ihre Liebesgeschichten, ihre Träume. Alles, nur nicht das, was sie gerade hinter sich gelassen hatten.

Wir waren sechs Mädchen im Abteil. Zwei aus Sighet und vier aus Satu-Mare. Wir hatten uns zueinander hingezogen gefühlt, als wir erfuhren, daß wir alle mit diesem Zug fahren würden. Wir kamen gut miteinander aus, waren ungefähr im gleichen Alter und schienen die gleichen Interessen zu haben.

Adela sprach von ihren Büchern, die sie gelesen hatte, und die Kurse, die sie besuchen wollte, wenn sie zurück nach Rumänien käme. Isa berichtete über ihre Erfahrungen in ihrer Kommunisten-Gruppe, von der antifaschistischen Arbeit, die sie vor der Deportation getan hatte und die sie fortsetzen wollte. Sie war die älteste von uns und immer noch entflammt von diesen Ideen. Sie beschrieb das Jahrtausend, das uns erwartete, und wiederholte ständig: "Denkt daran, Mädchen, was geschehen ist, darf nicht wieder geschehen. Nur Kommunisten können das verhindern."

Ihre Schwester Rella war schweigsam. Sie verehrte ihre große Schweser und wagte nicht, in ihrer Gegenwart zu sprechen. Sowieso war sie zu jung, um irgend etwas zu erzählen, was die großen Mädchen beeindrucken konnte. Aber auch sie hatte Träume, die sie verwirklichen wollte. Sie träumte davon, zur Schule zu gehen, etwas zu lernen und etwas Eigenständiges zu werden, nicht nur ein Schatten ihrer großen Schwester.

Kati erzählte meistens von ihrem ältesten Bruder Gyuri und ihre Hoffnungen, ihn wiederzusehen. Sie war diejenige, die immer an andere dachte, die Selbstloseste unter uns Egoisten. Wir waren mit unseren eigenen Prolemen beschäftigt.

Als ich hereinkam, diskutierten sie gerade über das, was in Lübeck geschehen war, nachdem wir dort von Bergen-Belsen angekommen waren. Ich sah wieder das große Zelt vor mir, in dem das schwedische Rote Kreuz uns duschen und die Kleider wechseln ließ.

Wir und unsere Kleidung mußten desinfiziert werden, bevor sie uns nach Schweden weiterschicken wollten.

"Erinnerst du dich an den schönen Schweden, der in das Zelt kam, als wir unter der Dusche standen?" fragte Livi.

"Komisch, daß Männer uns gewaschen haben. Ich habe mich geschämt, als ich nackt da stand", sagte Rella.

"Ich habe mit diesem schwedischen Mädchen Marianne gesprochen, die bei ihnen war", sagte ich. "Sie sagt, es sei normal in Schweden, daß Mädchen und Jungen zusammen baden. In ihren Badehäusern gibt es Wärterinnen, die die Männer schrubben, und ganz oft waschen auch Männer die Frauen. Das ist seltsam."

"In was für ein Land kommen wir denn?"

"Sie müssen sehr nett sein. Ihre Königin hat uns zu einem Ferientag in ihr Schloß eingeladen. Ein Mädchen im Zug hat gesagt, sie habe gehört, die Königin selbst würde an die Grenze kommen und uns dort in Empfang nehmen, um uns allen schöne Kleider und jedem eine goldene Armbanduhr zu schenken. Sogar ein Abendkleid."

"Aber wie wird das Essen sein? Sie sind so dünn, diese Schweden. Glaubt ihr, sie geben uns genug zu essen?"

"Sie wissen, daß wir ausgehungert sind. Sie werden uns genug geben. Wir werden geehrte Gäste sein. Schließlich haben sie uns ja eingeladen."

"Ich werde von allem zwei Portionen nehmen und etwas beiseite schaffen, falls sie uns nicht oft genug füttern."

"Glaubt ihr, daß sie so gutes Essen kochen können wie bei uns zu Hause?"

"Mutters Fleischklöße wirst du nie wieder kosten", sagte ich zu Livi. "Aber ich werde für dich genauso gute machen, sobald ich die Gelegenheit dazu bekomme. Ich erinnere mich, wie Mutter sie gemacht hat."

"Wie kannst du dich daran erinnern?" fragte Livi. "Du warst ja noch ein Kind!"

"Hast zu vergessen, wer gekocht hat, wenn Mutter unterwegs war? Wenn du am Fluß in der Sonne gelegen hast?"

Sie erinnerte sich und strahlte.

"Wo liegt eigentlich Schweden?" fragte Rella.

"Ich glaube, es ist die linke Hälfte von diesem hundeförmigen Ding auf der Landkarte", sagte jemand.

Was wußten wir sonst noch über Schweden? Daß der König Tennis spielte und daß die Leute so ehrlich waren, daß man seinen Türschlüssel auf einer Bank liegen lassen konnte und er noch an der gleichen Stelle lag, wenn man nach mehreren Stunden zurückkam. Das war alles. Und später fanden wir heraus, daß das, was wir zu wissen glaubten, falsch war. Keine Königin nahm uns in Empfang, keine Uhr, kein Ferientag. Nicht die linke Hälfte des Hundes. Und die Ehrlichkeit? Die hörte auf, bevor wir ankamen. Die einzige Sache, die stimmte, war, daß der König Tennis spielte.

Aber was für schöne Menschen! Ich bewunderte den Schaffner in dem weißen Bus, der uns von Bergen-Belsen abholte. Wenn alle Schweden wie er aussahen, wird es gefährlich werden. Ich werde mich in alle verlieben. Er war groß und breitschultrig, mit tiefblauen Augen. Und freundlich. Leider konnten wir uns nicht mit ihm unterhalten, da er nur Schwedisch sprach. Wenn sie unter sich sprachen, klang es wie Gesang. Werden wir je ihre Sprache lernen? Aber wir brauchten es ja nicht. Wir hatten nicht vor, lange zu bleiben. Sechs Monate und dann zurück nach Rumänien.

Der Schaffner kam zurück und brachte uns zu ein paar leeren Abteilen, wo wir uns ausstrecken konnten. Livi und ich legten uns nieder und begannen einzuschlafen. Ich legte meinen Arm um sie und sah an ihren Augen, daß sie wieder von ihrem Karel träumte, Karel, der polnische Junge, in den sie sich in den letzten

Tagen in Bergen-Belsen verliebt hatte und der mit einem früheren Transport nach Schweden gefahren war. Ich sah, daß sie in ihren Gedanken wieder mit ihm vereint war. Wegen ihm waren wir in diesem Zug. Ich hatte ihre Traurigkeit nicht mehr ertragen können und die Erlaubnis, nach Schweden zu gehen, organisiert, obwohl wir beide gesund waren.

Als sich zum ersten Mal das Gerücht verbreitete, die Schweden hätten die Kranken von uns zur Rekonvaleszenz in ihr Land eingeladen, dachten wir nicht viel darüber nach. Livi und ich wollten so bald wie möglich nach Rumänien zurückkehren und unsere Ausbildung fortsetzen. Ich würde endlich meinen Traum erfüllen und Medizin studieren, und sie würde das Abitur machen. Dann wurde Sussie sehr krank, und wir erfuhren, daß sie nach Schweden gebracht werden sollte. Wenige Tage später kam Livi in Tränen aufgelöst mit der Nachricht zu mir, auch Karel gehe dorthin. Sie wollte nicht von ihm getrennt werden. Er war ihre erste Liebe, und es war sehr ernst. Könnten wir nicht etwas tun? Könnten wir nicht auch nach Schweden fahren?

Ohne viel über die mögliche Tragweite nachzudenken, ging ich zu den Leuten des schwedischen Roten Kreuzes und fragte, ob wir nicht unsere kranke Kusine begleiten dürften. Die Schweden waren großzügig. Sie wollten kein Verwandten trennen. So kamen wir auf die Liste.

Erst jetzt wurde uns klar, daß dies eine Trennung von unseren Freundinnen, Teri, Olga, Bözsi und Rózsi bedeutete, die alle zurückbleiben würden. Es fiel schwer, sie zu verlassen, aber wir trösteten uns mit dem Gedanken, daß wir uns alle bald in Sighet wiedertreffen würden.

Dann begann die Aufregung. Fragen. Diskussionen. Gerüchte. Unsere Phantasie war in Aufruhr. Es war so leicht, an Gerüchte zu glauben, wenn sie etwas Positives versprachen. Wir hörten auf, unsere wenigen Kleidungsstücke zu waschen. Keine Rede davon, irgend etwas mitzunehmen, da wir alles, was wir brauchten, ja gleich nach unserer Ankunft in Schweden bekommen würden. Einigen Mädchen war es gelungen, sich neue Kleidung zu beschaffen und waren relativ gut angezogen. Aber nun, da wir auf dem Weg nach Schweden waren, konnten wir genauso gut alles wegwerfen, was wir hatten.

So besaßen wir, als wir in Lübeck ankamen, nur die Kleider, die wir auf dem Leib hatten. Viele trugen noch das, was sie bei unserer Befreiung angehabt hatten, grobe Kleidungsstücke mit einem gelben Kreuz auf dem Rücken, zerrissen und schmutzig. All das wurde von den Leuten des Roten Kreuzes verbrannt, als sie uns desinfizierten. Dann erhielten wir neue Unterwäsche, ein Sommerkleid und ein Paar Schuhe. Kein Abendkleid und kein Nachtzeug. Wir akzeptierten das Fehlen eines Abendkleides. Wir würden ja auf unserer Reise keines brauchen. Zweifellos würden wir es bekommen, wenn wir an die Grenze kämen. Aber Nachtzeug? Warum bekamen wir keine Schlafanzüge? Worin sollten wir denn schlafen? Zu unserer großen Überraschung antwortete der Mann vom Roten Kreuz, er schliefe immer nackt. Wir nahmen sein Argument hin und notierten es als eine weitere Überspanntheit dieses seltsamen Landes.

In Lübeck begegnete ich einem britischen Sergeanten mittleren Alters. Er war erfreut zu hören, daß ich Englisch sprach und lud mich zu einem Spaziergang in den Park ein. Entzückt darüber, daß irgend jemand ein Interesse an mir zeigte, nahm ich dankbar an. Er wollte wissen, was geschehen war, und erzählte mir seine eigene Tragödie. Seine Frau war gestorben, und ihr mutterloses Kind wartete auf ihn in Yorkshire. Ich tat ihm leid, und er tat sich leid, und er fragte, ob ich ihn heiraten wolle. Fast hätte ich auf der Stelle ja gesagt, ohne zu überlegen, daß ich ihn nicht kannte, daß er viel älter war als ich und daß ich nichts über sein Leben wußte. Mein Hunger nach einer Familie, zu fühlen, irgendwo hinzugehören, mein Leben mit jemanden zu teilen, war so groß, daß ich alles getan hätte, um ihn zu stillen. Aber zuerst wollte ich mit Livi darüber sprechen. Ich war nicht gewillt, mich von ihr zu trennen.

Das war ein Glück. Sie sah mich mit ihren großen Kinderaugen an und fragte: "Liebst du ihn?"

"Natürlich nicht."

"Warum ihn dann heiraten?"

"Ich möchte ein Zuhause."

"Wir gehen zurück nach Sighet. Das ist unser Zuhause."

Das überzeugte mich. Am nächsten Tag setzten wir unsere Reise nach Schweden fort.

Am Morgen gingen Livi und ich in das Abteil zurück, in dem wir die Nacht zuvor gesessen hatten. Die anderen Mädchen waren schon da, mehr oder weniger ausgeruht. Ich saß am Fenster und schaute auf die Landschaft. Überall Ruinen, Zeichen, daß auch hier der Krieg gewütet hatte. Es wurde mir bewußt, daß auch andere gelitten hatten, aber ich konnte kein Mitleid mit den Menschen empfinden, die in diesen zertrümmerten Häusern gelebt hatten. Ich sah halbierte Häuser stehen: ein Schlafzimmer mit einem Bett; ein umgedrehter Eßzimmertisch und ein zerbrochener Spiegel; eine Küche mit einer Pfanne auf dem Herd; die Reste eines Wohnzimmers, wo jemand einmal seine Zeitung gelesen und Radio gehört hatte. War es ein SS-Mann gewesen? Ich wollte es gern glauben. Ich rief die anderen, und wir begannen über die Leute zu phantasieren, die in diesen Häusern gelebt hatten.

Je mehr wir erzählten, desto stärker bemerkten wir, wie viel wir gemeinsam hatten und wie ähnlich wir fühlten. Ich hatte Angst davor, bei unserer Ankunft getrennt zu werden, und die anderen sagten, sie würden das gleiche fürchten. So erklärten wir feierlich, daß wir immer zusammenbleiben würden, um uns gegenseitig zu helfen und zu unterstützen. Wir würden einander Eltern, Schwestern, Freunde sein. Wir sieben würden zusammenleben; Sussie würde natürlich dazukommen.

Als ich ihr das erzählte, lächelte sie und nickte zustimmend. Sie hatte keine Kraft, unsere Träume zu teilen.

Die Zeit verstrich, und wir waren noch immer dabei, unsere Zukunft zu planen, als der Zug Travemünde erreichte. Wir wurden auf die Fähre gebracht, die uns nach Schweden bringen sollte - eine weiße Taube auf dem Weg ins Paradies. Ich saß auf dem Deck und wäre gern dort geblieben, um auf das Meer zu schauen. Aber das war nicht erlaubt. Wir mußten hinuntergehen und uns ausruhen. Wir erhielten ein Frühstück und jeder ein wunderschönes Bett, mit Papierlaken. Das war eine komische Erfahrung: Als ich mich in das raschelnde Bett legte, fühlte ich mich wie eine kostspielige Tafel Schokolade. Ist es das, wie das Leben sein sollte? Werde ich von nun an immer wie ein Luxuswesen behandelt und in Zellophanpapier gewickelt werden?

Schweden

9. Juli 1945

Wir sind in Schweden gelandet. War es Ystad oder Malmö? Es muß Malmö gewesen sein. Ich erinnere mich nur daran, daß wir an Land gingen, um von uniformierten Frauen - Wehrmachtshelferinnen, wie ich später erfuhr - begrüßt zu werden, die uns heiße Schokolade anboten. Heiße Schokolade steht seitdem für mich immer für Schweden. Sie waren sehr aufmerksam und gingen auf unsere physischen Bedürfnisse ein. Aber wir sehnten uns auch nach Liebe und Zärtlichkeit. Sicher würden auch diese Bedürfnisse bald erfüllt.

Die Kranken wurden in ein Sanatorium gebracht, während wir, die gesund waren, in einer Schule einquartiert wurden, um uns einer sechswöchigen Quarantäne zu unterziehen. Man installierte uns in einem großen, hellen Klassenzimmer, wo jede von uns ein Bett und einen Toilettentisch zugewiesen bekam.

Die ersten Tage taten wir nichts anderes als essen und schlafen. Wir aßen und aßen, und wenn wir nicht aßen, sprachen wir vom Essen. Die meisten von uns stahlen zusätzlich etwas aus dem Eßraum und versteckten es für den Fall, daß sie wieder Hunger bekämen. Schon bald begann der Geruch von verdorbenen Lebensmitteln den verschiedenen Betten zu entströmen, und unsere Aufsicht startete eine Kampagne gegen das Horten. Man verbot uns, Eßsachen aus dem Speiseraum mitzunehmen. Aber dieses Verbot wurde nicht respektiert. Dann gab man uns Taschengeld, und wir mußten versprechen, daß wir das, was wir zusätzlich an Essen brauchten, zwischen den Mahlzeiten am Kiosk kaufen würden. Das meiste davon gaben wir für Weißbrot aus. Es dauerte lange, bis wir zu glauben wagten, daß genug Essen auf Vorrat da war, und wir damit aufhörten, Dinge unter unseren Kopfkissen zu verstecken. Einige von uns taten es nie.

Wir waren isoliert, während sie warteten, um zu sehen, ob jemand von uns infiziert war. Neugierige Bürger aus Malmö drängten sich vor dem Schulzaun und starrten auf uns, als wären wir vom Mars. Ihre Gesichter drückten Mitleid aus, gemischt mit Mißtrauen. Wir waren dankbar für jedes Wort, das an uns gerichtet wurde, für jeden Ausdruck von Sympathie. Es war uns nicht erlaubt, am Zaun zu stehen und mit ihnen zu sprechen, denn es konnte ja sein, daß unsere Bakterien die Barriere überschritten. Tag für Tag aber kamen die neugierigen Städter wieder. Schließlich ignorierten wir die Sperre. Hier waren Menschen, die sich um uns kümmerten. Freundschaften entstanden, Adressen wurden zu uns herübergereicht, und wir mußten versprechen, uns mit ihnen zu treffen, sobald wir aus der Quarantäne entlassen sein würden.

Nach ein paar Wochen waren wir wieder genügend bei Kräften, um dagegen zu protestieren, innerhalb eines Zaunes zu leben. Wir fühlten uns wie Gefangene. Die Aufsicht versuchte, uns mit der Versicherung zu beruhigen, die Quarantäne sei zu unserer eigenen Sicherheit da und der Zaun würde Schnüffler von uns fernhalten. Uns fiel es schwer, das zu akzeptieren. Wir hatten genug davon, isoliert zu sein, und wollten unsere Freiheit. Meine Kameradinnen entdeckten, daß es leicht war, unter dem Zaun durchzukriechen, und begannen, sich heimlich hinauszuschleichen, um einen Spaziergang in der Stadt zu machen oder einen Freund zu besuchen.

Zwei schwedische Schwestern, Ingrid und Barbro, kamen häufig an den Zaun, um mit Livi und mir zu reden, in unserer einzigen gemeinsamen Sprache, Deutsch. Sie waren im gleichen Alter wie wir, und wir wurden Freunde. Wir wollten alles über ihre Familie wissen. Eines Tages fragte mich Ingrid, ob ich sie gern besuchen würde, sobald wir es dürften. Ich sagte, ich würde, und zwar auf der Stelle. Und ehe sie lange fragen konnte, schlüpfte ich unter dem Zaun hindurch.

Ich sah mich um. Ich war auf der Straße. Ich tat ein paar zögernde Schritte. Ich war allein. Ich schaute wieder zurück, und wieder. Es war schwer zu glauben, daß ich allein war. Es dauerte eine Zeit, bevor ich wagte, sicher zu sein, daß kein SS-Mann mit einem Gewehr hinter mir stand und niemand mich anschreien würde anzuhalten. In diesem Augenblick begriff ich endlich, daß ich frei war und was das bedeutete. Keine Soldaten mehr, die mich bewachten, keine Erniedrigung mehr. Niemand würde je wieder mein Leben kontrollieren. Keine Verfolgung mehr für mich als Jüdin. Es wird nie wieder geschehen. Die Welt hat ihre Lektion gelernt. Sie haben verstanden.

Ich begann sicherer auszuschreiten, fast vorwärtsspringend, als ich Ingrid zwischen lächelnden Villen und träumenden Blumengärten zu den Vororten von Malmö begleitete. Ich kam an einem Fliederstrauch vorbei, dessen Äste über den Zaun hingen, und brach einen Zweig. Mißbilligend sah mich Ingrid an und sagte warnend in Deutsch: "So etwas tut man nicht in Schweden."

Wir kamen zu einem gelben Haus, wo wir von Ingrids Eltern, ein Paar in den mittleren Jahren, meinen Eltern nicht unähnlich, begrüßt wurden. Ingrid stellte mich vor, ihre Mutter bat mich in das Wohnzimmer und bot mir heiße Schokolade und belegte Brote an. Wir begannen zu sprechen, aber ihre Herzlichkeit verwandelte sich in frostiges Unbehagen, als sie erfuhren, daß ich unser Quartier ohne Erlaubnis verlassen hatte. So etwas tut man nicht in Schweden, wurde ich wieder ermahnt. Wenn ich in diesem Land bleiben wollte, so wurde mir klar gemacht, würde ich gut daran tun, seinen Gesetze zu folgen. Aber ihre Neugierde überwand ihr Mißtrauen, und da ich nun einmal hier war, warum sollte ich ihnen nicht erzählen, was ich durchgemacht hatte?

Wo soll ich beginnen? In Auschwitz? Würden sie verstehen?

"Ich bin Jüdin."

"Aber warum haben sie euch in das Konzentrationslager geschickt? Ihr müßt doch etwas getan haben?"

Was soll man darauf antworten? Daß wir nichts getan haben? Daß es das war, warum man uns eingesperrte? Hätten wir etwas getan, wären wir erschossen worden. Und wir hofften, das zu verhindern, indem wir taten, was uns gesagt wurde. Generationen über Generationen waren wir erzogen worden, gut und gehorsam zu sein. Vater wußte es am besten; wenn ein Kind ungehorsam ist, wird es bestraft; wenn es die Gesetze befolgt, wird ihm kein Leid geschehen; wenn die Nachbarn garstig sind, ist immer Vater zur Hand. In neuen Situationen zieht man sich immer auf die alte Ordnung der Dinge zurück. Wenige können sich eine Situation vorstellen, die sie nicht erlebt haben. Und den wenigen wird nicht geglaubt.

Mit gemischten Gefühlen trank ich meine Schokolade und bat Ingrid, mich zurück zur Schule zu begleiten.

August 1945

Es ist ein schöner Sommertag in Stockholm. Die Nachmittagssonne, die sich im Mälaren-See spiegelt, blendet die Passanten und treibt Schweißtropfen auf die Stirn der keuchenden Radfahrer. Niemand scheint in Eile zu sein, als sie die Brücke überqueren. Der einzige Laut ist das sanfte Sirren vorübergleitender Straßenbahnen. Keine Autos sind zu sehen.

Ich stehe über das Brückengeländer gelehnt. Ein dünner Teenager mit Stoppelhaaren und einem hungrigen Blick. Ich trage ein grünes Seidenkleid, das ich aus einem alten Vorhang genäht habe, im Stil der frühen vierziger Jahre. Es endet ein gutes Stück über meinen Knien. Ich fühle mich sehr elegant und hoffe, daß niemand auf meine Füße sieht. Ich schäme mich ein bißchen über meine schwarzen Schnürschuhe und die kurzen weißen Söckchen. Lackschuhe und Seidenstrümpfe wären schicker gewesen.

Ich betrachte die Aussicht und bin überwältigt von ihrer Schönheit. Eine plötzliche Unruhe läßt mich herumfahren. Nein, kein bewaffneter SS-Aufseher steht hinter mir. Der Bürgersteig ist leer. Hinter der Brücke steht nur ein glänzender Spiegel, wo die Sonnenstrahlen einander jagen.

Wo bin ich? Wie bin ich hierhergekommen? In diesem Augenblick weiß ich es nicht. Nur ein immer wiederkehrender, froher Gedanke erfüllt mich: Ich bin frei, frei, dahin zu gehen, wo es mir gefällt, frei, das zu tun, was mir gefällt, frei, den Tag zu genießen, so viel und so lange, wie es mir gefällt. Durstig sehe ich in die Runde. Ich möchte das Grün der Bäume, das Blau des Himmels, das Licht der Sonne trinken, alles auf der Stelle schlucken. Ich möchte alles schnell herunterschlingen, so schnell wie ich das Brot in diesen letzten Wochen heruntergeschlungen habe, schnell, bevor es mir jemand wegnimmt.

Meine Augen begegnen der alten Stadt auf der anderen Seite der Brücke. Eine Märchenstadt erhebt sich über dem Wasser. Verzauberte Häuser säumen das Ufer, winken mir zu mit ihren Fensteraugen. Die dahinter stehen, lehnen sich vor und winken mir zu, geleiten mich zum Märchenpalast meiner Kindheit. Der Palast glüht rubinrot, seine goldene Kuppel glitzert mit dem Wasser um die Wette. Eine Möwe umkreist den Turm, und die drei Kronen setzen ihr Siegel unter die unsichtbare Schrift am blauen Himmel. Mein Blick bleibt auf dem Bild ruhen, ich will nicht von diesem Märchen getrennt werden.

Das Geräusch der Straßenbahn, die um eine Kurve schwingt, läßt mich langsam herumdrehen. Neugierige Augen blicken mir aus den Fenstern der Bahn entgegen. Männer und Frauen, zufrieden, gut genährt, scheinbar glücklich. Auf ihrem Weg irgendwohin, zu jemandem, der auf sie wartet: Vater, Mutter, Freunde. Für eine Sekunde überschattet eine kleine Wolke die Sonne. Keiner wartet auf Livi und mich. Aber der Gedanke vergeht, bevor er Wurzeln fassen kann. Im Augenblick gibt es nur dieses Wunder, dieses seltsame Gefühl, das so neu ist, das ich es kaum wiedererkenne. Freude? Glück? Fühlen sie sich so?

Lachende Mädchen kommen auf mich zu. Ihre Röcke reichen bis tief unter die Knie. Ein Tandem fährt hinterher, ein Vater mit einem karierten Hemd und einer roter Troddelmütze, eine Mutter in Shorts, ein Kind auf der Lenkstange, ein anderes im Korb. Wie ulkig sie aussehen.

Unter der Brücke sitzen zwei kleine Jungen. Auch sie tragen rote Mützen. Sie haben Angeln in ihren Händen. Der eine zieht Würmer auf seinen Angelhaken, der andere wirft seine Leine in hohem Bogen aus. Ein Eimer steht neben ihnen, und ich frage mich, ob sie etwas gefangen haben. Ich möchte hinuntergehen und sie fragen, ob ich bei ihnen sein und ihnen erzählen darf, daß auch ich einmal, unter einer Brücke gestanden habe, vor langer, langer Zeit. Vielleicht vor hundert Jahren, vielleicht in einem anderen Leben. Bevor meine Welt verschwand. Oder eher, bevor ich von der Welt verschwand.

Aber nun bin ich zurück. Ein Splitter Weiblichkeit in einem kurzen Rock. Und ich verstehe wirklich nicht, warum mich jeder anguckt. Ich bin es, die seltsam aussieht! Jemand von einem anderen Planeten. In meiner Hast zu leben bilde ich mir ein, ich könnte da weitermachen, wo ich aufgehört habe, mit meinem Rock weit über den Knien. Ich habe noch nicht begriffen, daß ich nicht einfach weitermachen kann, als sei nichts geschehen, selbst nicht, was die Länge meines Rockes angeht. Es wird Zeit brauchen, bis ich das verstehe.

Heute jedoch bin ich voll von dem Wunder, das mir begegnet. Schweden, Stockholm. So viel Wasser, so viele Brücken. Hohe Häuser. Straßenbahnen, die durch Gras laufen. Hunde, die nie bellen. Kinder, die nie schreien. Nachbarn, die nie streiten. Kaum irgendwo Polizei. Ruhig. Sauber. Ordentlich.

In dem Land, aus dem ich komme, war alles anders. Menschengewühle, Geräusche, Gerüche, Unordnung, Schlamm und Schmutz auf den Straßen. Keine hohen Gebäude. Keine Straßenbahnen. Kaum Fahrräder. Ich hatte noch nie ein Tandem gesehen.

Ein Sommertag dort konnte genauso strahlend sein, und doch wie verschieden. Wenn ich zurückdenke, rieche ich den Staub und sehe den Himmel in Sighet, der so viel näher und blauer war. Stimmt es, daß der Himmel eines Kindes immer blauer ist?

Aber die Zeit der Kindheit ist vorbei. Ich bin erwachsen, und das Leben wartet. Ich weiß noch nicht, ob ich überleben werde, aber ich möchte es. Was geschehen ist, kann nie vergessen werden, aber ich darf nicht daran denken, nicht jetzt. Ich will lieber an unseren schönen Aufenthalt in Hjälmared denken, wo wir wieder Kontakt mit der Natur gewannen, die wir so lange vermißt hatten. Wir wohnten in einer Schule, gingen im Wald spazieren, schwammen im See, lagen in der Sonne und aßen.

Essen: das war die wichtigste Sache. Es gab immer noch viele, die Mühe hatten, sich abzugewöhnen, Eßsachen zu verstecken. Eben dieses Horten verursachte Ärger mit unserem Leiter, Kalle. Es war auch schwierig, uns das "Organisieren" abzugewöhnen. Wir besaßen noch immer nicht mehr als die wenigen Kleidungsstücke, die man uns bei unser Ankunft in Lübeck gegeben hatte, und der Anblick der Bettlaken und karierten Matratzenüberzüge ließen uns eine Aufstockung unserer Garderobe ins Auge fassen. Wir schnitten die meisten von ihnen in Stücke und nähten um unser Leben. Bald trugen wir alle neue Sommerröcke, Shorts, Hemden und Kleider. Kalle war verständnisvoll, konnte aber nicht zusehen, wie das Schuleigentum auf diese Art und Weise zerstört wurde. Er rief eine Versammlung ein und hielt uns eine Standpauke. Wir verstanden seinen Gesichtspunkt, aber das "Organisieren" war uns in Fleisch und Blut übergegangen, und es war schwer für uns, uns davon wieder zu befreien. Viel später, als ich in Stockholm unter sogenannten normalen Bedingungen lebte, ertappte ich mich immer noch dabei, "organisieren" zu wollen. Ganz unfeierlich ließ ich einen scheinbar stehen gelassenen Eimer Kohle aus einem Keller mitgehen, und erst wenige Augenblicke später wurde mir bewußt, was ich getan hatte.

Die Wochen in Hjälmared gingen vorüber, und im August wurden wir in ein Lager auf einer Insel namens Lovön verlegt.

Das Lager umfaßte eine Anzahl von Baracken, die vom Rest der Insel durch eine Stacheldrahtzaun getrennt waren. Sussie war wieder gesund, und wir sieben, Freunde seit Bergen-Belsen, zogen in Baracke Nr. 7 ein.

Da erwachten wir in die Realität. Der Sommer näherte sich seinem Ende und damit dem Ende unserer Ferien. Uns wurde klargemacht, daß wir nicht länger Gäste waren. Wir waren Flüchtlinge. Das Wort war neu für uns, und wir fühlten uns nicht gut dabei. Von einem vorübergehenden Gast mit einem irgendwo angenommen Zuhause wurde ich zu einem unsicheren, kleinen und hilflosen Wesen, völlig abhängig vom guten Willen der anderen. Wir saßen in den Baracken und diskutierten tagelang, ob wir nach Sighet zurückkehren oder in Schweden bleiben sollten. Außer Sussie waren niemandem von uns Familienangehörige in Sighet geblieben, und der Gedanke in ein leeres Haus zurückzukommen, in eine Stadt, aus der man uns herausgetrieben hatte, schien ebenso schwer, wie zu bleiben, wo wir waren. Am Ende entschieden wir uns zu bleiben, zumindest vorläufig.

Das Leben im Lager machte mich ruhelos. Ich wollte hinaus, in die Freiheit. Ich wollte befreit sein von meinem Flüchtlingsabzeichen. Ich wollte meine ganze Energie darauf verwenden, so bald wie möglich von Lovön wegzukommen, und begann Möglichkeiten zu erkunden. Wieder bewiesen sich meine Englischkenntnisse als nützlich. Der einzige Weg, eine Aufenthaltserlaubnis für Stockholm zu bekommen, war Hausarbeit zu finden, und ich fand eine Stelle bei einer Familie, die wollte, daß ihre Kindern Englisch lernten. So drehte ich dem Lagerleben für immer den Rücken.

15. Juni 1949

Wir trafen uns vor dem Standesamt. Ich trug eine blaues Wollkleid mit einem langen Rock im Stil der neuen Mode, ein kurzes abgerundetes Jäckchen und einen weißen Strohhut in der Form eines Mühlrades. Ich fühlte mich schick in dem neuen Kleid, das mich ein Monatsgehalt gekostet hatte, und mit meinem geliehenen Hut. Michael sah elegant aus in seinem neuen grauen Nadelstreifen-Anzug und der graublauen Krawatte, mein Geschenk für ihn. Er umarmte mich, sah mich mit großen grauen Augen an und lächelte. Die Sonne brach hinter den Wolken hervor; all mein Kummer und Leid verschwand. Seine dunklen, buschigen Augenbrauen luden mich ein, ihn zu streicheln. Ich fühlte, daß ich ihm ans Ende der Welt folgen wollte, daß ich meinen Mann gefunden hatte, meinen Vater, meinen Bruder, alles in einer Person - mein Gefährte für immer. Er hatte Ringe, aber keine Blumen.

"Möchtest du ein paar Blumen?"

"Ach ja."

"Dann komm. Wir kaufen einen Strauß."

Wir gingen die Bergsgatan hinüber zu einem kleinen Blumengeschäft und wählten einen Strauß Maiglöckchen. Meine Lieblingsblumen. Ich sog tief ihren Duft ein. Kleine Momente des Glücks, zu erfassen, zu hegen und zu pflegen und sorgfältig aufzubewahren, um sie hervorzuholen, wenn das Leben erneut mit seinem Hammer zuschlägt.

Unsere schwersten Jahre lagen hinter uns. Hausarbeit, Fabrikarbeit, Büroarbeit. Wir hatten es geschafft, uns selbst Schwedisch beizubringen und hatten nun beide eine relativ gut bezahlte Bürotätigkeit. Seit es Michael gelungen war, auch eine Wohnung zu finden, dachten wir, wir könnten heiraten. Wir waren aus der gleichen Stadt, hatten die gleiche Erziehung, die gleichen Erfahrungen, die gleiche Sehnsucht nach einer Familie. Was machte es aus, daß er so viel älter war? Wir liebten einander, verstanden einander und konnten einander Stärke geben. Wir würden eine Familie haben und Kinder großziehen, mit anderen Werten als jene, in denen wir großgezogen worden waren. Die Kinder sollten selbstbewußt und unerschrocken sein, sie würden geliebt werden, für das, was sie waren, und wir würden nie versuchen, sie zu ändern. Aber auf eines würden wir nie verzichten: Unsere Kinder mußten wissen, daß sie Juden waren, und dieses Wissen mit Stolz tragen.

August 1985

Die Autos halten auf der Westbrücke, ihre Motoren kochen in der Hitze. Meine Augen laufen die Verkehrsschlange entlang und kommen auf der Brücke zur Ruhe. Ich sehe das Bild eines hageren Mädchens, das sich über das Geländer lehnt. Ich schließe meine Augen und erinnere mich. Wie sich alles seitdem geändert hat! Die Stadt und das Mädchen. Die Sonne scheint genauso hell, der Himmel ist genauso blau. Die Straßenbahnen sind verschwunden, keine Familien fahren auf einem Tandem; keine Fußgänger, kaum ein paar Fahrräder. Und keine roten Troddelmützen. Korrekt gekleidete Geschäftsleute in ihren Autos auf dem Weg von der Arbeit nach Hause, mit keinem Gedanken daran, daß das in irgendeiner Weise bemerkenswert sein könnte. Die meisten dieser jungen Angestellten, die da nervös rauchend oder mit den Fingern trommelnd hinter ihrem Steuer sitzen, haben nie die autofreie Westbrücke vor vierzig Jahren gekannt.

Vierzig Jahre! Eine Lebenszeit! Ein Nachschlag, eine zweite

Kelle voll Leben, die mir am 15. April 1945 gewährt wurde. Ich war ein Blatt, das auf dem Meer des Lebens schaukelte, hin- und hergeworfen, andere vom Wind gewirbelte Blätter streifend. Ich traf Michael, und die Wurzeln dieser beiden dünnen Triebe umschlangen sich und fanden langsam, langsam Leben. Die Stürme sausten hernieder, aber der Baum überlebte und wuchs zu einer breiten, starken Eiche, der Zweige hervorbrachte. Bis der Sturm wieder hereinbrach und die Hälfte des Stammes mit sich fortriß.

Ich hatte nicht gedacht, daß ich überleben würde. Ich starb jede Nacht. Doch eines Morgens erwachte ich. Es dauerte eine lange Zeit, aber die Wunde heilte und die Erinnerung gab mir Kraft weiterzumachen.

Die zweite Kelle voll, die mir das Leben schenkte, gab mir auch eine Verantwortung. Ich brütete lange darüber nach, was dieser Nachschlag wohl bedeuten mochte. Ich brauchte vierzig Jahre, um zu erkennen, daß ich eine Zeugin bin und es meine Aufgabe ist zu erzählen, was ich erlebt habe, auch wenn ich keine Schriftstellerin bin. Wir, die überlebt haben, sind so wenige. Wir müssen von dieser unmenschlichen Sache erzählen, die im zwanzigsten Jahrhundert verübt wurde. Es darf nicht vergessen werden. Und es darf nie wieder geschehen.

Ich erinnere mich noch, weiß aber kaum noch, wie es sich fühlte. Ich erinnere mich, daß es weh tat, aber ich erinnere mich nicht mehr an das tatsächliche Gefühl. Ich erinnere mich an den entzündeten Fußnagel. Ich erinnere mich an die Scham, als ich nackt dastand. Ich erinnere mich an den Augenblick des Abschieds. Ich erinnere ich an das meiste, aber die Erinnerungen verblassen. Wenn sie in mir verblassen, wie wird es bei denen sein, die es nie erlebt haben? Und spätere Generationen: werden sie verstehen können?

Epilog

Ein neuer Sommer ist gekommen. Nach dem endlosen schwedischen Winter bin ich wieder einmal erstaunt, daß das Eis geschmolzen ist, die Kälte geendet hat und die Birken zu knospen beginnen. Mehr als vierzig Jahre sind vergangen. Ich sitze auf dem Lande, umringt von meinen drei Söhnen und ihren Familien. Meine sieben Enkelkinder tollen herum und spielen, und ich denke daran, wie glücklich Michael gewesen wäre.

Meine drei Söhne sind kluge Wissenschaftler geworden, liebevolle Väter und sehr liebevolle Söhne. Natürlich hatten wir unsere Probleme. Ich war vielleicht strenger mit ihnen als ich gewollt hätte. Ich mußte beides sein, Vater und Mutter, streng und sanft, und das war manchmal nicht einfach. Es war härter für die Jungen als für die meisten ihres Alters. Den Vater zu verlieren, ist nicht etwas, das so leicht an einem vorübergeht. Ich war entschlossen, ihnen die Erziehung, den Start ins Leben zu geben, die Michael für sie gewollt hatte. Seine Worte klangen immer in meinen Ohren: "Sie müssen zu guten Menschen erzogen werden. Sie müssen ihre jüdische Identität bewahren. Wir sind verfolgt worden, weil wir Juden sind. Unsere Kinder und Großkinder sollen stolz darauf sein, daß sie Juden sind."

Als Michael starb, am Jom Kippur, dem Tag der Sühne, 1962, gehorchte ich eine Weile dem Gesetz des geringsten Widerstandes. Das kleine Geschäft mit der Belieferung von Krankenhauseinrichtungen, das er begonnen hatte, als sich herausstellte, daß er seinen früheren Beruf als Anwalt in Schweden nicht ausführen konnte, brachte noch Verluste ein. Wir hatten große Schulden, und ich mußte mein Psychologiestudium aufgeben, um ihm zu helfen.

Nach seinem Tod versuchte ich, das Geschäft weiterzuführen. Zu meinem Erstaunen begannen größere Aufträge einzugehen, und am Ende des Jahres konnte ich einen kleinen Gewinn aufweisen. Dieser stieg jährlich und versetzte mich in die Lage, mir und meinen Söhnen ein normales Mittelklasseleben zu ermöglichen. Nachdem die Jungen an die Universität gegangen waren, konnte ich meine eigene unterbrochene Ausbildung fortsetzen. Ich verkaufte das Geschäft, nahm mein Studium wieder auf und machte ein Examen in Psychologie. Dann war es möglich, einen Plan zu verwirklichen, den Michael gehegt hatte. Als wir zuerst nach Schweden kamen, vermißten wir das Kaffeehausleben, das so sehr Teil Zentraleuropas ist. Es gab keinen Ort, wo Leute sich treffen, Kaffee trinken, Zeitung lesen und ein Stündchen plaudern konnten. Nun, vierzig Jahre später, hat die jüdische Gemeinde in Stockholm einen Platz für diejenigen, die überlebt haben, aber immer noch mit dem Schatten der Vergangenheit zu kämpfen haben. Ein Tageszentrum wurde gegründet, in dem ich als Organisatorin und Psychologin arbeite und wo frühere Gefangene von Konzentrationslagern sich treffen oder an einer Therapie teilnehmen können.

Meine Schwester Livi lebt ebenfalls in Stockholm. Sie heiratete einen deutsch-jüdischen Flüchtling und hat drei Kinder. Sie half mir durch die harten Jahre. Wir haben Sommerhäuschen dicht beieinander und teilen die Freude, daß wir trotz alledem am Leben sind, unsere Linie sich fortsetzt. Bei festlichen Anlässen sitzen achtundzwanzig von uns um den Familientisch. Stockholm ist nun unser Zuhause; hier leben wir, hierher gehören wir, wo unsere Kinder geboren wurden. Sighet, eine kleine Stadt, weit weg, gehört zu einem anderen Leben.

Im Juni 1968, als meine Söhne im Alter zwischen dreizehn und neunzehn waren, nahm ich sie mit auf eine Reise nach Sighet. Ironischerweise hatten die Russen das Gebiet bereits im Januar 1945 befreit, nur acht Monate nachdem wir deportiert worden waren, und hatten es an Rumänien zurückgegeben. Nach einer Periode des Chaos wurde ein mehr oder weniger liberales Regime etabliert, doch traurigerweise dauerte dies nicht lange. Ich wollte meinen Söhnen die Stadt zeigen, wo ich geboren wurde, die Plätze, wo ich gespielt hatte, den Friedhof, wo meine Vorfahren liegen. Es war wie das Umblättern eines alten Buches, das Sehen eines Theaterstückes, das man gut kennt. Alles war vertraut, die Bühnenausstattung war die gleiche, nur die Schauspieler waren andere. Fremde saßen hinter den Ladentischen, Fremde tranken Kaffee in Annas Garten. Die Droschken wurden noch von Pferden gezogen, aber es war nicht Onkel Salman, der sie fuhr. Als ich mich Onkel Hillmanns Haus näherte, meinte ich, ihn durch die Tür gehen zu sehen. Ich lief ihm hinterher, aber ein Fremder drehte sich um und starrte mich an. Die einzige Person, die ich in der Stadt kannte, war Teri.

Ich wagte nicht, irgendwelche Gefühle freizulassen. Ich mußte das Buch schnell durchblättern, das Stück ansehen, ohne mich mit meinen Emotionen hineinziehen zu lassen. Aber der Besuch hatte ein Gutes. Bis dahin hatte ich oft davon geträumt, daß ich in Sighet festgehalten werde, während Michael und die Kinder in Schweden sind. Nun hörten diese Alpträume auf.

Fünf Jahre später fuhr ich wieder nach Sighet, dieses Mal mit Livi. Wir mußten diese Reise machen. Wir besuchten unser altes Haus, was ich bei der letzten Gelegenheit nicht gewagt hatte. Es wurde von einem ungarischen Ehepaar, ungefähr in meinem Alter, bewohnt. Sie erlaubten uns herumzusehen, aber waren distanziert und schweigsam. Zweifellos fürchteten sie, wir könnten das Haus zurückfordern, wozu wir gesetzlich berechtigt waren, hätten wir uns entschlossen, uns wieder in Sighet niederzulassen. Es war in einem schäbigen Zustand. Wir gingen hinauf zu unserer Dachstube, und meine alten Gefühle kehrten nach über vierzig Jahren zurück. Ich fühlte mich wieder als Kind. Ich sah durch das Fenster auf den Garten. Die Jasmin- und Fliederbüsche waren verschwunden. Ich wollte es meinen Eltern erzählen, aber sie waren nicht da.

Was geschah mit den anderen Mädchen aus Sighet?

Dora kehrte zurück, heiratete Tsali, den Mann, den sie geliebt hatte, hatte drei Kinder von ihm und emigrierte in die Vereinigten Staaten. Sie ist nun eine erfolgreiche Ärztin in New York mit fünf Enkelkindern.

Sussie ging ebenfalls nach Sighet zurück, heiratete und bekam einen Sohn. Ihr Mann wurde bei einem Unfall getötet. Sie lebt nun auf Hawaii, wo sie wieder verheiratet ist.

Teri heiratete in Sighet und lebt noch dort. Zu ihrem großen Kummer hat sie keine Kinder.

Olga heiratete einen ihrer Bewunderer in Bergen-Belsen, einen amerikanischen Soldaten. Heute ist sie geschieden und eine erfolgreiche Geschäftsfrau in Chicago.

Ihre Schwester Bözsi ging nach Israel und hatte sechs Kinder. Sie starb 1980.

Anna lebt in Montreal mit ihrem Mann.

Ich weiß nicht, was aus den anderen geworden ist.